LA PISTE
DU TIGRE

James Patterson

LA PISTE DU TIGRE

Roman

Traduit de l'anglais (États-Unis)
par Philippe Hupp

JC Lattès

Collection « Suspense et Cie »
dirigée par Sibylle Zavriew

Titre de l'édition originale :

CROSS COUNTRY
publiée par Little, Brown and Company, New York, NY.

Maquette de couverture : Bleu T
Iconographie : Jérôme Da Cunha
Photo : Andy Rouse / plainpictures / Nature PL

ISBN : 978-2-7096-3635-3

Pour Jill et Avie Glazer.

PROLOGUE

L'ATTAQUE

1

Georgetown, Washington, DC.

Leur nom de famille était Cox. Le père, avocat réputé, gagnait beaucoup d'argent, mais c'était la mère, Ellie Randall Cox, qui était la cible. Tout allait se passer maintenant, ce soir, dans quelques minutes. Un job extrêmement bien payé.

Le tueur, surnommé le Tigre, près de deux mètres à la toise pour cent treize kilos, avait distribué des armes à son équipe, ainsi qu'un gramme de cocaïne à partager, avec pour seul mot d'ordre : *La mère est à moi. Tuez les autres.*

Mais sa mission avait également un autre objectif : terroriser ces Américains qui se mêlaient de tout, qui avaient si peur qu'on les attaque chez eux et qu'on s'en prenne à leurs précieuses petites familles. Ceux que les crimes commis de sang-froid horrifiaient. Ceux pour qui la vie devait obéir à tant de règles. Pour les battre, il suffisait donc d'enfreindre toutes ces sacro-saintes règles.

Il s'arrêta pour observer la maison depuis la rue. Les volets de bois striaient de noir les membres de la famille qui se déplaçaient au rez-de-chaussée, sans se douter que des yeux criminels les surveillaient.

Impatients, les jeunes attendaient auprès du Tigre qui, lui, attendait que son instinct lui donne le top départ.

— Maintenant ! On y va !

Il ploya à peine les genoux, jaillit de l'ombre du sapin qui le protégeait des regards indiscrets et fonça. Il courait si vite qu'il était quasiment impossible de compter ses foulées.

D'un bond puissant, il franchit les quelques marches du perron. Trois coups de pied, et la porte vola littéralement en éclats. Les tueurs, tous les cinq, se retrouvèrent à l'intérieur.

Les jeunes, dont aucun n'avait plus de dix-sept ans, se ruèrent dans le séjour en tirant au plafond avec leurs Beretta, agitant de méchants couteaux de chasse et hurlant des ordres difficiles à comprendre, car ils n'avaient pas le même niveau d'anglais que le Tigre.

Les enfants de la maison se mirent à couiner comme des porcelets ; leur avocat de père se leva aussitôt pour tenter de faire écran de son corps flasque, trop bien nourri.

— Tu fais pitié ! hurla le Tigre. Même pas capable de protéger ta famille, chez toi !

L'instant d'après, le père et les deux enfants étaient alignés devant la cheminée, dont la tablette était couverte de cartes d'anniversaire adressées à « notre maman adorée », « Ellie chérie » et « ma douce lumière ».

Le chef poussa devant lui le plus jeune de ses gamins, celui qui avait choisi de se faire appeler Nike et dont l'humour était contagieux.

— *Just do it*, lui dit le Tigre.

Le gosse n'était âgé que de onze ans, mais tel un crocodile dans des eaux saumâtres, il n'avait peur de rien. Il brandit un pistolet beaucoup plus gros que sa main et abattit le père de famille tremblant, d'une balle en plein front.

Les autres poussèrent des cris d'approbation et commencèrent à tirer dans tous les sens, à renverser les meubles anciens, à briser miroirs et fenêtres. Les petits Cox sanglotaient en se serrant l'un contre l'autre.

Affublé d'un maillot des Houston Rockets, un garçon particulièrement effrayant dont le visage ne trahissait pas la moindre émotion vida son arme sur l'immense écran plat, puis changea de chargeur.

— On va casser la baraque !

2

La mère, « Ellie chérie », la « douce lumière », dévala enfin l'escalier, inquiète pour ses petits Afro.

— Ne touchez pas à eux ! hurla-t-elle au type qui commandait, grand, tout en muscles. Je sais qui vous êtes !

— Oh, je n'en doute pas, mama, répondit le Tigre en souriant à Mme Cox, qui avait des allures de matrone.

Il ne souhaitait pas vraiment lui faire de mal. Pour lui, ce n'était qu'un job. Un job très lucratif, et d'une grande importance pour une certaine personne vivant ici, à Washington.

Les deux enfants voulurent rejoindre leur mère, et la scène se transforma en un ridicule jeu du chat et de la souris. Les petits Américains se faufilèrent derrière le canapé, aussitôt criblé de balles.

Lorsqu'ils émergèrent de l'autre côté, le Tigre était là. D'une main, il prit le fils par le col et le souleva. La fillette, en pyjama des Razmoket, un peu plus maligne que son frère, prit la fuite par l'escalier, en montrant ses petits talons roses à chaque pas.

— Cours, ma chérie ! hurla la mère. Sors par une fenêtre ! Vite ! Ne t'arrête pas !

— Ça ne sert à rien, fit le Tigre. Personne ne sortira d'ici ce soir, mama.

— Ne faites pas ça, l'implora-t-elle. Laissez-les partir ! Ce ne sont que des enfants !

— Vous savez qui je suis. Vous savez donc comment ça va se terminer. Vous le savez depuis le début. Voyez dans quelle situation vous vous êtes mise, vous et votre famille. C'est vous qui êtes responsable de tout ça.

PREMIÈRE PARTIE

EN RETARD À LA SOIRÉE

1

Les énigmes les plus difficiles à résoudre sont celles que l'on découvre tardivement, parce qu'on manque de preuves, parce qu'il n'y a pas assez de fils à tirer, sauf si, par chance, on réussit à remonter jusqu'à l'origine et à reconstituer l'écheveau.

Au volant de la Mercedes que j'avais achetée un an plus tôt, un cocon mobile des plus civilisés, je me rendais sur une scène de crime, et cette perspective me paraissait presque incongrue. Parvenu à destination, j'abandonnai mon véhicule pour entamer, non sans une certaine appréhension, une nouvelle incursion dans le monde du mal.

Une question m'effleura : étais-je en train de me ramollir ? Non, décidai-je. Bien au contraire, j'étais encore trop rigide, j'avais encore trop de mal à faire des concessions, à accepter des compromis.

Les crimes fortuits, gratuits, ont à mes yeux quelque chose de particulièrement terrifiant, et c'était le cas ici, d'après les premières constatations. On m'avait contacté chez moi et briefé en quelques mots.

L'une des premières personnes arrivées sur place, un jeune agent de police du nom de Michael Fescoe, que je connaissais, vint à ma rencontre. Nous étions à Georgetown, non loin de la faculté que je fréquentais au début de mes études supérieures, et dont je gardais un excellent souvenir pour diverses raisons, notamment parce que c'était là qu'on m'avait donné ma chance.

— Ce n'est pas beau à voir, docteur Cross. Cinq victimes. Toute une famille.

— Ouais, je sais. C'est ce qu'on m'a dit.

L'agent était visiblement secoué, ce qui ne me surprenait pas. Pour qu'on me fasse venir un dimanche soir, à 23 heures, il fallait vraiment que ce soit gratiné.

— Qu'avons-nous pour l'instant ? demandai-je.

Je montrai ma plaque à un de ses collègues posté devant un chêne comme pour en interdire l'accès, puis passai sous le ruban jaune du périmètre établi autour de la maison. Magnifique, au demeurant. Deux étages, style colonial, sur Cambridge Place, adresse très huppée, juste en dessous de Montrose Park.

Voisins et curieux se pressaient sur le trottoir, en pyjama et robe de chambre, sans trop s'approcher, avec une réserve très cadre sup'.

— Une famille de cinq personnes, une famille entière, répéta Fescoe. Cox, ils s'appelaient. Le père, Reeve. La mère, Eleanor. Le fils, James. Tous les trois au rez-de-chaussée. On a retrouvé les filles, Nicole et Clara, au deuxième étage. Il y a du sang partout. Il semblerait qu'on les ait d'abord tués par balle, puis charcutés et entassés en deux endroits différents.

Entassés. Un mot qui ne me plaisait pas, et auquel je trouvais une résonance particulièrement sinistre dans un cadre aussi charmant.

— Il y a des gradés sur place ? voulus-je savoir. Qui a pris l'enquête ?

— L'inspecteur Stone. Vous la trouverez en haut. C'est elle qui m'a demandé de vous biper. Le médecin légiste n'est pas encore arrivé. Ils viendront sûrement à deux. Quelle nuit...

— Vous pouvez le dire.

Bree Stone était l'un des meilleurs enquêteurs de la brigade des crimes violents, et l'une des rares collègues que je pouvais considérer comme une vraie partenaire, puisque nous vivions en couple depuis plus d'un an.

— Prévenez l'inspecteur Stone que je suis là. Je vais commencer par le rez-de-chaussée et je la rejoindrai.

— Entendu, inspecteur, je m'en occupe.

Fescoe se crut obligé de m'accompagner sur la terrasse. Un technicien était en train de passer la porte défoncée et le seuil à la lampe à U.V.

— Entrée par effraction, comme il se doit, poursuivit l'agent, en rougissant immédiatement, sans doute parce qu'il venait d'énoncer une évidence. Qui plus est, on a trouvé une trappe d'accès au toit, ouverte. Ils ont pu s'enfuir par là.

— Ils ?

— Moi, je pense qu'ils étaient plusieurs, compte tenu de l'étendue des dégâts. Je n'ai encore jamais vu ça, inspecteur. Dites, si vous avez besoin de quoi que ce soit d'autre, je...

— Je vous le dirai. Merci. Il vaut mieux que je fasse ça tout seul, je serai plus concentré.

Pour les grosses affaires, ma réputation semble attirer les flics motivés, ce qui peut avoir ses avantages,
mais là, je voulais découvrir la scène de crime seul. Et
à la mine sinistre de tous les techniciens qui ressor-
taient de la maison, je devinais que cela n'allait pas
être beau à voir.

J'étais encore loin de la vérité. Ce massacre de toute
une famille allait se révéler pire que ce que j'avais pu
imaginer.

Bien, bien pire.

2

Leur intention était de faire peur, me dis-je en pénétrant dans une alcôve pleine de lumière, à la décora-
tion chaleureuse. Mais à qui ? Pas à ces victimes. Pas
à cette malheureuse famille exécutée pour des raisons
encore obscures.

Au rez-de-chaussée, un spectacle de désolation en
disait long sur la violence de l'attaque. Presque tous les
meubles du salon et de la salle à manger avaient été
renversés ou détruits, voire les deux. Il y avait d'énormes
trous dans les cloisons, et des dizaines d'impacts. Les
débris de verre d'un lustre ancien jonchaient un tapis
d'Orient aux couleurs vives.

Cette scène de crime me laissait plus que perplexe. Je n'y comprenais rien et, pire, je n'avais encore jamais été confronté à une situation de ce genre au cours de ma carrière.

Un canapé Chesterfield criblé de balles avait été poussé contre le mur pour dégager le devant de la cheminée. Là où les trois premiers corps avaient été littéralement entassés.

J'avais déjà vu des horreurs au fil de mes enquêtes, mais là, face à une pareille monstruosité, j'étais comme pétrifié.

Comme on me l'avait annoncé, les corps gisaient les uns sur les autres, sur le dos. Le père, la mère et le fils. Il y avait des taches et des traînées de sang sur les murs, les meubles et au plafond. Une flaque s'était formée. Les malheureux avaient été agressés à l'arme blanche, et même mutilés.

— Oh, mon Dieu, murmurai-je.

Prière, ou imprécation destinée aux auteurs du massacre ? Les deux, sans doute.

— Amen, souffla l'un des techniciens chargés de relever les empreintes.

Nos regards ne se croisèrent même pas. Sur ce genre de scène de crime, on se borne à faire ce qu'il y a à faire, entre deux haut-le-cœur, et on s'efforce de ressortir sans avoir complètement perdu la raison.

À en juger par l'emplacement des traces de sang, les victimes avaient été agressées séparément, puis traînées jusqu'au milieu de la pièce pour y être entassées.

J'étais d'accord avec Frescoe : il y avait eu plusieurs tueurs. Quelque chose avait déclenché ce déferlement de violence, cette sauvagerie. Que s'était-il passé ?

Quelle était la cause du carnage ? La drogue ? Un rituel ? Une psychose ?

Une psychose collective ?

Je décidai de remettre ces interrogations à plus tard. D'abord, les méthodes. Ensuite, les mobiles.

Je tournai autour des cadavres et des bouts de corps en prenant garde à ne poser le pied qu'aux endroits où le parquet était resté sec. Je devais louvoyer entre les flaques de sang. Ces mutilations, ces meurtres semblaient n'obéir à aucune logique.

Le fils avait été égorgé, une balle avait transpercé le front du père, et la mère avait la tête tournée de façon bizarre, comme si on lui avait brisé la nuque.

Je la contournai pour voir son visage. On aurait dit qu'elle me regardait avec un semblant d'espoir, comme si je pouvais encore la sauver.

Je me penchai pour mieux l'examiner et là, brusquement, tout se brouilla et je sentis mes jambes se dérober sous moi. Je n'en croyais pas mes yeux.

Oh, non ! Mon Dieu, non !

Je fis machinalement un pas en arrière, glissai sur le sol mouillé et tendis le bras pour amortir ma chute. Ma main gantée traça une longue trace rouge sur le parquet.

Le sang d'Ellie Randall. Pas Ellie Cox. Ellie Randall.

Je la connaissais. Ou plutôt, je l'avais bien connue.

Cela remontait à l'époque lointaine où nous fréquentions tous deux les bancs de l'université de Georgetown. C'était ma petite amie. Mon premier amour, sans doute.

Et on venait de l'assassiner, elle et toute sa famille.

3

L'un des types qui relevaient les empreintes voulut m'aider, mais je m'étais déjà relevé. Je n'en restais pas moins sous le choc.

— Rien de cassé, lui dis-je. Ça va aller. Leur nom de famille, c'est comment, encore ?

— Cox, inspecteur. Ici, vous avez Reeve, Eleanor et James.

Eleanor Cox. Oui, c'était bien ça. En contemplant le visage d'Ellie, le cœur affolé, les larmes aux yeux, je revis la belle et intelligente étudiante en deuxième année d'histoire que j'avais croisée sur le campus de Georgetown alors qu'elle faisait signer une pétition contre l'apartheid. Elle s'appelait alors Ellie Randall. Comment imaginer, à cette époque, qu'elle connaîtrait une fin aussi tragique ?

— Besoin de quelque chose ?

Fescoe était déjà de retour et il me collait en attendant des instructions.

— Oh... trouvez-moi simplement un sac-poubelle, un truc de ce genre, répondis-je. S'il vous plaît. Merci.

J'enlevai délicatement mon blouson et m'en servis pour m'essuyer avant de le mettre dans le sac que Frescoe me tendait. Il fallait que je bouge, que je sorte de cette pièce, au moins momentanément.

En me dirigeant vers l'escalier, je vis descendre Bree.

— Alex ? me dit-elle. Que t'est-il arrivé ?

Si je me lançais dans des explications, je ne parviendrais pas à finir, je le savais.

— On en parlera plus tard, d'accord ? Qu'as-tu vu, là-haut ?

Elle me regarda d'un air bizarre, mais n'insista pas.

— Encore des horreurs. Au deuxième étage. Deux gosses de plus. Je crois qu'ils ont essayé de se cacher, mais ça n'a pas marché.

Le flash d'un appareil nous figea au milieu de l'escalier, façon spectres. J'avais l'impression d'être sous le coup d'une hallucination, dans un monde irréel. Je me voyais en train de patauger dans ma scène de crime. Ellie avait été assassinée. Je n'arrivais pas à me faire à cette idée.

— Pas de sang dans l'escalier, ni sur le palier, observai-je.

J'essayais de me concentrer sur les indices, de faire ce que j'avais à faire. Il faisait un froid de gueux. Une lucarne était ouverte. On annonçait des températures négatives, alors que nous n'étions que le 3 novembre. Même la météo avait perdu la tête.

— Alex ?

Bree m'attendait à la porte d'une chambre, au dernier étage.

— Tu es sûr que ça va aller ? me demanda-t-elle à mi-voix, pour que personne ne nous entende.

J'acquiesçai et jetai un coup d'œil à l'intérieur de la pièce.

Derrière Bree, les corps des deux fillettes gisaient, disposés en croix, sur un tapis en patchwork. Le lit, un lit à baldaquin blanc, était complètement défoncé, comme si quelqu'un avait sauté dessus à pieds joints, de toutes ses forces.

— Oui, ça va aller, dis-je. Il faut que je voie ce qui s'est passé ici. Je voudrais comprendre ce que tout cela signifie. Avoir au moins un début d'explication. Qui, par exemple, a bien pu sauter sur ce lit ?

4

Hélas, cette nuit-là ne m'apporta pas l'ombre d'une réponse. Cinq membres d'une même famille avaient été sauvagement assassinés. Par qui, et pourquoi, personne n'en avait la moindre idée.

Le mystère s'épaissit encore environ une heure après mon arrivée. Deux hommes de la CIA débarquèrent, firent le tour des lieux et repartirent. Que fichait la CIA ici ?

Il était plus de 3 h 30 quand Bree et moi rentrâmes à la maison, Cinquième Rue. Seuls les légers ronflements d'Ali, à l'étage, troublaient le silence. Ces bruits de petit garçon avaient quelque chose de rassurant, de réconfortant.

Dans la cuisine, Nana Mama avait laissé la lumière de la hotte allumée et mis sous cellophane une assiette de cookies bien moelleux qu'elle avait confectionnés en guise de dessert. Les quatre derniers.

Nous l'emportâmes dans notre chambre, avec deux verres et une bouteille de vin à moitié pleine.

Deux heures plus tard, je n'avais toujours pas réussi à trouver le sommeil. Dans ma tête, c'était le chaos. Bree finit par se redresser et allumer la lumière. Assis au bord du lit, je sentis la chaleur de son corps contre mon dos, son haleine sur ma nuque.

— Tu as dormi un tout petit peu, au moins ?

Ce n'était pas vraiment ce qu'elle voulait savoir.

— La mère, je la connaissais, Bree. On était à Georgetown ensemble. Je ne peux pas croire qu'une chose pareille ait pu lui arriver. Non, pas ça...

Elle eut un petit hoquet d'étonnement.

— Oh, Alex, je suis désolée. Pourquoi ne le disais-tu pas ?

Soupir.

— Je ne suis même pas sûr de vouloir en parler maintenant.

— Ne t'inquiète pas, me dit-elle en me serrant contre elle. Rien ne t'oblige à en parler. Ne le fais que si tu en as envie, Alex. Je suis là.

— Nous étions si proches l'un de l'autre, Bree. Nous sommes sortis ensemble pendant un an. Je sais que ça remonte à bien longtemps, mais... (Mais quoi ? Oui, c'était déjà du sérieux.) J'étais amoureux d'elle, à cette époque. Ça me fiche un de ces coups...

— Tu veux te retirer de l'enquête ?

— Non.

Je m'étais déjà posé la question, et la réponse avait été immédiate.

— Je pourrais demander à Sampson ou à quelqu'un de la brigade des crimes violents de s'en charger. On te tiendrait au courant en permanence.

— Bree, je ne peux pas lâcher cette enquête-là.

— Cette enquête-là ? (Ses doigts glissèrent le long de mon bras.) Tu penses à une autre affaire, c'est ça ?

Je savais où elle allait en venir.

— Cela n'a rien à voir avec Maria, si c'est ce que tu veux dire.

Ma femme, Maria, avait été abattue quand nos enfants étaient encore tout petits. Je n'avais réussi à boucler l'enquête que très récemment, après avoir passé des années à vivre un véritable supplice, à culpabiliser. Pour autant, Maria était mon épouse, l'amour de ma vie. Ellie, c'était autre chose. Je n'avais pas le sentiment de faire l'amalgame.

— D'accord, me dit-elle en me caressant le dos pour m'apaiser. Dis-moi ce que je peux faire.

Je l'entraînai sous les draps.

— Reste contre moi. C'est tout ce dont j'ai besoin maintenant.

— Ça me va.

Et dans les bras de Bree, j'eus vite fait de m'endormir. Deux bonnes heures de sommeil...

5

— Je vois... je vois... un journal rose, lança Bree.

Ali le repéra immédiatement.

— Il est là-bas ! Je l'ai trouvé ! C'est vrai qu'il est rose. C'est bizarre, un journal rose...

À la grande joie et à l'immense surprise de ma famille, je n'étais pas parti travailler à une heure indécemment matinale au lendemain de la macabre découverte. J'avais décidé d'accompagner les enfants à l'école, tranquillement, à pied. Pour tout dire, j'avais presque tous les jours envie de le faire, mais parfois je ne pouvais pas, et parfois je le négligeais tout simplement. Aujourd'hui, ma vie avait besoin d'une grande bouffée d'air frais. De sourires. Et des gloussements d'Ali.

Jannie passait sa dernière année de collège à Sojourner Truth. L'an prochain, ce serait le lycée. Ali, lui, découvrait le monde de l'école. J'avais l'impression d'assister à une caricature du cycle de la vie. Ellie et sa famille avaient disparu, tandis que mes enfants, eux, grandissaient à vue d'œil.

Arborant mon plus beau sourire de papa, je m'efforçai de chasser les images sinistres de la veille.

— À qui le tour ?

— J'ai une devinette, lança Jannie en nous regardant, Bree et moi, avec le sourire d'un chat prêt à dévorer un canari. Je vois… je vois deux PVC.

— C'est quoi, des pévécés ? demanda Ali en tendant le cou dans toutes les directions pour trouver ce qu'elle désignait.

— P, V, C, chantonna-t-elle. Et elle précisa à mi-voix, sans doute pour ménager l'innocence de son petit frère – ce qui ne m'empêcha pas de rougir légèrement : Personnes Vivant en Concubinage.

Bree lui toucha l'épaule.

— D'où sors-tu ça ?

— C'est Cherise J. Elle dit que sa mère raconte que vous vivez… vous voyez, quoi… dans le péché.

Nous échangeâmes discrètement un regard. Cela devait arriver, un jour ou l'autre. Bree et moi étions ensemble depuis plus d'un an, et elle passait beaucoup de temps chez nous. Parce que les enfants étaient ravis de la voir. Et moi aussi.

— Je crois que Cherise et toi devriez trouver un autre sujet de conversation, lui dis-je.

— Oh, ne t'en fais pas, papa. J'ai répondu à Cherise qu'il fallait que sa mère arrête de se prendre la tête. Après tout, même Nana Mama, elle s'y est faite, alors que dans le dico, elle figure plutôt à la page « vieux jeu », non ?

— Tu n'as aucune idée de ce qu'on peut trouver dans un dictionnaire, rétorquai-je.

Bree riait. Moi aussi. Nous avions cessé d'être politiquement corrects avec Jannie qui, ces derniers temps, était à la croisée des chemins : plus tout à fait fille, et pas encore femme.

— Qu'est-ce que ça a de drôle ? s'étonna Ali. Allez, dites-moi. C'est quoi ?

Je le soulevai pour l'installer à califourchon sur mes épaules. Nous n'avions plus qu'une cinquantaine de mètres à faire.

— Je te raconterai dans cinq ans.

— Oh, je sais. Bree et toi, vous vous aimez. Tout le monde est au courant. Pas de quoi en faire un fromage. C'est plutôt bien.

— Effectivement, conclus-je avant de lui faire un bisou.

Nous le déposâmes à l'entrée de l'école côté est. Tous ses petits camarades étaient en train de se mettre en rang dans la cour. Jannie lui cria à travers le grillage :

— À plus tard, petit lézard ! Je t'aime.

— À tout à l'heure ! Moi aussi, je t'aime.

Depuis que leur grand frère, Damon, inscrit dans une école préparatoire, était parti dans le Massachusetts, ces deux-là étaient devenus inséparables. Le week-end, Ali dormait souvent sur un matelas pneumatique au pied du lit de sa sœur, dans ce qu'il appelait « son nid ».

Nous laissâmes Jannie de l'autre côté de l'établissement, où les grands affluaient. Elle nous embrassa tous les deux, et je la tins dans mes bras un peu plus longtemps que d'habitude.

— Je t'aime, ma chérie. Toi et tes frères, vous êtes ce qu'il y a de plus important pour moi.

Elle ne put s'empêcher de regarder autour d'elle pour s'assurer que personne ne m'avait entendu.

— Moi aussi, papa.

Puis, quasiment dans le même souffle, elle cria : Cherise ! Attends-moi !

Dès qu'elle eut disparu, Bree me prit par le bras.

— Alors, comme ça, tout le monde sait que toi et Bree vous êtes amoureux ?

Je souris.

— Que veux-tu que je te dise ? C'est la grande rumeur du moment, en tout cas.

Je déposai un baiser sur ses lèvres.

Et c'était si bon que je dus recommencer.

6

À 9 heures, après avoir fait provision de baisers, j'étais prêt à assister au plus déplaisant des briefings. La réunion, entièrement consacrée à la tuerie, avait lieu dans la grande salle de conférences du Daly Building, juste en face de mon bureau. Au moins, c'était pratique. Tous les enquêteurs disponibles seraient là, ainsi qu'un contingent d'hommes du deuxième district, qui couvrait une bonne partie de Georgetown.

Je ne parvenais pas à m'ôter de la tête le fait qu'Ellie était la victime. L'une des victimes.

Le bureau du médecin légiste était représenté par le Dr Paula Cook, un enquêteur brillant, qui avait le charisme d'un flan au tapioca. Quand nous nous serrâmes la main, je vis les coins de sa bouche tressaillir. J'en déduisis qu'elle avait esquissé un sourire, je souris donc à mon tour.

— Merci d'être venue, Paula. On a besoin de vous sur ce coup-là.

— Je n'ai rien vu de pire en quatorze ans. Tous ces gosses, les parents. J'en ai la nausée. Ça dépasse l'entendement.

En arrivant, nous avions pris un paquet de photos de la scène de crime pour les épingler dans la salle. J'avais demandé des grands formats, pour que tout le monde puisse se faire une idée du carnage de Georgetown et ressentir ce que je ressentais.

Quelques minutes plus tard, face à l'assemblée, je pris la parole :

— Il pourrait s'agir d'un acte isolé, mais je ne veux pas m'en tenir à cette hypothèse. Plus nous comprendrons, plus nous serons préparés si cela se reproduit. Ce n'est pas forcément un acte isolé.

Je savais que certains flics de la criminelle particulièrement blasés ne seraient pas d'accord et que, pour eux, j'avais passé trop de temps à traquer des tueurs en série, mais en ce moment, leur avis m'importait peu.

Pendant près d'un quart d'heure, je fis un récapitulatif sommaire à l'intention de ceux qui n'étaient pas sur place la veille. Puis Paula prit le relais et commenta les photos.

— L'aspect des plaies indique que différentes armes blanches ont été utilisées, avec des forces et des aptitudes variables, expliqua-t-elle en désignant à l'aide d'un pointeur laser les endroits où les corps de la famille Cox avaient été lacérés, percés, mutilés.

» Il y avait au moins une lame crantée. Et une autre d'une taille inhabituelle. Une machette, peut-être. Les amputations n'ont pas été faites proprement ; elles résultent plutôt de coups répétés.

Au premier rang, un inspecteur du nom de Monk Jeffries posa une excellente question :

— Vous pensez qu'ils s'exerçaient ? Qu'ils n'avaient encore jamais fait ça ?

— Je ne sais pas, répondit Paula, mais cela ne m'étonnerait pas.

— Oui, Monk, intervins-je, car j'avais ma propre opinion. On a l'impression qu'ils s'exerçaient. Cette scène de crime a quelque chose de très jeune.

— Jeune, au sens d'inexpérimenté ?

— Non, tout simplement jeune. Je parle des lacérations, du lit brisé, du vandalisme en général. Et il y a aussi le fait que les auteurs étaient probablement au moins cinq, ce qui constitue un groupe d'agresseurs important. Ces différents éléments m'orientent vers trois pistes. Dans l'ordre : un gang, une secte, ou des mafieux.

— Un gang ? répéta un autre collègue, dans le fond. Vous avez déjà vu un gang commettre un massacre pareil ?

— Je n'ai jamais vu un massacre pareil, point barre, répondis-je.

— Moi, je mise vingt billets sur les mafieux. Qui me suit ?

La saillie était signée Lou Copeland, un des hommes de la section criminelle, compétent mais puant. Quelques-uns de ses copains ricanèrent.

Moi pas. Mon bloc-notes vola à travers la salle, jusqu'au mur. Comme cela ne me ressemblait pas, le geste fit son petit effet.

Tout le monde s'était tu. En allant ramasser mon projectile, je vis Bree et Sampson échanger un regard qui ne me plut guère. Ils se demandaient si j'allais être capable de gérer cette enquête.

Bree prit la suite et commença à distribuer les affectations. Il fallait ratisser le quartier de Cambridge Place, tanner le labo pour qu'il nous sorte les analyses au plus vite et contacter tous les indics du coin pour essayer d'obtenir des renseignements.

— Sur ce coup-là, vous devez vous surpasser, insista Bree. Et il nous faut des réponses d'ici ce soir.

— Mais en ce qui concerne...

— *La séance est levée !*

Tout le monde se retourna. C'était Sampson.

— Si vous avez d'autres questions, vous pouvez appeler Stone ou Cross sur leur mobile. En attendant, il y a un énorme travail de terrain à faire. L'enquête est prioritaire, alors au boulot ! On s'y met, et à fond !

7

Le Tigre était le plus grand et le plus fort des dix Noirs bien musclés qui couraient sur le goudron fissuré du terrain de basket de Carter Park, à Petway. Il avait conscience d'être moyennement doué pour les tirs et les dribbles, mais au rebond, c'était un vrai pro et il défendait son panier avec une énergie impressionnante. Il avait surtout horreur de perdre. Dans son univers, perdre, c'était mourir.

Le joueur qu'il couvrait était surnommé Buckwheat. Le Tigre avait entendu dire que cela avait un rapport avec une vieille série télévisée américaine qui se moquait parfois des enfants noirs.

Ça n'avait pas l'air de gêner Buckwheat, ou alors il s'y était habitué. Sur le terrain, il était rapide, et bon tireur. C'était aussi un adepte du *trash-talking*, cet art de chambrer l'adversaire, très prisé des jeunes joueurs de Washington. Le Tigre avait commencé à jouer au basket à Londres, dès son entrée à l'université, mais on pratiquait peu le *trash-talking* dans les équipes anglaises.

— Tu te la pètes, mais tu vas perdre ! cria le Tigre alors que son adversaire et lui remontaient le terrain, épaule contre épaule.

Buckwheat évita un défenseur, réceptionna une passe à terre dans le coin gauche et tira en extension. Une longue et parfaite parabole. Il n'avait déjà plus le ballon quand le Tigre le heurta violemment.

— Macaque de mes deux ! hurla Buckwheat tandis qu'ils remontaient le terrain.

— Ah, tu crois ?

— C'est pas que je le crois, je le sais. Dans une minute, tu feras le grand singe sur le banc de touche !

Le Tigre rit, sans rien ajouter. Il marqua à la faveur d'un rebond. Puis l'équipe de Buckwheat contre-attaqua et déferla vers le panier adverse.

Une passe décisive permit à Buckwheat d'attraper le ballon en plein élan. Il allait marquer en force, en s'accrochant à l'arceau. Et comme il avait un peu d'avance sur le Tigre, il s'offrit le luxe de crier : « Gagné ! » avant même d'exécuter le *dunk* de la victoire.

Il était en suspension, gracieux, puissant, quand le Tigre le percuta de toute sa force, de tout son poids. Buckwheat, un mètre quatre-vingt-huit, embrassa le poteau métallique et s'effondra sur le bitume, le visage ruisselant de sang.

— Gagné ! s'exclama le Tigre, les bras levés.

Il adorait jouer au basket. Quel pied, de battre ces grandes gueules d'Afro-Américains qui ne connaissaient rien du monde, du monde réel.

Sur les côtés, ses fans l'acclamaient comme s'il était Michael Jordan et Kobe Bryant réunis, mais il savait bien que ce n'était pas le cas. Il ne voulait pas ressembler à Mike ou à Kobe. Il était bien meilleur.

Il avait un pouvoir de vie ou de mort, et il l'exerçait chaque jour.

Lorsqu'il quitta le terrain, un homme vint à sa rencontre. Un homme qui, dans ce quartier, ne pouvait pas passer inaperçu, car il portait un costume gris et il était blanc.

— Ghedi Ahmed, fit le diable blanc. Tu sais qui c'est ?

Le Tigre hocha la tête.

— Je sais qui il était, avant.

— Qu'il serve d'exemple.

— Lui, et sa famille.

— Bien sûr, dit le diable blanc. Sa famille aussi.

8

Je pris mon téléphone pour demander un coup de main à Avie Glazer, le patron de la section antigang du troisième district, en lui expliquant pourquoi cette enquête revêtait, pour moi, une importance particulière.

— Évidemment, que je vais t'aider. Tu me connais, Alex. Moi, je m'occupe plutôt de La Mara R, des Vatos Locos, des gangs du nord-ouest, mais tu peux venir ici et essayer de te renseigner au coin de la 17ᵉ et de R Street, si tu veux. Histoire de voir si quelqu'un a des infos.

— Ne pourrait-on pas se voir ? Je te dois une bière.

— Attends, si je compte les services et les bières que tu me dois, on en est à combien ?

C'était sa manière à lui de dire oui. Bree m'accompagna. Nous avions rendez-vous avec Avie dans une petite salle de billard minable qui s'appelait *Le Quarante-Quatre*. Le patron des lieux nous expliqua que c'était son âge au moment où il avait ouvert. Avie l'écouta poliment mais, visiblement, il connaissait déjà l'histoire par cœur.

— Je trouvais que c'était pas plus nul qu'autre chose, comme nom.

Une attitude je-m'en-foutiste typique d'un gars qui devait être toxico depuis longtemps. Il ne gagnait certainement pas sa vie avec ses billards et ses sodas. Il s'appelait Jaine Ramirez. Avie m'avait conseillé de ne pas le bousculer et de le traiter avec quelques égards.

— Sauriez-vous quoi que ce soit au sujet des meurtres commis à Georgetown hier ? lui demandai-je après un bref échange de banalités. Ils étaient plusieurs.

— Sale histoire, marmonna-t-il, accoudé sur le vantail de sa porte, une cigarette brune fichée à la verticale entre ses gros doigts.

Du menton, il indiqua la télévision accrochée au mur, dans le coin.

— Je reçois que la Quatre, ici, inspecteur.

Bree intervint :

— Et vous n'avez pas entendu parler de nouveaux coups ? Avec une équipe que nous ne connaîtrions peut-être pas ? Capable de liquider toute une famille ?

— Je peux pas être au courant de tout, fit Ramirez en haussant les épaules, et là, Glazer le regarda. Mais ouais, en fait, il y a des bruits qui courent.

Son regard glissa involontairement sur mon visage et celui de Bree avant de s'arrêter sur Avie.

— Des Africains, lui dit-il.

— Des Afro-Américains ? voulus-je lui faire préciser. Ou bien...

— Des Africains africains. (Il se tourna vers Avie.) Yo, man, je vais avoir droit à quelque chose, pour ça, ou c'est du gratos ?

Avie me lança un regard avant de répondre à Ramirez :

— Disons que je te dois un service.

— Quel genre d'Africains ? demandai-je.

Il soupira, l'air accablé.

— Qu'est-ce que j'en sais, moi ? Des Africains genre Noirs qui viennent d'Afrique.

— Ils parlent anglais ?

— Ouais, mais moi, j'ai jamais eu l'occasion de leur adresser la parole. Apparemment, ils trempent un peu dans tout. Ils liquident des types, ils dealent, ils braquent, ils ont des putes. C'est pas le genre de gang qui s'amuse à taguer les murs à la sauvette.

Il ouvrit un frigo vitré et sortit une canette de Coca.

— Quelqu'un a soif ? Deux dollars.

— J'en prends une, fit Glazer.

Il glissa deux billets dans la main de Ramirez, et pas des billets d'un dollar. Puis il se tourna vers moi.

— Toi aussi, tu me dois quelque chose. Et je compte bien passer à la caisse.

— Des Africains, répéta Ramirez tandis que nous nous dirigions vers la porte. D'Afrique.

9

J'aurais tout donné pour être ailleurs. N'importe où, mais pas ici.

C'était à la fois si triste, si tragique et si étrange. Tant de souvenirs remontaient à la surface...

J'étais à Georgetown, chez Ellie. Son bureau, à l'étage, respirait l'ordre. Tout était rangé avec soin. Ellie était comme ça, à l'époque de nos balbutiements amoureux.

L'autobiographie à succès de Sidney Poitier, *The Measure of a Man*, reposait, ouverte, sur l'accoudoir d'un fauteuil. J'aimais beaucoup ce livre. En matière de littérature, de musique et de politique, Ellie et moi avions la même sensibilité.

Les stores étaient tous tirés à la même hauteur, au centimètre près. Sur le bureau, il y avait un Mac, un téléphone, un agenda et quelques photos de famille dans leurs cadres argentés. Étrange ambiance par rapport au rez-de-chaussée entièrement saccagé par les tueurs, la veille.

Je commençai par éplucher l'agenda d'Ellie, puis fouillai les tiroirs. Je ne savais pas trop ce que je cherchais, mais au moins, cette fois, j'avais les idées claires.

J'allumai l'ordinateur et ouvris la boîte mail pour regarder les messages qu'Ellie avait récemment reçus, envoyés, supprimés. Connaissait-elle les tueurs ?

Le premier élément qui attira mon attention fut une note émanant d'un éditeur de Georgetown University Press. Il y était question de la date de remise du « nouveau manuscrit » d'Ellie.

Ellie allait publier un nouveau livre ? Elle occupait une chaire d'histoire à Georgetown, mais je n'en savais guère plus. Au cours des quinze dernières années, nous nous étions tout au plus croisés lors de quelques soirées caritatives. Elle était mariée et moi, durant une bonne partie de cette période, non. Dans ce genre de situation, on coupe parfois les ponts.

En tapant le nom d'Ellie sur les sites d'Amazon et de Barnes & Noble, je découvris trois titres. Des ouvrages qui, chacun, s'intéressaient à la situation sociopolitique de l'Afrique. Le plus récent, *Phase critique*, avait été publié quatre ans plus tôt.

Où se trouvait le nouveau livre ? Existait-il un manuscrit inachevé que j'eusse pu lire ?

Je pivotai sur mon fauteuil. La bibliothèque couvrait deux murs de la pièce, du sol au plafond. Il y avait là des centaines de livres, au milieu desquels trônaient des prix et des distinctions.

Les autres murs étaient ornés de dessins d'enfants et de photos.

Et là, je vis ma tête.

10

C'était un vieil instantané datant de l'époque où nous étions étudiants. Je le reconnus immédiatement. Ellie et moi, assis sur une couverture, au milieu de la pelouse du National Mall. Nous venions de passer nos examens. Un été d'internat à l'hôpital Sibley Memorial m'attendait, et j'étais en train de tomber amoureux pour la première fois de ma vie. Ellie aussi, elle me l'avait avoué. Sur la photo, dans les bras l'un de l'autre, nous affichions de grands sourires, et tout laissait penser que ce serait à jamais ainsi.

Aujourd'hui, j'étais chez Ellie, chargé d'une responsabilité à son égard que jamais je n'aurais imaginée…

Mon regard nostalgique s'attarda quelques secondes sur la photo, puis je me ressaisis pour revenir à la sinistre réalité.

Il ne me fallut pas longtemps pour mettre la main sur un manuscrit de trois cents pages, intitulé *La Mort au bout du chemin*. Avec, en sous-titre : *Afrique centrale : quand la vie et les affaires passent par le crime.*

Un billet d'avion avait été inséré dans le manuscrit. Un aller-retour Washington-Lagos. Ellie était rentrée du Nigeria deux semaines plus tôt.

Le sommaire du document, manifestement inachevé, laissait apparaître une section intitulée « Violence à l'africaine », qui comprenait un chapitre « Des familles massacrées ».

Et je pus lire : « Au Nigeria, et plus encore au Soudan, des chefs de bande louent leurs services. Ces

hommes d'une grande brutalité – *le plus souvent
entourés de très jeunes gens, parfois âgés d'à peine dix
ans* – ont une insatiable soif de violence et de sadisme.
Ils prennent volontiers pour cibles des familles
entières, car c'est le meilleur moyen de s'assurer que
la nouvelle et la peur se propageront. Les familles sont
massacrées dans leur baraque, dans leur case, et les
chefs de bande les plus redoutables vont même jusqu'à
faire plonger les corps de leurs victimes dans de l'huile
bouillante. »

Je décidai d'emporter le manuscrit pour le photo-
copier. Je voulais lire tout ce qu'Ellie avait écrit.

Était-ce ce livre qui avait signé son arrêt de mort ?

Devant l'une des photos, sur laquelle on voyait Ellie,
son mari et leurs trois beaux enfants, je sentis mon
cœur se serrer.

Aujourd'hui, ils étaient tous morts.

Assassinés ici même, sous leur toit. Au moins
avaient-ils eu la chance de ne pas être ébouillantés.

Puis mon regard s'attarda une dernière fois sur la
photo d'Ellie et moi dans le parc du National Mall.
Jeunes et amoureux. Ou du moins pensions-nous
l'être...

— Ellie, je ferai ce que je peux pour toi et les tiens.
Je te le promets.

Je repartis, en me demandant : *Qu'as-tu découvert
en Afrique ?*

*Est-ce que quelqu'un, là-bas, t'a suivie jusqu'à
Washington ?*

11

Tout le monde comprit qu'il y avait un problème, mais personne n'en devinait la nature, ni la gravité.

Une camionnette vert foncé s'était arrêtée brusquement devant la mosquée Masjid Al-Shura, à Washington, alors que plus de cent cinquante fidèles se massaient sur le trottoir.

À l'instant même où Ghedi Ahmed vit les jeunes armés surgir du véhicule, remarqua leurs cagoules grises, leurs masques noirs, leurs grosses lunettes de soleil, il sut qu'ils étaient venus pour lui. Ce n'étaient que des gamins. Les gamins du Tigre.

Les premiers coups de feu furent tirés en l'air. À titre d'avertissement. Hommes et femmes se mirent à hurler. Certains coururent se réfugier à l'intérieur de la mosquée.

D'autres se jetèrent à plat ventre sur le trottoir en tentant de protéger leurs enfants comme ils le pouvaient.

Les mains en l'air, bien en évidence, Ghedi Ahmed décida de s'écarter de sa famille. Plutôt mourir seul, se dit-il, tremblant comme une feuille. Pourquoi les entraîner avec lui dans la mort ?

À peine avait-il parcouru quelques mètres qu'il entendit Aziza, sa femme, pousser des cris, et il se rendit compte alors qu'il venait de commettre une énorme erreur.

— Ghedi ! Ghedi !

Il se retourna et vit les jeunes fauves s'emparer d'Aziza et la jeter dans la camionnette. Puis ce fut le tour des enfants. Ils enlevaient aussi leurs enfants ! Dans la camionnette, tous les quatre.

Ghedi fit demi-tour en hurlant plus fort que tous les autres, plus fort qu'Aziza.

Un fidèle eut le courage de donner un coup de poing à l'un des ravisseurs. Le jeune cria juste « Sale chien ! » et lui tira une balle en plein visage. Et il fit feu une deuxième fois alors que l'homme agonisait déjà sur le trottoir, les bras en croix.

Une autre balle faucha une vieille dame au moment où Ghedi la bousculait.

La suivante le toucha à la jambe, et sa course devint chute. Deux des gamins le ramassèrent et le jetèrent à l'intérieur du véhicule, où il rejoignit le reste de sa famille.

— Les enfants ! sanglotait Aziza. Pas les enfants !

— Où nous emmenez-vous ? cria Ghedi. Où ?

— Auprès d'Allah, répondit le chauffeur, qui n'était autre que le Tigre en personne.

12

Le mystère s'épaississait, devenant chaque jour plus critique, mais cela ne semblait guère perturber la plupart des habitants de la capitale. Sans doute parce que le dernier drame avait eu lieu dans le quartier de Southeast, et qu'on ne comptait que des Noirs parmi les victimes.

C'est à la décharge de Lorton que finit une bonne partie des ordures ménagères de Washington. Plus de cent vingt hectares d'immondices et une puanteur sans nom, mais les corps avaient malgré tout été retrouvés, ce qui tenait du miracle. Au volant de ma Mercedes, je suivais, entre des collines d'ordures hautes de dix mètres, une piste jusqu'au camion-benne orange et blanc des services de la propreté de la ville de Washington, autour duquel une équipe était déjà à l'œuvre.

Les masques de protection qu'on nous avait donnés à l'entrée n'empêchaient pas vraiment les odeurs de nous fouetter les narines.

— Une petite escapade à la campagne. Oh, c'est tellement romantique, Alex...

Bree ne se laissait jamais abattre, c'était l'un de ses charmes.

— Oui, je cherche toujours de nouvelles idées de balades.

— Et cette fois-ci, je dois dire que tu t'es surpassé !

En descendant de voiture, j'aperçus Sampson en train de parler au conducteur de la benne. Derrière eux et la rubalise, il y avait six draps jaunes recouvrant les corps.

Quatre enfants et leurs parents. Quatre adultes et sept enfants avaient été exécutés en l'espace de quelques jours.

Sampson vint nous briefer.

— Le camion a démarré tôt ce matin, quand les rues étaient désertes, et il s'est arrêté un peu partout dans le Midtown. Il a récupéré le contenu de quarante et une bennes en dix-huit points différents, dont certains ne se trouvent qu'à quelques rues de la mosquée. Je te dis pas le boulot qui nous attend.

— D'autres bonnes nouvelles ? lui demandai-je.

— Pour l'instant, seuls les corps ont été retrouvés. Personne ne sait où sont passées les têtes.

Les six victimes avaient été décapitées. Un détail que nous n'avions pas encore communiqué à la presse.

— J'adore mon boulot, j'adore mon boulot, répéta tranquillement Bree. Tu n'imagines pas comme je suis pressée d'aller travailler, le matin.

Je demandai à Sampson où se trouvait le corps du père. Nous allions commencer par là. Je soulevai le drap. Ce n'était vraiment pas beau à voir, mais je n'eus pas besoin d'un médecin légiste pour constater que, cette fois, le travail avait été fait beaucoup plus proprement. Pas de plaies externes. Pas de blessures par balle, pas de lacérations, pas de perforations. Mais la partie inférieure du corps avait été sérieusement brûlée.

Ces meurtres semblaient n'avoir aucun sens, mais n'avaient sans doute pas été commis par hasard.

Ils avaient forcément un lien avec le massacre d'Ellie et sa famille, mais lequel ?

— Il y a quelques similitudes et quelques différences très nettes, observa Sampson. Deux familles assassinées de manière soudaine. Plusieurs agresseurs. En revanche, une attaque à domicile, et l'autre devant une mosquée. Et dans les deux cas, également, des mutilations.

— Mais de types différents, observa Bree. Et si on ne retrouve pas les têtes…

— Quelque chose me dit qu'on ne mettra jamais la main dessus, fis-je.

— Auquel cas, elles pourraient avoir été conservées comme trophées, comme souvenirs.

— Ou comme justificatifs.

Ils me regardèrent.

— Peut-être qu'ici, il s'agit de business et que, dans l'autre affaire, le mobile était d'ordre personnel. Par ailleurs, en regardant CNBC, je viens d'apprendre que Ghedi Ahmed était le frère d'Erasto Ahmed, un membre d'al-Qaida basé en Somalie.

— Al-Qaida ? murmura Bree, interloquée.

Nous demeurâmes un moment silencieux, essayant désespérément de comprendre la signification de ces crimes épouvantables. Et une fois de plus l'image d'Ellie me revint à l'esprit. Y avait-il un rapport entre son séjour en Afrique et son assassinat ?

Sampson fut le premier à reprendre la parole.

— À quoi avons-nous affaire, alors ? À une guerre menée sur deux fronts ?

— Peut-être, dis-je. À moins qu'il n'y ait deux équipes.

Ou un seul et unique instigateur, un tueur très brillant s'amusant à brouiller les pistes...

13

Les agences fédérales s'intéressaient visiblement aux deux affaires. Des dossiers brûlants, dont les ramifications s'étendaient jusqu'à l'étranger. La CIA était probablement au courant de quelque chose, puisque deux de ses hommes avaient débarqué chez Ellie juste après les meurtres. Restait à savoir si on consentirait à me révéler quoi que ce soit et jusqu'où, le cas échéant, iraient les confidences...

Je fis valoir quelques services rendus à l'époque où j'étais au FBI pour obtenir un rendez-vous au siège de l'agence, à Langley. Non seulement on accepta de me recevoir, mais on m'épargna le premier rendez-vous que prévoyait habituellement le protocole, ce qui en disait long sur l'importance que la CIA accordait à ces dossiers. Là-bas, en général, on commence par vous envoyer quelqu'un qui ne peut strictement rien faire pour vous avant de vous laisser rencontrer les gens dont vous avez réellement besoin.

J'eus droit à une équipe au complet : Eric Dana, du NCS, service chargé de tous les renseignements à l'étranger ; deux analystes tirés à quatre épingles, qui ne devaient pas avoir plus de vingt-cinq ans et ne prononcèrent pas un seul mot ; et enfin une tête connue, Al Tunney, de l'OTI, le bureau des affaires transnationales.

Tunney et moi avions travaillé ensemble sur une enquête concernant la mafia russe, quelques années plus tôt. J'espérais le voir soutenir mon propos, mais, manifestement, c'était la réunion d'Eric Dana. Son dossier. La table d'acajou brillait, et derrière les baies vitrées, il n'y avait que du vert à perte de vue : la pelouse, la forêt. Un cadre paisible, serein, parfaitement trompeur.

— Inspecteur Cross, dit Dana, pourquoi ne pas commencer par nous dire ce que vous savez ? Cela nous faciliterait la tâche.

Je ne leur cachai rien, je n'en voyais pas l'utilité. Je leur décrivis par le menu les trois scènes de crime – la maison des Cox, les abords de la mosquée al-Shura, la décharge de Lorton.

Je fis également circuler quelques photos, par ordre chronologique.

Puis je racontai tout ce que j'avais appris ou entendu dire sur les chefs de bande africains, y compris ce que j'avais lu dans le manuscrit d'Ellie. Je fis alors allusion, pour la première fois, aux deux agents de la CIA aperçus sur la première scène de crime.

— Nous ne ferons aucun commentaire à ce sujet, déclara Dana. Pas à ce stade.

— Je ne vous demande pas de m'ouvrir tous vos dossiers, lui répondis-je. Je voudrais juste savoir si vous êtes sur la piste d'un tueur aux États-Unis. Et, le cas échéant, si vous avez une idée de l'endroit où il pourrait être.

Dana m'écouta, rangea ses papiers et se leva.

— Bien. Merci, inspecteur Cross. Voilà qui nous a été très utile. Nous vous recontacterons. Laissez-nous quelques jours, le temps de faire ce que nous avons à faire.

Ce n'était pas la réaction que j'espérais.

49

— Un instant, que me racontez-vous ? Je veux que vous me mettiez au courant tout de suite.

Malaise. Dana regarda ses analystes comme pour leur demander : personne n'a prévenu ce type ?

Puis il se tourna vers moi, avec politesse.

— Je comprends votre impatience, ins...

— Non, je ne crois pas que vous compreniez, l'interrompis-je en lançant un regard à Al Tunney qui, gêné, jouait des fesses sur sa chaise. Al, est-ce une décision commune ?

Ses yeux faisaient la navette entre Dana et moi.

— Personne n'a rien décidé, Alex, finit-il par lâcher. Nous ne pouvons pas transmettre des informations aussi rapidement, c'est tout. Ce n'est pas notre façon de fonctionner. Tu le savais en venant ici.

— Vous ne pouvez pas, ou vous ne voulez pas ?

Mon regard glissa de Tunney à Dana.

— Nous ne voulons pas, répondit Dana. Et c'est moi qui ai pris cette décision, personne d'autre. Vous n'avez pas idée des dégâts que cet homme et son équipe ont déjà pu faire.

— Raison de plus pour renoncer aux guerres de territoire, vous ne croyez pas ? Nous sommes ici pour les mêmes motifs.

Il se leva.

— On vous recontactera.

Et il quitta la pièce. Tellement CIA.

14

Je ne pouvais pas en rester là.

Dans le vaste couloir, presque désert, j'interpellai Tunney avant qu'il ne s'éclipse.

— Hé, Al ! Je n'ai pas eu le temps de te demander comment vont Trish et tes enfants. (Je fis signe au type chargé de m'escorter de patienter.) J'en ai pour une seconde.

En me voyant approcher, Al me regarda avec une grimace. Je savais qu'il était marié, mais sa femme ne se prénommait sans doute pas Trish, ou alors j'avais des dons de voyance.

J'allai droit au but.

— Tu sais quelque chose, sinon tu n'aurais pas participé à la réunion. Dana non plus. Vos hommes sont venus voir la scène de crime. Il faut que tu m'aides, Al. Donne-moi quelque chose, n'importe quoi.

— Je ne peux pas, Alex. Le dossier est encore plus important que tu ne l'imagines. Tu as entendu mon boss. Tout remonte jusqu'à la direction du groupe, c'est dire. Steven Millard est sur le coup. Je t'assure qu'une cnquête est en cours. Nous prenons cette affaire très au sérieux.

— Écoute, Eric Dana ne me connaît pas, Steven Millard non plus, mais toi, oui. Tu sais que je suis capable de remuer ciel et terre. Je n'ai pas besoin de te le prouver, n'est-ce pas ?

Je fis un pas de côté pour masquer le grand sceau de la CIA ornant le mur.

— Très drôle.

— Attends, Al. Deux familles sont déjà mortes. Cela ne compte pas, pour toi ?

Il eut alors une réponse des plus inattendues :

— Pas autant que tu pourrais le croire. Il y a d'autres monstres.

Mon accompagnateur, à la croisée des couloirs, s'impatientait.

— Inspecteur Cross ? Par ici, s'il vous plaît ?

— Une minute. (Je me tournai de nouveau vers Tunney.) Ellie Cox était une amie proche. Nicole Cox avait treize ans. Clara, six. James, dix. L'aîné des quatre petits Ahmed n'avait pas douze ans. Ils ne sont pas simplement morts, Al. On leur a coupé la tête. Ceux qui ont fait ça n'ont rien à envier à Hannibal Lecter, mais là, on n'est pas au cinéma.

— Je connais le dossier par cœur, j'ai compris.

— Tu as des gosses, non ? Moi, j'en ai trois. Damon, Jannie et Ali. Et toi ?

— Dis donc, je t'ai connu moins agressif.

— Je ne suis pas agressif, Al. J'essaie juste de résoudre une affaire de meurtres, des meurtres ignobles. Quelque chose me dit qu'il pourrait y avoir une piste africaine. Est-ce vrai ?

Je sentais qu'il était sur le point de lâcher quelque chose. Je mis la main sur son épaule et baissai le ton d'un cran.

— Je ne demande pas à la CIA de divulguer de grands secrets, je voudrais juste qu'on me dise s'il y a des opérations en cours. Dans mon propre secteur. Du moins pour l'instant.

Il contempla les dalles du sol pendant quelques secondes, lança un bref regard en direction de mon accompagnateur, baissa de nouveau les yeux et, sans relever la tête, murmura :

— Il paraît qu'une transaction va avoir lieu. C'est le FBI qui nous a tuyautés. Une station-service de Virginie. Chantilly, Virginie. Il pourrait s'agir de ton type. Légalement, tu aurais le droit d'intervenir.

— Quel genre de transaction ?

Tunney ne répondit pas. Il tendit la main en affichant un grand sourire pour que l'autre, dans le couloir, n'en perde pas une miette, et parla un peu plus fort.

— Ça m'a fait plaisir de te revoir, Alex. Et donne le bonjour à Bree. Comme je te le disais, je connais cette affaire par cœur. Ce jeune qui a tué ton amie, c'est horrible. Et n'oublie pas, Alex, nous sommes toujours les gentils, contrairement à ce qu'on peut parfois lire ou voir au cinéma.

15

Le soir même, à 20 heures, j'avais réuni mon équipe : une demi-douzaine d'hommes de la section criminelle que j'avais personnellement choisis, en plus de Bree, Sampson et moi. En civil, munis de gilets pare-balles en Kevlar et d'oreillettes, lourdement armés, nous étions en planque à la station-service de

Chantilly, Virginie, où mon tueur allait peut-être faire son apparition.

Nous avions prévu d'effectuer un service de douze heures si nécessaire. L'équipe s'était déjà déployée sur cinq secteurs : le parking de devant, réservé aux voitures ; le restaurant ; la station-service et les deux côtés de l'immense parking pour poids lourds, à l'arrière. Sampson ayant un problème de hanche, il s'était posté sur le toit pour jouer les guetteurs. Bree et moi devions rester mobiles et couvrir le fourgon radio garé près de l'entrée, d'où nous avions également une bonne vue d'ensemble.

Pas de nouvelles de la CIA. Ses hommes n'étaient peut-être pas encore arrivés...

Les cinq premières heures se résumèrent à un long silence radio et des litres de mauvais café.

Puis, juste après 1 heure, j'entendis enfin quelque chose.

« 21-01.

— Je vous écoute, 21-01. »

Du fourgon, j'apercevais à peine le bout du parking poids lourds, où était posté le lieutenant Jamal McDonald.

« J'ai deux Land Cruiser. Ils viennent de s'arrêter près d'un camion-citerne, à l'angle nord-est.

— Le camion-citerne est là depuis combien de temps ?

— Difficile à dire, Alex. Au moins une demi-heure. Les camions-citernes défilent, ici. »

Nous ne savions pas à quoi nous attendre, mais un vol d'essence ou de brut paraissait plausible, surtout si des Nigérians étaient impliqués. J'étais déjà dehors et je me dirigeais vers Jamal, sans perdre de temps.

Plus d'une vingtaine de semi-remorques me bouchaient la vue.

« Nicolo, Redman, rapprochez-vous. Bree, où es-tu ?

— Je longe les bâtiments par l'arrière, direction est.

— Bien. Les autres, vous restez en position. Et toi, John ? Tu vois quelque chose ?

— D'ici, rien, répondit John. Rien ne bouge, à part vous.

— Jamal, à quelle distance du camion es-tu ?

— Attendez. Je fais le tour d'un semi. »

Je l'entrevis au niveau de la dernière rangée de poids lourds. Bree me rejoignit sans un bruit au milieu du parking.

Comme elle, j'avais dégainé mon Glock et je le tenais discrètement contre ma jambe. Le tueur était-il venu avec son équipe ? Étaient-ce eux qui avaient massacré les Cox et les Ahmed ?

« Quelqu'un descend de la cabine, chuchota Jamal. Non, ils sont deux. J'en vois quatre autres qui approchent, ils sont sortis des Land Cruiser. Ils trimballent un genre de sacoche ou un truc comme ça. Attendez. »

Il y eut un bref silence, puis : « Merde ! Je crois qu'ils m'ont repéré. On dirait des gamins. C'est des ados ! »

Bree et moi étions déjà en train de courir.

« Jamal, que se passe-t-il ? On arrive, on est presque sur place ! »

Puis les coups de feu éclatèrent. Une multitude de coups de feu.

16

Nous nous précipitâmes vers l'endroit où avait claqué la première salve. J'entendais toujours Jamal McDonald, mais il émettait des gargouillis et des sifflements, comme s'il suffoquait après avoir pris une balle dans la gorge.

Les autres officiers hurlaient dans leur micro pour signaler un braquage en cours. Ils convergeaient vers le camion-citerne. Sampson, resté sur le toit, appela Fairfax County pour demander des renforts.

Nous étions encore à mi-distance quand trois ou quatre ombres surgirent devant nous, à un peu plus d'une quinzaine de mètres. Et effectivement, on aurait dit des ados. Jamal n'avait pas exagéré.

L'un d'eux tira au passage, à hauteur de hanche, sans même chercher à se mettre à couvert, puis tous les autres ouvrirent à leur tour le feu sur nous. Une fusillade digne d'un western.

Nous eûmes juste le temps de nous jeter à terre pour riposter. Les balles ricochaient sur le bitume et les camions en criblant la nuit d'étincelles, mais impossible de voir sur qui nous tirions, ni dans quelle direction les jeunes allaient.

— Ce sont des gosses, fit Bree, incrédule.

— Des tueurs, rectifiai-je.

Il y eut un autre échange de tirs nourris, une allée plus loin. Un gars de mon équipe, Art Sheiner, cria qu'il avait été touché, lui aussi.

Puis le silence revint.

« Sheiner ? »

Il ne répondit pas à mon appel.

« McDonald ? »

Pas de réaction non plus.

« Sampson, il nous faut des secours en même temps que les renforts.

— Ils arrivent. Je descends.

— Reste là-haut, John. On a plus que jamais besoin d'un guetteur. Ne bouge pas d'où tu es !

— Chef, c'est Connors. »

Le bleu du groupe avait la gorge serrée.

« J'ai trouvé Jamal. Il est blessé. Il y a beaucoup de sang.

— Reste avec lui ! Mais fais gaffe !

— 22-04. »

C'était Frank Nicolo.

« Sheiner est là. Il a été touché. Pas de pouls. Je crois qu'il est mort. »

Et soudain, d'autres détonations déchirèrent la nuit.

17

Et nous voilà à nouveau en train de courir. Deux de mes hommes étaient à terre, et j'ignorais combien d'assaillants avaient investi l'aire de la station-service.

Une deuxième embuscade nous avait été tendue. Une balle me rasa le visage.

On m'avait visé depuis le toit du tracteur d'un semi. Je vis une ombre courir le long de la remorque, fis feu, sans savoir si j'avais touché le tireur ou non. Ça claquait dans tous les sens, comme un feu d'artifice. Puis, de nouveau, plus rien.

« Oh, putain ! » cria quelqu'un dans mon oreille.

Pas d'explication. J'imaginais le pire...

« Alex ! Bree ! »

La même voix. C'était Sampson.

« Près des pompes ! Sur votre gauche ! »

Je me précipitai en direction du bâtiment principal. Trois des jeunes couraient vers les pompes en tirant à tout va. Ils avaient une vingtaine de mètres d'avance sur nous. Ils portaient des cagoules noires.

Deux d'entre eux, assez petits, pouvaient être des gamins. Celui qui les précédait était, au contraire, de forte carrure. Le chef de la bande, l'assassin d'Ellie ? Oui, ce ne pouvait être que lui. Il fallait que j'aie ce type, à tout prix.

Les gens s'enfuyaient de leur voiture, de leur camion, en hurlant. Ça courait en tous sens, et nous ne pouvions ouvrir le feu.

Une femme en train de faire le plein, vêtue d'une parka rouge, avec une casquette, s'écroula en se tenant le ventre. L'homme tira encore une fois sur elle. Était-il fou ?

Puis il sortit le pistolet verseur de la trappe à essence du 4 × 4, le bloqua en position ouverte et laissa le carburant se répandre sur le sol. Ce type était bien un malade.

Il fit de même avec le véhicule voisin.

Sa bande avait commencé à se disperser en poussant des hurlements. J'avais l'impression d'assister à un match en train de dégénérer. Le type avait pointé son arme sur la flaque d'essence et, pour moi, le message était clair.

Je m'immobilisai à quelques dizaines de mètres des pompes.

« Personne ne tire ! Personne ne tire ! Bree, prends Brighton et fais le tour. Nicolo, trouve-moi quelqu'un pour fermer les vannes. »

L'autre s'était emparé d'un troisième pistolet et la nappe de carburant s'étendait. Même à distance, je sentais les vapeurs d'essence.

Que manigançait-il ?

— Posez ça ! hurlai-je. Éloignez-vous. On ne tirera pas.

Il ne bougea pas, se contenta de me regarder, sans manifester la moindre peur. Une seconde plus tard, quelqu'un, derrière lui, cria quelque chose. Et on entendit trois brefs coups de klaxon.

Finalement, il s'exécuta. Son arme restait braquée dans ma direction, mais il posa le pistolet à essence et recula lentement hors du halo de lumière de la toiture.

Nous pouvions respirer. Il s'éloignait !

Et soudain, plusieurs détonations retentirent dans l'obscurité. C'était lui. L'ordure !

Une muraille de flammes jaillit du béton, presque comme par magie et, en l'espace de quelques secondes, toute la zone s'embrasa. Le feu courait entre les véhicules, sous les véhicules.

Une déflagration pulvérisa une Corolla blanche à l'endroit même où le tueur se tenait un instant plus tôt. Puis, de l'autre côté des pompes, un pick-up noir prit feu à son tour.

— Dégagez ! Dégagez ! Dégagez !

Tout en hurlant, je faisais de grands gestes pour éloigner tout le monde, civils comme policiers.

C'est alors que la première pompe explosa.

Apocalypse en Virginie.

18

Une éruption incandescente fit exploser tous les îlots, et le sol se souleva comme un tapis qu'on aurait roulé. Une boule de feu jaune et orange s'éleva à près de trente mètres de hauteur, suivie par un énorme panache de fumée noire. Les véhicules en flammes valdinguaient comme des jouets. Le fracas des explosions couvrait les cris des routiers et des familles qui s'enfuyaient du restaurant, atteint à son tour par l'incendie... et la panique générale.

Je courais aussi près du brasier que possible. La chaleur me brûlait le visage et les yeux, et j'avais l'impression d'avoir perdu la moitié de mes capacités auditives.

Loin devant, je vis deux 4 × 4 foncer vers la route 50. Ils prenaient la fuite !

J'aperçus avec soulagement Bree, qui avait fait le tour du bâtiment. Elle était saine et sauve. Elle se précipita vers la voiture. Je fis de même.

Pied au plancher, je poussai jusqu'à cent quarante. Au début, rien en vue. Puis :

— Là ! s'écria Bree.

Ils avaient dû nous repérer, car les deux 4 × 4 se séparèrent immédiatement.

Le premier Land Cruiser prit à gauche. L'autre tourna à droite. Je suivis le véhicule de tête, en espérant faire le bon choix.

19

Je n'allais pas tarder à rattraper le Land Cruiser. Nous roulions sur une route à deux voies non éclairée, longée sur la gauche par un large fossé. En me voyant surgir dans son rétroviseur, le conducteur du 4 × 4 parut paniquer. Le véhicule fit une embardée, puis vira à angle droit sans ralentir et fonça sur le fossé.

En voyant le Land Cruiser décoller littéralement, je crus qu'ils allaient réussir, mais l'avant du véhicule plongea trop tôt et il percuta bruyamment le talus.

Le 4 × 4 était fiché dans le sol, essieu brisé, et les roues arrière tournaient encore dans le vide.

Nous étions déjà sortis de la voiture, accroupis derrière les portières.

— Sortez immédiatement du véhicule ! J'ai dit : tout de suite !

Je finis par apercevoir des mouvements à l'intérieur du Land Cruiser.

Derrière le volant, il y avait l'adulte. L'occupant du siège passager était si petit que je distinguais à peine sa tête.

Il passa les bras par la fenêtre de la portière, posa les mains sur le rebord du toit et se hissa à l'extérieur du véhicule.

— À terre ! hurla Bree. Tout de suite ! J'ai dit : à terre !

Au lieu d'obéir, il bondit sur le toit avec l'agilité d'un félin – il paraissait extrêmement maigre – et glissa sur la tôle, arme au poing, en tirant trois fois dans notre direction.

Nous ripostâmes. Touché par une balle, il tomba au sol. Le conducteur, lui, avait profité de la fusillade pour prendre la fuite. Sa portière était ouverte, et il avait disparu.

Bree s'occupa du jeune. Moi, je franchis le fossé.

Là où j'avais cru voir un bois, il n'y avait qu'une haie de cèdres et des herbes hautes.

J'entendis soudain un bruit métallique. Le fuyard escaladait un grillage. Le temps que je traverse la haie, il était déjà de l'autre côté et courait en direction d'une sorte d'entrepôt.

Calant mon Glock dans les mailles du grillage, je vidai tout un chargeur, mais le type était déjà trop loin. Je l'avais sans doute manqué. Sans se retourner, il fit un petit signe de la main pour me narguer puis, tel un chat, disparut dans la pénombre.

Je passai un appel pour signaler notre position avant de courir rejoindre Bree. Elle était toujours accroupie à l'endroit même où je l'avais laissée. Elle avait posé son blouson sur le visage du gamin. Pour un flic pris dans une fusillade, le geste était inhabituel, mais Bree aimait faire les choses à sa manière.

— Ça va ? lui demandai-je.

Elle ne leva pas la tête.

— Il avait peut-être douze ans, Alex. Pas plus que ça. Il s'est sacrifié pour ce connard d'adulte.

— Il vivait encore, quand tu es arrivée ?

Elle hocha la tête.

— Il a dit quelque chose ?

— Oui. (Là, elle me regarda.) Il m'a dit d'aller me faire foutre. Ce sont les derniers mots qu'il a prononcés.

20

Cette nuit-là, je ne dormis que quelques heures. Trois innocents, dont un policier, avaient trouvé la mort, ainsi qu'un des petits tueurs – « le plus jeune terroriste du monde », selon le *Washington Post* du lendemain. Et, pour ne rien arranger, je devais recevoir un patient en psy à l'hôpital Saint-Anthony.

Depuis l'affaire Tyler Bell, l'année précédente, qui m'avait valu d'être littéralement traqué jusque dans mon propre cabinet, j'avais dû sérieusement remettre mon mode de vie en question. Et j'étais arrivé à une conclusion : les enquêtes criminelles auxquelles je prenais part faisaient trop souvent l'objet d'une couverture médiatique telle que le mot « privé » n'avait plus aucun sens dans l'exercice de ma spécialité. Désormais, je ne recevais plus que deux ou trois patients par semaine, en consultation gratuite, et cela me convenait. Du moins, la plupart du temps.

Ce patient-là, en revanche, je n'avais pas envie de le voir. Pas aujourd'hui.

Ironie du sort, j'avais rendez-vous, ce matin-là, avec Bronson James, dit Pop-Pop. Il avait onze ans, et c'était sans doute le sociopathe le plus dangereux, dans cette catégorie d'âge, qu'il m'eût été donné de rencontrer. Quatre mois plus tôt, lui et un jeune de dix-sept ans avaient quasiment battu à mort deux sans-abri. Ils s'étaient servis d'un parpaing. Une idée de Pop-Pop. Face à des faits dont la qualification pénale se révélait complexe, le procureur n'avait pas encore pris sa décision, et Bronson était incarcéré dans un établissement pour mineurs. Le seul point positif de son dossier, c'était l'excellente assistante sociale de son centre de détention, qui veillait à ce qu'il ne manque aucun de ses rendez-vous avec le psy. Et le psy, c'était moi...

Je comptais initialement faire abstraction des événements de la veille, mais une fois la séance engagée, je changeai d'avis.

— Bronson, as-tu entendu parler de ce qui s'est passé hier soir, en Virginie, à la station-service ?

Face à moi, sur un misérable divan en synthétique, il n'arrêtait pas de se trémousser. Ses mains et ses pieds bougeaient sans cesse.

— Ouais, j'ai entendu. Ils ont parlé de ce bordel à la radio. Et alors ?

— Le jeune garçon qui est mort... Il avait douze ans.

Il sourit et braqua deux doigts sur sa tempe.

— Il s'est fait shooter, il paraît.

Son incroyable aplomb lui donnait un côté étonnamment adulte, alors que ses pieds se balançaient à vingt centimètres du sol de mon bureau.

— Est-ce que tu te dis, parfois, qu'une chose comme ça pourrait t'arriver ?

— Tous les jours. C'est que dalle.

— Et ça ne te pose pas de problème ? Tu trouves ça normal ? C'est comme ça que le monde devrait être ?

— C'est comme ça que le monde il est. *Bang !*

— Dans ce cas... (Mon regard fit le tour de la pièce avant de revenir se fixer sur lui.) Pourquoi est-ce que tu es là à m'en parler ? Je ne trouve pas ça logique.

— Parce que cette salope de Lorraine me force à venir.

J'opinai.

— Ce n'est pas parce que tu viens ici que tu es obligé de dire quoi que ce soit, mais tu le fais. Tu me parles. Pour quelle raison, à ton avis ?

Il fit mine d'être suspendu à mes lèvres.

— C'est vous, le grand sorcier. Z'avez qu'à me le dire.

— Tu envies les garçons comme celui qui vient de mourir ? Qui travaillent pour s'en sortir ? Qui se baladent avec des pistolets ?

Il me lança un regard en coin, rabaissa son bandeau de basketteur.

— Vous voulez dire quoi ?

— Eh bien, est-ce que tu es jaloux d'eux ?

Le sourire, cette fois, ne m'était pas adressé. Le gamin s'étala sur le divan et, du bout du pied, renversa tranquillement le jus d'orange que je lui avais donné. Le liquide se répandit sur la table basse.

— Yo, y a pas des M&M's dans le distributeur, en bas ? Allez me chercher des M&M's !

Il n'en était pas question. La séance terminée, j'escortai Pop-Pop jusqu'à l'extérieur pour le confier à son assistante sociale, et lui rappelai que nous avions de nouveau rendez-vous vendredi. Il ne me restait plus qu'à passer chez moi prendre ma grand-mère.

Nous allâmes ensemble à l'enterrement des Cox. Serrés l'un contre l'autre, nous pleurions, comme tout le monde.

J'en étais arrivé à un stade où je me fichais bien qu'on me voie pleurer. Les amis comprendraient. Les autres pouvaient penser de moi ce qu'ils voulaient, cela m'était égal.

Faire la différence entre l'important et le futile, c'était l'essence même de la philosophie que j'appelais le Nana-isme.

21

— Ici l'inspecteur Alex Cross. Je suis de la police de Washington. Il faut que je parle à M. l'ambassadeur, M. Njoku, ou à son représentant. C'est important, extrêmement important.

Il était tard. Bree avait pris le volant, et nous foncions vers le Bubble Lounge, au centre de Georgetown, où quatre personnes venaient d'être abattues. Parmi les victimes figuraient deux citoyens nigérians, dont le fils de l'ambassadeur. Selon les premiers rapports, Daniel Njoku, vingt et un ans, était la cible principale de l'auteur des coups de feu. Ce qui, pour moi, signifiait qu'il fallait non seulement prévenir les proches de l'ambassadeur, mais aussi les protéger, s'il n'était pas déjà trop tard. Car jusqu'à présent, les meurtriers s'en étaient chaque fois pris à des familles.

J'avais en ligne une employée de permanence et, une main sur une oreille, j'entendais à peine ce qu'elle me disait, à cause de la sirène.

— Je suis vraiment désolé, monsieur, mais j'ai besoin d'en savoir plus. Il ne suffit pas de...

— C'est un appel d'urgence. Daniel, le fils de l'ambassadeur, vient d'être abattu dans une discothèque. Nous avons des raisons de penser que M. l'ambassadeur et son épouse sont peut-être eux-mêmes en danger. Nous envoyons des voitures de patrouille sur place.

— Mais, monsieur, les Njoku sont à l'étranger. Ils participent à un colloque, à Abuja.

— Dans ce cas, trouvez-les et dites-leur de se mettre en lieu sûr. Faites tout ce que vous pouvez, s'il vous plaît, et rappelez-moi ensuite à ce numéro. Je suis l'inspecteur Cross.

— Je vais faire de mon mieux, monsieur. Je vous rappelle, inspecteur Cross.

Je raccrochai avec un vague sentiment d'impuissance. Comment empêcher un meurtre de se produire à dix mille kilomètres de distance ?

22

— Je veux d'abord interroger les témoins. Autant de témoins que possible. On retient tout le monde.

Le Bubble Lounge, boîte d'ordinaire si animée, ressemblait à un chantier de démolition. Il y avait des tables retournées, des tabourets brisés, éparpillés, des éclats de verre un peu partout. L'équipe médico-légale, à l'œuvre dans les deux salles, avait relevé six blessures par balle, une fracture des cervicales, une asphyxie. Les secouristes triaient les blessés. Des jeunes gémissaient, pleuraient. Tout le monde semblait hébété, y compris les collègues.

Les amis de Daniel Njoku, regroupés dans le vestiaire, attendaient sur les banquettes, serrés les uns contre les autres. Une jeune fille vêtue d'une robe noire minimaliste, une veste d'homme sur les épaules, avait encore le cou et les joues barbouillés de sang.

Je m'agenouillai à ses côtés.

— Je suis l'inspecteur Cross. Je suis là pour vous aider. Comment vous appelez-vous ?

— Karavi.

Elle avait de beaux cheveux longs. La peur se lisait dans ses yeux noirs. Peut-être était-elle indienne. Je ne lui donnais guère plus de vingt ans.

— Karavi, avez-vous pu voir ceux qui ont fait ça ?

— Un seul homme, gémit-elle. Il était très grand, très fort.

— Excusez-moi, monsieur, intervint l'un des autres, mais nous devons voir nos avocats avant de dire quoi que ce soit à la police.

On le sentait habitué aux privilèges de la jeunesse dorée, celle qui passait ses samedis soir dans les carrés VIP des clubs privés.

— À moi, vous pouvez me parler, dis-je à la jeune fille.

— Il n'empêche, monsieur, que...

L'autre n'eut pas le loisir d'achever sa phrase.

— Ou alors on peut faire ça plus tard dans la nuit, et demain. Quand j'en aurai fini avec tous les autres.

— C'est bon, Freddy, fit Karavi. Si je peux les aider, je veux le faire. Daniel est mort.

Nous nous installâmes à l'écart. Karavi m'apprit qu'elle préparait un doctorat de biologie cellulaire à Georgetown. Ses parents faisaient partie du corps diplomatique, d'où sa rencontre avec Daniel Njoku. Très proches, ils n'étaient cependant jamais sortis ensemble. La petite amie de Daniel, Bari Nederman, avait également été blessée au cours de la fusillade.

69

Selon la jeune fille, le tueur avait agi seul. C'était un Noir d'au moins deux mètres, qui portait des vêtements de ville sombres.

— Et il avait l'air tellement... fort. Des bras énormes, tout en muscles. Il était imposant de puissance.

— Et sa voix ? A-t-il parlé à qui que ce soit ? Avant de commencer à tirer ?

Elle hocha la tête.

— Je l'ai entendu dire quelque chose comme « j'ai une invitation » juste avant de...

Elle ne put terminer sa phrase.

— Quel accent avait-il ? Un accent américain ? Différent ?

Il fallait que j'insiste, car je savais que c'était à chaud que j'obtiendrais le témoignage le plus fidèle.

— Il n'était pas d'ici, répondit-elle. Il n'était pas américain, j'en suis sûre.

— Nigérian ? Parlait-il comme Daniel ?

— Peut-être, dit-elle en refoulant ses larmes, mâchoire crispée. Je n'ai pas les idées très claires. Je suis désolée.

Je me tournai vers les autres.

— Quelqu'un d'autre est nigérian, ici ? Il me faut quelqu'un qui ait l'accent du Nigéria.

L'un des jeunes prit la parole. Il avait une coiffure afro et exhibait son torse malingre et ses chaînes en or sous une chemise à col cassé ouverte.

— Excusez-moi, monsieur l'inspecteur, mais ça n'existe pas. Moi, par exemple, je parle le yoruba. Il y a aussi l'igbo, et le hausa. Et des dizaines d'autres langues. Je trouve que vous ne devriez pas...

— Oui, c'est ça ! s'écria Karavi en posant une main tremblante sur mon bras, et je vis alors que certains de ses amis acquiesçaient, eux aussi. Le type qui a tiré parlait comme ça. Exactement comme ça.

23

Vers 2 heures, j'étais toujours sur les lieux de la tuerie, en train de recueillir des témoignages qui, tous, concordaient, quand mon téléphone sonna. Je décrochai immédiatement en me disant que c'était sans doute l'ambassade du Nigeria.

— Alex Cross, police de Washington.

— Papa ?

J'eus un choc en entendant la voix de Damon. Normal, à parcille heure de la nuit. Damon, quatorze ans, était pensionnaire d'une école du Massachusetts. Quelle nouvelle catastrophe allait-il m'annoncer ?

— Que se passe-t-il, Damon ?

— Euh... rien, répondit-il, sans doute désarçonné par mon ton inquiet. C'est juste que j'ai essayé de t'appeler toute la journée. J'ai de bonnes nouvelles.

J'étais soulagé, mais encore tendu.

— Bon, d'accord, j'ai besoin de bonnes nouvelles, mais je voudrais bien savoir ce que tu fais encore debout à cette heure-là.

— J'étais obligé, pour réussir à t'avoir. J'ai appelé à la maison, j'ai eu Nana. Je ne voulais pas te déranger en t'appelant sur ton portable, mais bon...

Je décidai d'aller dans le couloir, à proximité des toilettes, pour m'éloigner un peu des techniciens de scène de crime. J'étais toujours content d'entendre la voix de Damon, fût-ce au milieu de la nuit. Nos discussions, les cours de boxe que je lui donnais, regarder ses matches de basket, tout cela me manquait.

— Alors, ces nouvelles ? Dis-moi tout.

— Nana est déjà au courant, mais je voulais te l'apprendre moi-même. Je suis admis dans l'équipe de l'école, comme bleu. Pas mal, hein ? Ah, et aux partiels, j'ai cartonné. Que des A.

— Écoute-moi ça : « Ah, et aux partiels, j'ai cartonné. » Bel enchaînement, Damon. J'ai l'impression que tu te débrouilles bien, là-bas.

J'étais ravi, même si cette conversation sous les néons d'un couloir qui empestait l'alcool et la mort avait quelque chose d'incongru. Je savais que Damon, très motivé par le programme de Cushing Academy, qui accordait une place importante au sport, n'avait pas ménagé ses efforts pour décrocher de bonnes notes en classe comme sur le terrain.

Une femme en uniforme pointa le nez au fond du couloir.

— Inspecteur, j'ai un transfert d'appel d'urgence pour vous.

— Dis, Damon, est-ce que je peux te rappeler plus tard ? À une heure normale. Dans la journée, par exemple.

— Bien sûr, papa, me répondit-il en riant. Tu es sur une grosse affaire, hein ? L'histoire de la boîte de nuit. Je t'ai vu sur le Net.

— Oui, c'est une affaire importante, admis-je, mais ça me fait toujours très plaisir de t'entendre. Quelle que soit l'heure ! Allez, maintenant, il faut que tu dormes.

— Oui, je vais me coucher. Et essaie de dormir un peu, toi aussi.

Je raccrochai en culpabilisant. En me disant : si j'en suis réduit à attendre 2 heures du matin pour pouvoir parler à mon fils, autant faire en sorte que ça en vaille la peine. Le central me passa l'appel. C'était la femme de l'ambassade nigériane, celle que j'avais eue au téléphone la veille. D'une voix pleine d'émotion, elle m'annonça :

— Inspecteur, j'ai le regret de vous dire que M. l'ambassadeur Njoku et son épouse ont été tués cette nuit. Nous sommes bouleversés.

Je n'étais pas bouleversé, j'étais écœuré.

— Cela s'est passé quand ?

— Nous ne le savons pas précisément. Au cours des dernières heures, je crois.

Alors même qu'on assassinait leur fils ? Qui avait pu préméditer ces meurtres, et dans quel but ? Que se passait-il ?

Je me laissai glisser contre le mur jusqu'à me retrouver accroupi. Une autre famille venait d'être exécutée. Et, cette fois, le drame s'était produit sur deux continents, dans deux mondes totalement différents. Du moins le pensais-je à ce moment-là...

24

Désormais, nous étions tous sous pression. Je perdis une journée à essayer de localiser Eric Dana, le type de la CIA, et finis par tomber sur lui dans nos propres locaux du Daly Building.

Il sortait du bureau du grand patron. Avant qu'il ne referme la porte, j'eus le temps d'apercevoir Davies, assis, le visage fermé. Il ne prit même pas la peine de me regarder alors qu'il savait sûrement que j'étais là.

Je m'approchai de Dana.

— Où étiez-vous passé ? Je vous ai appelé au moins une demi-douzaine de fois. J'ai besoin de votre aide sur cette affaire.

L'agent de la CIA poursuivit son chemin sans même ralentir le pas.

— Voyez ça avec votre supérieur. La police de Washington n'est plus dans le coup. De notre point de vue, Chantilly a été un désastre. À partir de maintenant, c'est notre chef de division, Steven Millard, qui prend les choses en main.

Millard. Mon pote Al Tunney avait prononcé ce nom.

Je rattrapai Dana dans l'ascenseur alors que la porte se refermait.

— Où est le tueur ? Que savez-vous sur lui ?

— Nous pensons qu'il a quitté le pays, répondit-il en daignant pour la première fois me regarder. S'il revient dans le coin, nous vous le ferons savoir. Occupez-vous de vos scènes de crime, Cross. Faites votre boulot, et moi, je ferai le mien.

— Est-ce un conseil ou une menace ?

— Tant que c'est à Washington que vous sévissez, cela reste un conseil. Ici, je n'ai aucun pouvoir ni aucune influence sur vous.

Son attitude supérieure ne me surprenait pas et, bien plus que de m'énerver, elle renforça ma détermination. Je tendis le bras pour abaisser l'interrupteur rouge d'arrêt d'urgence. La cabine s'immobilisa brutalement, et la cloche du signal d'alerte se mit à tinter.

— *Où* est-il allé, Dana ? (Je hurlais littéralement.) Dites-moi où il est, merde !

— Qu'est-ce qui vous prend ? Respectez les règles du jeu.

Lorsqu'il voulut débloquer l'ascenseur, je lui saisis le bras.

— Où est-il allé ? Il ne s'agit pas d'un jeu, pour moi.

Il me fixa d'un regard glacial et me dit, d'un ton monocorde :

— Lâchez mon bras, Cross. Enlevez votre main. Il est rentré au Nigeria. Le tueur ne se trouve plus dans votre juridiction.

J'avais conscience d'être allé trop loin et je me rendais compte, à présent, que cette affaire m'avait touché beaucoup plus profondément que je ne le croyais. Je lâchai le bras de Dana, qui remit l'ascenseur en marche, sans un mot. Une fois dans le hall, je le regardai quitter le Daly Buiding. Quel connard...

Le tout, maintenant, était de trouver un moyen de le court-circuiter. À condition de faire vite. Je pris mon téléphone.

— Al Tunney, fit la voix.

— C'est Alex Cross. Il faudrait que tu me rendes un service.

— Non.

Je l'entendis râler, et il ajouta :

— Quel genre de service ?

Je lui expliquai de quoi il s'agissait, et il se remit à râler. À juste titre.

25

— Alex, là, tu vas trop loin, me dit Bree.

— Je le sais. C'est comme ça. C'est ma manière de fonctionner.

Il était tard, et nous avions décidé de faire un tour en voiture. J'adore conduire en pleine nuit, quand il n'y a presque plus de circulation. Les avenues sont désertes, et on peut allègrement dépasser le cent à l'heure sans risques. De retour à la maison, je me sentais mieux, mais Bree, elle, était toujours tendue. Elle tournait en rond dans la chambre. Je ne l'avais encore jamais vue dans un tel état d'agitation, aussi désemparée.

— Tu vois, le fait est que j'ai toujours été de l'autre côté de la barrière dans ce genre de situation, celle qui essaie de convaincre, pas celle qui ne croit pas au plan qu'on veut lui soumettre. Mais là, Alex, tu pousses le bouchon un peu loin. Ta dernière trouvaille. Pourchasser le tueur jusqu'en Afrique ? Même en de pareilles circonstances, c'est... je ne trouve même pas le qualificatif.

Je voulus dire quelque chose, mais elle ne m'en laissa pas le loisir.

— Et tu sais pourquoi tes arguments, Alex, n'arrivent pas à me convaincre ? Parce que moi-même, dans des circonstances pareilles, j'aurais tendance à mentir. Je ne sais combien de fois j'ai raconté à ma famille qu'elle n'avait pas à s'inquiéter, que je ne courais aucun risque, alors qu'en fait, je n'en savais rien. Et toi, tu n'as aucune idée de ce qui t'attend en Afrique.

— Tu as raison, lui dis-je, et pas uniquement pour qu'elle cesse de faire les cent pas. Je n'ai pas l'intention de te raconter des salades, mais je peux te dire que là-bas, je ne ferai pas n'importe quoi.

Huit heures s'étaient écoulées depuis ma confrontation avec Eric Dana et ma conversation avec Al Tunney. Al avait bien voulu aller jusqu'à m'arranger un contact avec un agent de la CIA basé au Nigeria, avant de me demander de ne plus jamais le rappeler.

Pour ce qui était du billet d'avion, pas de problème : j'avais accumulé suffisamment de miles pour bénéficier d'un aller-retour gratuit. Et il me restait encore beaucoup de congés à prendre. Je n'avais plus qu'à convaincre deux des femmes les plus redoutables qu'il m'eût été donné de connaître. Bree, ce soir. Nana Mama, demain.

Entre Bree et moi, la tension était palpable.

— Qu'attends-tu de ce voyage ? finit-elle par me demander.

— Ce que je compte faire ? Mettre en place une coopération locale avec l'aide du collègue de Tunney. Puis essayer de coffrer le tueur. Je peux l'avoir, ce type, Bree. Il est trop sûr de lui, il est persuadé qu'on ne l'attrapera jamais. C'est son point faible.

— Kyle Craig avait été condamné à plus de cent années de prison, et ça ne l'a pourtant pas empêché de recommencer à sévir. Et encore, ça ne vaut déjà que si tu arrives à mettre la main sur ce chef de bande.

J'eus un sourire penaud.

— Ce qui ne nous empêche pas de continuer à faire notre boulot, hein ? On traque ces salopards, et on n'abandonne jamais.

Je pris Bree par la main pour l'inviter à s'asseoir sur le lit, à côté de moi.

— Il faut que j'y aille, Bree. Il a déjà fait un carnage à Washington, le pire auquel j'aie été confronté dans ma carrière. Un jour, il décidera peut-être de revenir et il recommencera.

— Et il a abattu ton amie.

— Oui, il a abattu mon amie. Il a massacré Ellie Cox et toute sa famille.

Elle finit par lâcher, avec un haussement d'épaules :

— Alors, vas-y. Va en Afrique, Alex.

Nous demeurâmes de longues minutes dans les bras l'un de l'autre. Je savais pourquoi j'aimais cette femme. Et d'une certaine manière, je savais aussi pourquoi j'étais en train de m'éloigner d'elle.

26

Il retrouva le diable blanc dans un fumoir aux murs lambrissés, près de Pennsylvania Avenue, à six rues de la Maison-Blanche. Ils commandèrent à boire, de quoi grignoter, et le Blanc prit un cigare, un Partagàs.

— Le cigare ne fait pas partie de vos vices ? demanda-t-il.

— Je n'ai aucun vice, rétorqua le Tigre. J'ai le cœur pur.

Cela fit rire le Blanc.

— Le virement a été fait. Trois cent cinquante mille. Vous allez rentrer tout de suite ?

— Oui, je prends l'avion ce soir, en fait. J'ai hâte d'être chez moi, au Nigeria.

— Même par les temps qui courent ?

— Surtout en ce moment. Il y a beaucoup de boulot pour moi. J'ai envie de me la couler douce. De profiter de l'argent du pétrole. Et j'y arriverai. À ma manière.

Le Blanc coupa son coûteux cigare, le Tigre goûta son cognac. Sans en être absolument certain, il croyait deviner qui était son employeur. Ce ne serait pas la première fois. Ces employeurs en Afrique n'étaient pas toujours fiables. Lui, si. Toujours.

— Il y a encore autre chose.

— Comme d'habitude, répliqua le Tigre. Avec les gens comme vous.

— Vous êtes filé par un policier américain.

— Il ne viendra pas me chercher en Afrique.

— En fait, si. Vous serez peut-être obligé de le tuer, mais nous préférerions que vous ne le fassiez pas. Il s'appelle Alex Cross.

— Je vois. Alex Cross. Pas très malin, d'aller jusqu'en Afrique juste pour mourir.

— Non, approuva le Blanc. Mais c'est valable pour vous aussi.

DEUXIÈME PARTIE

CAP SUR L'ENFER

27

Le Tigre était une énigme à tous points de vue, un mystère que nul n'avait encore réussi à résoudre. Il n'y avait d'ailleurs pas de tigres en Afrique, d'où ce surnom. Pareil à nul autre, unique en son genre, il était supérieur à tous les autres animaux, surtout les humains.

Avant d'aller faire ses études universitaires en Grande-Bretagne, le Tigre avait vécu quelques années en France. Il y avait appris l'anglais et le français. Il s'était découvert un don pour les langues et une capacité de mémoriser presque tout ce qu'il entendait, voyait, lisait. Son premier été en France, il l'avait passé à vendre des oiseaux mécaniques sur les parkings du château de Versailles. Une expérience des plus instructives : c'était là qu'il avait appris à haïr le Blanc, et plus particulièrement les familles blanches.

Aujourd'hui, il était en mission dans une ville qui ne lui plaisait pas beaucoup, trop marquée par la présence étrangère. Port Harcourt, dans le delta du Niger, là où se trouvaient la plupart des puits de pétrole.

La partie avait commencé. Il avait un nouveau pactole à récupérer.

Une Mercedes noire remontait à vive allure une rue très pentue. Elle se dirigeait vers le quartier cossu des expatriés. Et droit vers le Tigre.

Qui, comme toujours, attendait patiemment sa proie.

Avant de s'avancer sur la chaussée en titubant comme un pochtron éméché. La Mercedes devrait piler net, ou le percuter de plein fouet.

À la toute dernière seconde, sans doute parce que, compte tenu de sa taille et de sa corpulence, il risquait d'endommager la voiture, le chauffeur écrasa le frein.

Le Tigre vit le merdeux noir en livrée jurer derrière son pare-brise immaculé. Il leva aussitôt son arme et l'abattit, ainsi qu'un garde du corps.

Ses jeunes, déchaînés, étaient déjà en train de défoncer à coups de pied de biche les vitres arrière de la limousine.

Puis ils ouvrirent brutalement les portières et sortirent les deux écoliers blancs qui poussaient des cris de terreur. Un garçon et une fille. Ils devaient avoir une douzaine d'années.

— Ne leur faites pas de mal, j'ai d'autres projets ! hurla-t-il.

Une heure plus tard, les deux enfants étaient à l'intérieur d'une cabane, dans une ferme abandonnée, à la sortie de la ville. Déjà morts, impossibles à identifier, même si on les retrouvait un jour. Il les avait fait bouillir dans un fût d'huile. Son employeur avait exigé qu'ils meurent de cette manière, une méthode fréquemment utilisée au Soudan. Pour le Tigre, cela ne posait aucun problème.

Il sortit enfin son téléphone et passa un appel en ville. Quand les parents américains décrochèrent, il ne les laissa pas prononcer un mot.

Pas question, non plus, de parler à la police locale, ni au représentant de la société privée engagée par la compagnie pétrolière pour protéger – en théorie – ses salariés.

— Si vous voulez revoir les petits Adam et Chloé, faites exactement ce que je vous dis. Pour commencer, je ne veux pas vous entendre dire un mot. **Pas un seul mot.**

Évidemment, l'un des flics se crut obligé de l'ouvrir, et il lui raccrocha au nez. Il rappellerait plus tard et aurait son fric d'ici la fin de la journée. C'était du gâteau.

Adam et Chloé le faisaient penser à tous ces marmots blancs, à Versailles, qui n'en avaient jamais assez et qui piquaient des crises pour que leurs parents lui achètent ses oiseaux mécaniques.

Il n'éprouvait aucun remords à leur égard, rien du tout. Pour lui, ce n'était que du business.

Un nouveau pactole à récupérer.

Et ce n'était que le début...

28

J'étais bien décidé à traquer le tueur psychopathe et sa bande n'importe où dans le monde, mais, manifestement, ce ne serait pas chose facile. Bien au contraire.

— Tu as pris mon passeport ? C'est bien ce que je viens d'entendre ? Tu as volé mon passeport ?

Ignorant mes questions, Nana posa devant moi une assiette d'œufs brouillés. Trop cuits, et sans toasts. C'était la guerre.

— Effectivement, dit-elle. Puisque tu te comportes comme un enfant obstiné, je te traite comme il se doit. Dérobé. Je préfère *dérobé* à *volé*.

Je repoussai mon assiette.

— Ellie Cox est morte à cause de cet homme, Nana. Sa famille aussi. Et une autre famille de Washington a connu le même sort. Ne fais pas comme si cela ne nous concernait pas.

— C'est toi que cela concerne, Alex. Toi et ton métier.

Elle versa une demi-tasse de café, puis prit la direction de sa chambre.

— Tu sais que voler le passeport de quelqu'un est interdit par la loi ?

— Tu n'as qu'à m'arrêter.

Elle claqua la porte. 6 heures du matin, et le premier round de cette nouvelle journée était déjà terminé.

La situation s'était tendue depuis que j'avais annoncé mon départ possible pour l'Afrique. Au début, Nana avait adopté une méthode tout en subtilité, truffant la maison de coupures de presse. Un soir, par exemple, j'avais retrouvé les pages arrachées d'un reportage du *Time*, « Le delta de la mort », sur mon linge. Et le lendemain, à côté de mes clés, une enveloppe renfermant une cassette, l'enregistrement d'un reportage de BBC News intitulé « Nigeria : la loi des factions armées ».

Voyant que je faisais peu de cas de ses mises en garde, elle était passée à la phase sermon, pour m'énumérer « et si... » et risques potentiels, comme si je n'avais pas déjà fait le tour de la question. Chrétiens massacrés par des musulmans dans le nord du pays, représailles chrétiennes dans l'est, lynchage d'un enseignant chrétien par des étudiants, découverte de charniers à Okija, brutalités policières, corruption de la police, enlèvements quotidiens à Port Harcourt.

Je ne pouvais pas lui donner entièrement tort. Cette enquête criminelle s'était déjà révélée dangereuse alors que j'avais encore l'avantage de jouer à domicile et, en vérité, je n'avais pas la moindre idée de ce qui m'attendait en Afrique. Je savais simplement que si j'avais l'occasion de mettre ce boucher hors d'état de nuire, il n'était pas question que je la laisse filer. Le contact de la CIA avait signalé la présence du suspect à Lagos.

J'avais passé quelques coups de fil pour accélérer la procédure d'obtention de mon visa. Puis, moyennant soixante-quinze mille miles, j'avais réussi à obtenir un billet pour Lagos.

Un seul obstacle demeurait désormais sur ma route, et pas des moindres. Ma grand-mère, quatre-vingt-huit ans. Ce matin-là, elle resta cloîtrée dans sa chambre jusqu'à ce que je parte travailler, refusant même d'évoquer le passeport *dérobé*.

Sans lequel, de toute évidence, je ne risquais pas d'aller loin.

29

Le soir même, je rendis à Nana la monnaie de sa pièce. J'avais attendu que les enfants soient couchés pour aller la trouver ; confortablement installée dans son fauteuil de lecture, elle savourait *Eats, Shoots and Leaves*, le pamphlet à succès de Lynne Truss sur le déclin de la ponctuation.

— Qu'est-ce que c'est ?

Elle regardait mon enveloppe en papier kraft comme si elle risquait de se faire mordre.

— D'autres articles. Je veux que tu jettes un œil dessus. Ce sont des histoires horribles, Nana. Meurtres, arnaques, viols, génocides.

Il y avait également des coupures de presse concernant les meurtres commis par le gang à Washington, et notamment les longs articles, bien écrits, que le *Post* avait consacrés à chacune des familles, avec des photos des jours heureux où parents et enfants avaient encore leur tête.

— Alex, je te l'ai déjà dit. Je sais très bien ce qui se passe là-bas. Je n'ai plus envie d'aborder le sujet.

— Moi non plus.

— Tu n'es pas obligé de résoudre toutes les affaires qui se présentent. Laisse tomber, pour une fois.

— J'aimerais en être capable.

Je posai l'enveloppe sur ses genoux, déposai un baiser sur son crâne chaud et montai me coucher en marmonnant :

— Mais je suis une tête de mule.

— Ça, tu peux le dire.

30

En descendant vers 5 h 30, le lendemain matin, j'eus la surprise de voir Jannie et Ali déjà debout. Nana, dont je ne voyais que le dos, s'activait devant son fourneau. Elle préparait quelque chose d'irrésistible, qui embaumait la cannelle.

Tout cela sentait le piège…

Jannie transportait des verres de jus d'orange du comptoir à la table déjà dressée. Argenterie, serviettes en tissu, pour cinq.

Ali, déjà installé à sa place, aux prises avec un grand bol de lait et de céréales, me salua avec sa cuiller dégoulinante.

— Il est là !

Tu fais aussi partie de la conspiration, Ali.

— Eh bien, quelle agréable surprise ! fis-je.

Nana ne réagit pas, mais je savais qu'elle m'avait entendu.

C'est alors que je remarquai la carte d'Afrique du *National Geographic*, à bords jaunes, scotchée sur le réfrigérateur.

Et, sur la table, près des serviettes et des couverts, mon passeport.

— Bon, lâcha Nana. J'ai été ravie de te connaître.

31

Un agent de la CIA du nom de Ian Flaherty avait été chargé de veiller sur un couple d'expatriés de Port Harcourt, Nigeria. Des parents en pleine crise de nerfs depuis l'enlèvement de leurs deux enfants, un garçon et une fille, âgés respectivement de onze et treize ans. Cloîtrés dans le salon, morts d'inquiétude, ils attendaient la demande de rançon dans une atmosphère à couper au couteau.

Flaherty avait rarement vécu un moment aussi sinistre.

Quand son téléphone sonna, tous les regards se tournèrent vers lui. L'angoisse se lisait sur les visages.

— Pardonnez-moi, dit-il, mais il faut que je prenne cet appel. Une autre affaire.

Il sortit dans le luxuriant jardin qui jouxtait la pièce. L'Amérique l'appelait. Pour un autre genre d'urgence.

Flaherty reconnut immédiatement la voix d'Eric Dana, son supérieur. Enfin, au sens hiérarchique du terme.

— On a un sérieux problème. Un inspecteur de la criminelle du nom d'Alex Cross va débarquer chez vous. Il arrive par le vol Lufthansa 564 à 16 h 30. Le Tigre est à Lagos ?

— Il est ici, confirma Flaherty.

— Vous l'avez vu en personne ?

— Effectivement. Voulez-vous que j'aille accueillir le policier à l'aéroport ?

— À vous de voir.

— Il vaudrait peut-être mieux que je le fasse. Alex Cross, vous dites. Je vais réfléchir.

— D'accord, mais gardez l'œil sur lui. Faites en sorte qu'il ne lui arrive rien... dans la mesure du possible. Il est apprécié, ici, et il a des relations. Il faudrait éviter un drame.

— C'est un peu tard, ricana Flaherty.

Il retourna réconforter le couple dont les enfants étaient probablement déjà morts.

Ce qui n'empêcherait pas la rançon d'être versée.

32

L'enquête avait indéniablement pris une nouvelle tournure. Pour le meilleur ou pour le pire ?

Le vol Washington-Francfort était presque complet et pendant la première heure, un peu accablé par le bruit de fond, je m'étais amusé à essayer de deviner quels passagers allaient prolonger leur voyage jusqu'en Afrique. Puis, très vite, je m'étais remis à gamberger.

Toute la genèse de ce périple voletait dans ma tête comme des notes d'enquête, de mes amours avec Ellie à l'université de Georgetown jusqu'au feu vert arraché à Nana le matin même.

J'avais sur les genoux son cadeau de départ, l'autobiographie de Wole Soyinka, *Il te faut partir à l'aube.*

En guise de marque-page, elle y avait laissé une photo prise à Disneyland environ un an plus tôt, sur laquelle Jannie, Damon et Ali posaient autour de Donald avec de grands sourires.

Elle avait souligné une citation.

T'agba ba ned, a a ye ogun ja.

Quand on approche de la condition d'ancien, on perd le goût des batailles.

C'était sa manière à elle d'avoir le dernier mot, j'imagine, mais, dans mon cas, l'effet fut inverse. J'étais plus décidé que jamais à mettre ce voyage à profit.

Même si, sur le papier, mes chances de réussir étaient minces, j'allais retrouver les tueurs de la famille d'Ellie. Il le fallait : j'étais le Tueur de Dragons.

33

— Ah, Soyinka. Un auteur qui vous illumine. Connaissez-vous déjà son œuvre ?

Je ne m'étais pas rendu compte que quelqu'un s'était arrêté dans l'allée, à côté de mon siège. Levant à peine les yeux, je découvris un prêtre. Jamais je n'avais vu un prêtre aussi petit. Un homme, oui, mais un prêtre, non. Son col blanc m'arrivait au niveau du nez.

— Non, je n'ai rien lu d'autre de lui, répondis-je. C'est ma grand-mère qui m'a offert ce livre pour mon départ.

Son sourire s'élargit, ses yeux s'écarquillèrent.

— Elle est nigériane ?

— Non, américaine, mais elle lit beaucoup.

— Ah, bon, personne n'est parfait. (Un rire vint aussitôt dissiper tout malentendu : c'était bien de l'humour.) *T'agba ba nde, a a ye ogun ja.* C'est un proverbe yoruba, vous savez.

— Êtes-vous yoruba ? lui demandai-je.

Je lui trouvais un accent nigérian, mais j'étais incapable de faire la différence entre le yoruba, l'igbo, le hausa et les autres dialectes.

— Yoruba chrétien, précisa-t-il en ajoutant, avec un clin d'œil : chrétien yoruba, dirait l'évêque, mais ne me dénoncez pas. J'ai votre parole ?

— Je ne le dirai à personne. Votre secret restera bien gardé.

Croyant qu'il voulait me serrer la main, je tendis la mienne, mais il la prit en sandwich. Il avait de toutes petites mains, qui parlaient d'amitié, et pas seulement.

— Avez-vous confié votre salut à Jésus-Christ ? Inspecteur Cross ?

Je retirai ma main.

— Comment savez-vous mon nom ?

— Si ce n'est le cas, compte tenu du voyage que vous venez d'entreprendre, il serait peut-être judicieux de le faire dès à présent. Accepter le Christ, j'entends.

Il me gratifia d'un signe de croix.

— Je suis le père Bombata. Que Dieu soit avec vous, inspecteur Cross. Vous aurez besoin de son aide, en Afrique, croyez-moi. Nous traversons des temps très difficiles. Peut-être pourrait-on même parler de guerre civile.

Il m'invita à m'asseoir à côté de lui, puisque le siège était inoccupé, et notre conversation se poursuivit des heures durant. Sans que j'obtienne la réponse à ma question.

34

Dix-huit heures – qui m'avaient paru des jours – s'étaient écoulées depuis mon départ de Washington quand l'avion de la Lufthansa se posa enfin sur l'aéroport international de Lagos.

J'avais pu, de mon hublot, contempler l'immensité hypnotique du Sahara, les savanes qui le séparaient des côtes et le golfe de Guinée, tout aussi vaste, au-delà de la capitale.

En descendant sur le tarmac, j'eus soudain l'impression de me retrouver dans n'importe quelle ville des États-Unis. J'aurais tout aussi bien pu être à Fort Lauderdale, en Floride.

Le père Bombata vint me serrer une nouvelle fois la main avant que nous nous séparions. Quelqu'un l'attendait pour accélérer les formalités de son entrée sur le territoire.

— Navré, me dit-il, mais là, je ne peux pas faire grand-chose pour vous. Gardez deux cents nairas dans une poche.

— Pour quoi faire ?

— Dieu, parfois, est la solution. Et parfois, c'est du liquide.

Sans se départir de son sourire, le petit prêtre me tendit sa carte de visite puis s'en alla en me saluant amicalement une dernière fois.

Je compris ce qu'il voulait dire après avoir passé trois heures à transpirer dans l'une des files d'attente. Il n'y avait que deux fonctionnaires apathiques pour contrôler les documents de plus de quatre cents personnes.

Certains passagers passaient tranquillement, tandis que d'autres étaient retenus un long moment, jusqu'à une demi-heure. Je vis à deux reprises un garde armé emmener quelqu'un par une porte dérobée.

Quand vint mon tour, je tendis mon formulaire dûment rempli et mon passeport.

— Oui, et votre passeport ? fit le fonctionnaire.

Après un instant de désarroi, je me souvins des derniers mots du père Bombata et tout devint plus clair.

Je fis mine de ne pas m'émouvoir. Monsieur voulait son petit pot-de-vin.

Je glissai deux cents nairas sur le guichet. Il les prit, tamponna mon passeport et appela la personne suivante sans me lancer un regard.

35

Le brouhaha et la galère des formalités d'entrée n'étaient rien en comparaison du vacarme et de la cohue qui m'attendaient derrière les portes de verre maculées de traces de mains et de doigts du terminal principal.

C'est là que j'eus pour la première fois conscience de me trouver dans une agglomération de treize millions de personnes. Dont la moitié, au moins, devait être à l'aéroport ce jour-là.

C'est donc ça, l'Afrique, me dis-je. Et mon tueur, mes tueurs sont là, quelque part.

Pas moins de cinq « fonctionnaires » nigérians m'arrêtèrent sur le chemin du carrousel à bagages. Chacun d'eux voulut vérifier mon identité. Le message ne variait guère : « Visa, American Express, nous acceptons toutes les cartes. » Ils savaient visiblement que j'étais américain et réclamaient leur pot-de-vin, qui ne représentait peut-être, à leurs yeux, qu'une sorte de pourboire.

Ayant enfin réussi à récupérer mon sac de voyage et à quitter le hall en me frayant un chemin à contre-courant à travers une véritable marée humaine, je faillis lâcher quelques nairas de plus au gamin dépenaillé, coiffé d'une vieille casquette de porteur, qui me demandait où emmener mes bagages, avant de me raviser et de continuer en serrant mes affaires contre moi. Je me faisais l'effet d'un étranger en terre étrangère et pourtant, confusément, j'étais content d'être là. La grande aventure m'attendait, sur un territoire totalement inconnu, et dont je ne connaissais pas les règles.

36

On ne respirait guère mieux dehors. Ça puait le diesel, et pour cause : autour de moi, je ne voyais que des hordes de véhicules plus ou moins délabrés, voitures, camions, bus jaunes. Des vendeurs – enfants, adultes, vieillards – se déplaçaient au milieu de la circulation en proposant de tout. Cela allait des journaux aux chaussures d'occasion, en passant par les fruits et les vêtements pour enfants.

— Alexander Cross ?

Je me retournai, m'attendant à tomber sur Ian Flaherty, mon contact au Nigeria. S'approcher de quelqu'un en toute discrétion, c'était la spécialité de la CIA, non ?

Je me retrouvai face à deux agents. Ce n'était pas la police des frontières. Ils portaient des uniformes et des bérets noirs, et je remarquai leurs épaulettes à chevrons. Tous deux étaient armés de pistolets.

— Oui, je suis Alex Cross.

Ce qui advint alors dépasse tout entendement. On m'arracha mon sac, puis mon bagage à main. L'un des deux flics me força à me retourner et je sentis des menottes me mordre les poignets.

— Qu'y a-t-il ? C'est quoi, cette histoire ? Dites-moi ce qui se passe !

Le type qui avait pris mes affaires leva la main comme pour héler un taxi et un gros 4 × 4 Toyota blanc s'arrêta immédiatement à notre niveau.

Les flics ouvrirent la portière arrière, me firent baisser la tête et me poussèrent à l'intérieur, après quoi ils jetèrent mon sac à mes pieds. L'un des deux hommes resta sur le trottoir, l'autre sauta sur le siège passager, et le véhicule démarra en trombe.

Alors seulement je compris : on était en train de m'enlever !

37

C'était du délire. De la folie pure.

— Où m'emmenez-vous ? De quoi s'agit-il ? Je suis un officier de police américain.

Mes protestations ne rencontraient aucun écho.

Je me penchai en avant, ce qui me valut un violent coup de matraque sur le torse, et deux au visage.

Je sentis, j'entendis mon nez se briser.

Aussitôt, un flot de sang m'inonda le menton et la chemise. Je n'arrivais pas à y croire.

Le flic assis côté passager me regarda, l'œil rouge, prêt à frapper encore.

— Tu as intérêt à la fermer, le Blanc. Sale Américain, sale terroriste, sale policier.

J'avais entendu dire que certains, ici, n'aimaient pas que les Noirs américains se disent afro-américains. J'en avais désormais la confirmation. Je respirais difficilement par la bouche, en crachant du sang. J'essayais de garder les idées claires, mais j'avais la tête qui tournait. La moiteur de l'air et les vapeurs de diesel m'étourdissaient, tandis que le conducteur zigzaguait dans les encombrements de l'aéroport en klaxonnant à tout va.

Je distinguais vaguement un fleuve de voitures blanches, rouges et vertes, et d'autres bus jaune vif. Des deux côtés de la route, des femmes marchaient, un bébé noué dans le dos à hauteur de hanches, en portant parfois un panier sur leur tête coiffée du traditionnel foulard. Je voyais des baraques de fortune à perte de vue, mais aussi des constructions modernes. Et encore des voitures, des bus, des fourgonnettes et des charrettes tirées par des animaux.

Bref, une journée comme les autres à Lagos.

Tout aussi banale, je le craignais, que le traitement que j'étais en train de subir à l'intérieur de ce véhicule.

Brusquement, le flic s'en prit de nouveau à moi. Il s'allongea par-dessus son siège et me poussa pour me faire basculer sur le côté. Je m'attendais à un nouveau coup de matraque, mais je sentis ses mains me tâtonner de haut en bas.

Et mon portefeuille glissa hors de ma poche.

— Hé !

Il sortit la liasse de billets – trois cents dollars, plus l'équivalent de cinq cents en nairas – puis me jeta le portefeuille vide en plein visage. Un éclair de douleur me cisailla le crâne.

Je me remis à tousser du sang qui cribla le dossier du siège avant et me valut un autre coup de matraque en travers de l'épaule.

Je compris alors à quoi servait la bâche en nylon qui recouvrait la banquette arrière : à éviter les taches de sang, évidemment.

Privé de repères, je ne comprenais pas ce qui m'arrivait et n'avais pas la moindre idée de ce que je pouvais faire.

En dépit du bon sens, je revins à la charge :

— Où m'emmenez-vous ? Je suis un policier américain ! Je suis ici pour une enquête criminelle.

L'officier aboya quelques mots de dialecte au chauffeur, qui donna un grand coup de volant. Je me retrouvai plaqué contre la portière. Le 4 × 4 s'arrêta brutalement sur le bas-côté de la route.

Les deux types sortirent. L'un d'eux ouvrit sèchement la portière. Je tombai à terre, toujours menotté, incapable d'amortir ma chute.

Tout n'était plus que poussière, chaleur, douleur. Je me mis à cracher du sable.

Des mains puissantes me prirent sous les aisselles et me soulevèrent. J'étais à genoux. Je vis un petit garçon me regarder à l'arrière d'un break Audi bourré à craquer.

— Tu es courageux. Aussi courageux que stupide, sale Blanc.

C'était le chauffeur qui parlait, à présent. Son tour était venu. Il me gifla violemment. Un aller-retour. Je fis de mon mieux pour garder l'équilibre.

— Vous êtes très efficaces, tous les deux...

Ça, c'était de la repartie. Je me fichais déjà de ce qui pouvait m'arriver ensuite.

Ce fut un méchant crochet à la tempe. J'entendis un craquement bizarre à l'intérieur de mon crâne, puis un autre.

Et j'ignore combien de coups de poing ils me donnèrent après.

Je dus perdre connaissance à partir du quatrième.

38

C'était délirant. Sans précédent. Invraisemblable.

Je repris conscience dans l'obscurité. J'avais mal partout, surtout autour du nez. Dans ma tête, le vide. Je n'avais aucune idée de l'endroit où je me trouvais. Je n'étais pas en Afrique, je n'étais nulle part. Je me demandais juste comment j'avais atterri ici.

Puis vinrent d'autres interrogations. Où suis-je ? Où m'a-t-on emmené ?

Ma main glissa vers ma tempe. Je sentis une soudaine brûlure en effleurant une plaie, et me souvins des menottes. On me les avait enlevées.

J'étais sur le dos, sur un sol dur. Pierre ou ciment.

Quelqu'un m'observait. Il était debout. Impossible de lire son expression, dans la pénombre. Je devinais juste qu'il avait la peau noire.

Et là, je me rendis compte qu'il n'était pas seul. Ils étaient nombreux. Une douzaine au moins, groupés autour de moi. Je compris alors qu'il s'agissait de détenus. Comme moi...

— Le Blanc est réveillé, fit quelqu'un.

Ma tenue avait dû me trahir. J'étais manifestement américain, et donc « blanc », une insulte que j'avais découverte au cours de mon petit voyage en voiture.

— Où suis-je ? croassai-je. Je peux avoir de l'eau ?

Celui qui avait déjà parlé répondit :

— Pas avant demain matin, mon ami.

Il s'agenouilla et m'aida tout de même à m'asseoir. J'avais l'impression que ma cage thoracique allait exploser, et la douleur qui me vrillait le crâne semblait bien décidée à prolonger son séjour.

J'étais dans une sorte de cellule sinistre, sale. Mon nez cassé ne m'empêchait pas de sentir l'ignoble puanteur émanant sans doute de latrines, dans un coin. Je respirais par la bouche, à petites goulées.

La grille qui tenait lieu de porte, à l'autre bout, dispensait une faible lumière. La pièce semblait juste assez grande pour une douzaine de personnes, mais nous étions au moins trois fois plus à nous y entasser. Il n'y avait que des hommes.

La plupart des détenus étaient allongés les uns contre les autres, à même le sol. Quelques « privilégiés » ronflaient sur des couchettes murales.

— Quelle heure est-il ? demandai-je.

— Minuit, peut-être. Difficile à dire. Ça change quoi, pour nous ? On est morts, de toute façon.

39

Quand j'eus enfin les idées un peu plus claires, je m'aperçus que mon portefeuille avait disparu, tout comme ma ceinture.

Et quelques tâtonnements plus tard, je sentis que l'anneau d'argent que je portais à l'oreille gauche, un cadeau d'anniversaire de Jannie, s'était lui aussi volatilisé. Sur le lobe gauche, je n'avais plus qu'une croûte.

Où m'avait-on emmené ? Étais-je loin de l'aéroport ? Étais-je toujours au Nigeria ?

Pourquoi personne n'avait-il tenté d'empêcher ces hommes de m'enlever ? Était-ce une pratique courante ?

J'étais dans le brouillard le plus total.

— Sommes-nous à Lagos ? finis-je par demander.

— Oui. À Kirikiri. Nous sommes des prisonniers politiques. C'est ce qu'on nous a dit. Moi, je suis journaliste. Et vous, vous êtes… ?

Un bruit de ferraille. Quelqu'un déverrouilla la porte et l'ouvrit largement.

Je vis deux gardiens en uniforme s'arrêter un instant dans une flaque de lumière, à l'entrée d'un couloir nu, puis entrer pour devenir eux-mêmes des ombres. Quelques secondes plus tard, l'un d'eux nous balayait du faisceau de sa lampe torche.

Qui s'immobilisa un moment sur mon visage.

J'avais la certitude qu'ils étaient là pour moi, mais ils se saisirent du deuxième homme après moi, celui qui m'avait confié être journaliste.

Ils le relevèrent sans ménagement, puis l'un des gardes dégaina un pistolet et le plaqua contre sa tempe.

— Personne ne parle à l'Américain, dit-il à la cantonade. *Personne.* C'est compris ?

Et, sous mon regard incrédule, l'homme fut assommé à coups de crosse avant d'être traîné hors de la cellule.

La réaction des autres prisonniers se limita à un silence résigné, mais deux hommes se mirent à gémir dans leurs mains. Personne ne bougea. J'en entendais quelques-uns qui ronflaient encore.

Je restai à ma place sans broncher jusqu'à ce que les matons sadiques eussent disparu, puis je fis la seule chose que je pouvais faire, c'est-à-dire m'affaler doucement sur le sol, le souffle court, heurté, avec l'impression qu'on m'enfonçait un poignard entre les côtes.

Dans quel enfer m'étais-je jeté ?

40

J'aimerais pouvoir dire que j'étais dans un état second et que je me souviens à peine de ma première nuit dans cette cellule de la prison de Kirikiri.

Bien au contraire, chaque seconde est restée gravée dans ma mémoire.

Le pire, la première nuit, ce fut la soif. J'avais l'impression que ma gorge était en train de se fermer. La déshydratation me bouffait de l'intérieur et, à l'extérieur, des moustiques énormes et des rats essayaient d'en faire autant.

Les élancements mettaient mon crâne et ma poitrine au supplice avec la régularité d'un métronome, et dès que je baissais la garde ou que je me laissais aller à dormir une demi-heure, je sentais le désespoir me gagner.

J'avais lu suffisamment de rapports de Human Rights Watch pour me faire une idée des conditions de vie dans ce genre de prison, mais il y avait un gouffre entre la théorie et la pratique. Ce fut peut-être la pire nuit de ma vie, alors que j'en avais déjà vu d'autres, pour avoir côtoyé des Kyle Craig, des Gary Soneji ou des Casanova.

Quand vint enfin l'aube, je me concentrai sur l'unique fenêtre à barreaux comme s'il s'agissait d'un écran de télévision. Je vis l'écran passer lentement du noir au gris, puis au bleu. Maigre encouragement...

Au moment où, autour de moi, chacun commençait à se réveiller, la porte de la cellule s'ouvrit de nouveau.

Un gardien d'une grande maigreur se planta sur le seuil. On aurait dit une immense sauterelle. Il se mit à hurler :

— Cross ! Alexander ! Cross ! Ici, tout de suite !

Je me relevai lentement, à peine valide. À chaque mouvement, ma chemise tirait les poils de mon torse, collés par le sang, et j'essayais de me focaliser sur cette douleur. C'était tout juste si je tenais sur mes jambes, mais ainsi, je parvins à me mettre debout et à marcher.

Je suivis le gardien dans le couloir. Il tourna à droite, et lorsque je vis le mur, au fond, je compris que ma libération n'était pas pour tout de suite.

Si elle venait jamais...

— Je suis un policier américain, réitérai-je. Je suis ici pour enquêter sur un meurtre.

Et une question me vint alors à l'esprit : était-ce la raison pour laquelle on m'avait emprisonné ?

41

J'étais en plein cauchemar. Nous passâmes devant plusieurs lourdes grilles comme celle de ma cellule. Combien de détenus croupissaient ici ? Et parmi eux, combien de compatriotes ? La plupart des gardiens parlaient un peu d'anglais, ce qui m'incitait à penser que je ne devais pas être le seul Américain.

Devant la dernière porte, la seule dépourvue de serrure, il y avait une vieille chaise de bureau dont l'assise était presque entièrement rongée par la rouille.

— Entrez ! aboya le geôlier. Tout de suite, *inspecteur* !

Quand je voulus écarter la chaise, il me la colla dans les mains. Ce qui m'arrangeait. C'était toujours mieux que de m'asseoir par terre, et je n'avais pas trop envie de rester debout.

Une fois à l'intérieur, j'entendis le gardien refermer la porte et s'éloigner.

La pièce ressemblait à la cellule que je venais de quitter, mais elle était deux fois plus petite, et vide. Des traînées noires zébraient le sol en ciment et les murs de pierre, ce qui expliquait sans doute l'abominable puanteur des lieux.

Ici, il n'y avait pas de latrines. Peut-être parce que la cellule elle-même avait jadis servi de latrines.

Mon regard s'arrêta sur la porte métallique grise. Étant donné qu'elle était dépourvue de serrure, peut-être valait-il mieux tenter de m'enfuir plutôt que de rester assis à attendre la suite ?

Non, sans doute pas, mais comment savoir ?

J'étais en train de me relever quand j'entendis de nouveau des pas. Je me rassis. La porte s'ouvrit et je vis entrer deux policiers, reconnaissables à leur uniforme noir, alors que celui des gardiens était bleu nuit. Quelque chose me disait que je n'allais pas gagner au change.

Une impression renforcée par l'air profondément antipathique des deux hommes.

— Cross ? jappa l'un. Alexander ?

— Je peux avoir de l'eau ?

Il n'y avait rien que je désirais plus. Je n'étais quasiment plus en état de parler.

L'un des deux flics, caché derrière ses lunettes miroir, lança un regard à l'autre, qui fit non de la tête.

— De quoi m'accuse-t-on ?

— Question idiote, répondit le flic aux lunettes noires.

Pour le prouver, son acolyte s'avança et m'expédia un direct du droit dans le ventre. Souffle coupé, je m'affalai par terre comme un sac de jute.

— Relève-le !

Le flic aux lunettes noires me souleva sans difficulté, puis me prit par les épaules avec ses bras puissants. Quand le coup suivant arriva, il m'empêcha de tomber tout en faisant en sorte que mon corps absorbe bien l'impact. Je vomis immédiatement, un peu surpris d'avoir quoi que ce soit à régurgiter.

— J'ai de l'argent, dis-je, puisqu'après tout, le système avait fait ses preuves à mon arrivée à l'aéroport.

Le chef était un type énorme, aussi grand que Sampson, avec un bide à la Amin Dada. Il me regarda du haut de sa montagne de graisse.

— Montre-nous ce que tu as.

— Pas ici. (Flaherty, mon contact de la CIA, était censé avoir mis une certaine somme à ma disposition dans une banque de Lagos. Autant dire, dans les circonstances présentes, à des millions de kilomètres de là.) Mais je peux le récupérer...

Il me flanqua son coude dans la mâchoire, puis m'expédia un autre crochet au thorax. Je ne pouvais plus respirer.

Il recula, fit signe à son collègue de s'écarter et là, avec une agilité étonnante pour un type de ce gabarit, il donna un coup de botte, très haut, qui me percuta en plein thorax, encore une fois. Le peu d'air qui me restait s'échappa de mes poumons. J'avais l'impression d'avoir été broyé.

J'entendis plus que je ne vis les deux flics quitter la cellule. Ce fut tout. Ils me laissèrent comme ça, gisant à terre, sans m'avoir interrogé, sans me dire ce qu'ils voulaient, sans donner d'explications.

Sans me laisser d'espoir.

42

De retour dans la première cellule, j'eus droit à un bol de manioc et un demi-verre d'eau. L'eau, je la bus d'un trait, mais je ne parvins pas à manger la pâte de manioc, ce tubercule qui est l'un des principaux aliments de l'Afrique. Dès que j'essayais d'avaler quelque chose de solide, ma gorge se refermait.

J'étais assis par terre, dos au mur et, à côté de moi, un jeune détenu me regardait. Je lui dis à mi-voix, en lui tendant mon bol :

— Tu le veux ?

— Nous rendons grâce au manioc, grand manioc, chuchota-t-il en acceptant mon offre. C'est poème célèbre on apprend à l'école.

Il vint s'asseoir près de moi. Nos regards étaient braqués sur la porte.

— Comment t'appelles-tu ?

— Sunday, monsieur.

Il ne pouvait pas avoir plus de vingt ans. Il portait des vêtements sales, mais laissant supposer qu'il appartenait à la classe moyenne. Ses joues étaient striées de trois scarifications tribales.

— Salut, Sunday, mais il vaudrait mieux qu'on ne te voie pas m'adresser la parole.

— Oh, j'emmerde eux. Ils faire quoi ? Me mettre en prison ?

Il mangea le manioc à toute vitesse en regardant autour de lui comme si quelqu'un risquait de lui arracher son bol. Ou de se jeter sur lui pour le frapper.

— Depuis combien de temps es-tu là ? lui demandai-je lorsqu'il eut terminé.

— Moi, j'arrive ici il y a dix jours. Peut-être onze, maintenant. Tout le monde, ici, c'est nouveaux prisonniers, qui attendent transfert.

Ça, c'était une info.

— Un transfert ? Vers où ?

— Vers centre haute sécurité. Quelque part dans le pays. Ou peut-être c'est pire. On sait pas. Peut-être on va tous dans une grande fosse.

— Combien de temps ça prend ? Le transfert ? Ce qu'ils font ici ?

Il fixa le sol et haussa les épaules.

— Peut-être dix jours. Sauf si tu as *egunje*.

— *Egunje* ?

— Du dash. Argent pour gardiens. Ou peut-être quelqu'un sait tu es ici ? (Je fis non dans les deux cas.) Alors tu as gros *wahala*, monsieur, gros problème. Comme moi. Tu existes pas. Chut. Gardien arrive.

43

Quand les gardiens me réveillèrent, le troisième jour, ils durent me traîner par les pieds. Pas question de les accompagner de mon plein gré pour me faire exécuter. J'avais encore les côtes en feu, et mon nez semblait s'être sérieusement infecté.

Cette fois-ci, nous tournâmes à gauche en sortant de la cellule. J'ignorais si c'était bon signe ou si, au contraire, j'allais tomber de Charybde en Scylla.

La grande sauterelle me fit descendre un escalier de pierre aux marches escarpées, puis suivre un autre couloir, et un autre, et un autre encore. Je me fis la réflexion que jamais je n'aurais pu sortir de ces geôles par mes propres moyens.

Nous finîmes par nous retrouver dans un enclos. Un terrain au sol brûlé, parsemé de quelques touffes de mauvaise herbe et ceint d'un mur de trois mètres de haut surmonté de rouleaux de barbelés. Si c'était la cour de promenade, elle faisait vraiment pitié.

D'ailleurs, la lumière était si violente que j'avais du mal à distinguer quoi que ce soit. Et il faisait une chaleur terrible, qui devait avoisiner les 40 degrés.

Le gardien ne s'arrêta qu'à l'autre bout du terrain, devant un portail lui aussi hérissé de barbelés.

Il déverrouilla une porte, qui s'ouvrait sur un passage dans un autre bâtiment, me fit franchir une autre porte, puis un autre portail, et j'aperçus au loin ce qui ressemblait à un parking.

Je demandai à M. Sauterelle ce qui se passait. Il ne répondit pas. Il se contenta d'ouvrir la porte et de me pousser devant lui.

Il referma la porte derrière moi, m'enfermant ainsi dans une autre allée.

— C'est réglé, dit-il.

— Qu'est-ce qui est réglé ?

— Toi.

Il était déjà en train de rebrousser chemin, il m'abandonnait là. Les battements de mon cœur s'accélérèrent, mon corps tout entier se crispa. Tout indiquait que le dénouement, quel qu'il fût, était proche.

Une porte s'ouvrit soudain, sur ma droite, et je vis émerger la tête d'un gardien. Il me fit signe, l'air impatient.

— Entre, entre !

Voyant que j'hésitais, il me tira par le bras.

— Tu es sourd ? Ou idiot ? Entre.

La pièce dans laquelle je pénétrai était climatisée. Ma peau accusa le choc, et je compris que le type était juste pressé de refermer la porte.

Je me trouvais dans un local administratif des plus ordinaires. Il y avait deux bureaux et plusieurs armoires. Un second gardien, penché sur une liasse de documents, m'ignora. Une autre personne était présente, le premier Blanc que je voyais depuis mon arrivée à l'aéroport.

C'était un civil. Pantalon léger, chemise flottante ouverte, lunettes noires. Ça sentait la CIA.

— Flaherty ? hasardai-je, puisqu'il ne daignait pas m'éclairer.

Il me jeta mon portefeuille vide avant d'ouvrir la bouche.

— Dites donc, vous avez l'air amoché. Prêt à sortir d'ici ?

44

J'étais certes plus que prêt à quitter cette prison cauchemardesque, mais aussi éberlué par tout ce qui m'arrivait depuis que j'avais atterri à Lagos.

— Que... Comment m'avez-vous retrouvé ? bredouillai-je alors que nous étions encore dans le bureau. Que se passe-t-il ? C'est quoi, cette histoire ?

— Pas maintenant.

Il ouvrit une porte, me fit signe de sortir le premier. Les deux gardiens ne levèrent même pas les yeux. L'un était en train de noter quelque chose dans un dossier et l'autre jacassait au téléphone lorsque nous quittâmes la pièce. La routine dans les entrailles de l'enfer.

Une fois la porte refermée, Flaherty me prit le bras.

— Vous voulez que je vous aide ?

— Putain, Flaherty. Merci.

— Ils vous ont cassé le nez ?

— C'est l'impression que j'ai.

— On dirait bien. Je connais un gars. Tenez. (Il me tendit une petite bouteille d'eau que je vidai aussitôt.) Allez-y doucement.

Il m'entraîna vers une vieille Peugeot 405 blanc cassé garée non loin, à l'ombre d'un arbre. Mon sac de voyage était déjà sur la banquette arrière.

— Merci, fis-je une fois de plus, et dès que nous eûmes démarré, je lui demandai : Comment avez-vous fait ?

— Ne vous voyant pas, jeudi, je me suis dit qu'il n'y avait pas trente-six hypothèses. Pour cent billets, j'ai eu votre nom et pour cinq cents, je vous ai fait libérer.

Il sortit de sa poche de poitrine une carte de visite et me la tendit. Une carte de la Citibank, avec une adresse à Lagos. Au dos, il y avait écrit, au stylo à bille bleu, ACROSS9786EY4.

— Il faudra que vous changiez ce code. Et si vous pouvez, faites virer mille dollars de plus sur le compte.

Brusquement, les images des enfants, de Nana, de Bree, me vinrent à l'esprit.

— Et mes proches ? Vous leur avez parlé ? Ils savent ce qui se passe ?

— Écoutez, ne le prenez pas mal, mais je ne suis pas votre assistante sociale. Je sais bien que vous devez avoir l'impression de revenir du dix-huitième cercle de l'enfer ou je ne sais quoi, mais ne comptez pas sur moi pour ce genre de conneries. D'accord ? Je ne veux pas être dur, mais ici, en ce moment, c'est comme ça. Il se passe beaucoup de choses.

Il éjecta une cigarette de son paquet de Camel Light, l'alluma et souffla par les narines deux panaches de fumée.

— Votre famille, vous n'avez qu'à l'appeler de l'hôtel.

— Votre compassion m'émeut.

Ça le fit sourire. Je crois que nous nous comprenions. De toute évidence, à Lagos, Flaherty avait entendu des histoires bien plus tristes, bien plus tragiques que la mienne.

— Il y a quelque chose à manger, dans cette voiture ?

Il se pencha pour ouvrir la boîte à gants, qui renfermait une canette de boisson au chocolat protéinée. C'était chaud, un peu granuleux, et je n'avais jamais rien bu d'aussi bon.

La nuque contre l'appuie-tête, les yeux fermés, je n'avais plus qu'à essayer de me détendre pour la première fois en trois jours. Et j'allais peut-être pouvoir enfin réfléchir sérieusement à mon enquête criminelle et à ce qui venait de m'arriver.

45

Un choc sourd m'arracha à un rêve fiévreux et franchement désagréable.

Quelques minutes à peine avaient dû s'écouler depuis notre départ. J'ouvris les yeux juste à temps pour voir une vieille basket Adidas dégringoler du toit de la Peugeot sur le capot.

— C'est quoi, ce bordel ?

Flaherty sortit la tête de la voiture.

Nous étions coincés dans un embouteillage monstrueux. Devant nous, derrière nous, des voitures à perte de vue.

— Les Area Boys. J'aurais dû m'en douter.

Il pointa le doigt.

Je les vis d'abord dans le rétroviseur extérieur. Ils étaient au moins une demi-douzaine. Des ados, apparemment. Ils allaient de voiture en voiture, en négligeaient certaines, s'arrêtaient devant d'autres pour dépouiller conducteur et passagers.

— Les Area Boys ?

— Comme des gangs, mais sans la quincaillerie. C'est de la petite vermine. Ne vous inquiétez pas.

Deux voitures derrière nous, un jeune au visage aplati, avec un vieux maillot des Chicago Bulls, se pencha par la fenêtre du conducteur, donna un coup de poing et repartit avec une serviette en cuir.

— Il faut faire quelque chose, non ?

Je m'apprêtais à ouvrir ma portière, mais Flaherty me retint.

— Faire quoi ? Les arrêter tous ? Les mettre dans le coffre ? Laissez-moi gérer ça.

Un autre jeune, torse nu, le crâne rasé, le visage grêlé de boutons, longea tranquillement notre voiture, se pencha vers Flaherty et brandit le poing en hurlant :

— File-moi ton portefeuille, *oyinbo* man ! Tout de suite !

Flaherty avait déjà glissé la main sous son siège. Il exhiba un Glock qu'il cala sur ses genoux, pointé vers son agresseur.

— Et si c'était plutôt toi qui filais ton portefeuille, hein, connard ?

L'autre recula, les mains en l'air, en ricanant.

— Je devrais peut-être dire « sale gosse », ajouta Flaherty. C'est ça, dégage avant que je ne change d'avis.

Le gamin prévint ses copains en symbolisant une arme du pouce et de l'index.

— Pas lui, les mecs.

Ce qui n'empêcha pas l'un d'eux de tambouriner sur notre coffre au passage. Ils poursuivirent leur chemin, et plus personne ne vint nous ennuyer.

Flaherty vit que je le regardais, sidéré.

— Quoi ? Écoutez, quand je viendrai à Washington, c'est vous qui m'expliquerez les règles du jeu. D'accord ? En attendant, essayez de ne pas perdre de vue où vous êtes.

Je vis un autre automobiliste, un peu plus loin, se faire dépouiller à son tour.

— Difficile de perdre ça de vue.

46

Je me rendis subitement compte que mon enquête allait désormais pouvoir se poursuivre, et que ce serait un peu l'équivalent d'une enquête criminelle sur Mars, compte tenu du décalage qui existait entre la vie telle que je la connaissais et celle que je découvrais en cet instant même au Nigeria.

L'hôtel Superior, où Flaherty me déposa, avait de l'espace et des volumes à revendre. C'était, pour tout dire, son unique intérêt. Il avait dû être fastueux dans les années 1950, ou je ne sais quand. Aujourd'hui, ses murs en stuc s'effritaient et le parking était constamment envahi de locaux essayant de fourguer t-shirts, appareils électroniques et cartes de téléphone.

Il se trouvait juste à côté de l'aéroport. Trois jours au Nigeria, et j'étais déjà revenu à mon point de départ. Sans être allé très loin.

— Pourquoi m'avez-vous amené ici ? demandai-je en changeant de chemise à l'arrière de la voiture.

— Je me suis dit que vous voudriez peut-être prendre l'avion demain matin. On peut toujours espérer.

— Pour aller où ?

— Pour rentrer chez vous, voyons. Vous devriez partir maintenant, inspecteur Cross. Avant qu'ils ne décident de vous massacrer pour de bon. Vous n'arriverez pas à mettre la main sur le Tigre, mais lui pourrait bien mettre la main sur vous.

— Le Tigre ? répétai-je, interloqué.

47

— C'est son surnom, inspecteur Cross. Vous l'ignoriez ? En fait, plusieurs chefs de bande se font appeler « Tigre », mais votre type a été le premier.

— Et vous savez où il est ?

— Si je le savais, je vous y emmènerais tout de suite et on réglerait la question.

Je jetai ma chemise ensanglantée dans une poubelle et pris mon sac de voyage.

— À quelle heure peut-on se retrouver demain matin ?

Il esquissa un sourire dans lequel je crus percevoir un semblant d'approbation.

— Je vous appellerai.

— À quelle heure ?

— Aussi tôt que possible. Reposez-vous. Si vous n'êtes pas là demain matin, j'en déduirai qu'en fait, vous êtes parfaitement sain d'esprit.

Avant qu'il ne s'en aille, je dus lui emprunter un peu de liquide pour payer la première nuit d'hôtel et acheter une carte de téléphone.

Quarante-cinq minutes plus tard, j'avais pris ma douche, j'avais mangé et j'attendais que ma communication passe.

La chambre n'avait strictement rien d'exceptionnel. Trois mètres sur cinq, des murs en stuc abîmés, quelques cafards, histoire de ne pas se sentir trop seul.

La robinetterie du lavabo de la salle de bains avait disparu, ce qui ne semblait pas surprendre le groom outre mesure. L'hôtel allait en installer une nouvelle, promis. Je m'en fichais un peu. Après la prison, cette chambre me faisait l'effet d'une suite présidentielle.

Quand Jannie décrocha et que j'entendis sa voix, je sentis ma gorge se nouer. J'avais déjà oublié les élancements de mon nez, qui saignait encore par intermittence.

— Tiens donc, en voilà une qui n'est pas allée à l'école ce matin, dis-je d'un ton aussi enjoué que possible.

— On est samedi, papa. Tu as perdu le sens du temps, là-bas ? On dirait même que tu es enrhumé.

Du bout du doigt, j'effleurai mon nez fracturé qui me faisait encore si mal.

— Oui, je crois que j'ai les sinus un peu encombrés, mais je survivrai. Je suis dans l'un des meilleurs hôtels de la capitale.

— Alex, c'est toi ? (Nana avait décroché dans une autre pièce, et je sentais bien qu'elle était furax.) Où étais-tu passé pendant ces trois jours ? Je trouve ton comportement inacceptable.

— Je suis désolé, Nana, mais j'ai eu un mal fou à avoir les États-Unis depuis que je suis arrivé.

Et je me mis à poser mille questions pour ne plus avoir à mentir, fût-ce à moitié.

Jannie me parla de ses expériences sur la mouche drosophile en cours de science, m'apprit que nous avions de nouveaux voisins. Nana était inquiète : le bruit de la chaudière, au sous-sol, ressemblait beaucoup à celui qui nous avait coûté neuf cents dollars la dernière fois. Puis Ali m'annonça qu'il avait réussi à trouver le Nigeria sur la carte, que la capitale s'appelait Lagos et qu'il y avait plus de cent trente-cinq millions d'habitants.

Nana me dit qu'elle allait me passer Bree.

— Elle est là ?

J'étais un peu surpris, car Bree avait prévu de retourner chez elle pendant ma mission en Afrique.

— Il faut bien que quelqu'un veille sur nous, observa Nana. Qui plus est, maintenant, elle fait partie de la famille.

48

La remarque de Nana me fit plaisir, presque autant que le son de la voix de Bree à l'autre bout du fil. J'entendis une porte se refermer. On nous laissait un peu d'intimité.

— Enfin…, soupirai-je.

— Je sais. Nana est dure, hein ? Mais elle peut aussi être adorable.

Je ris.

— Elle feinte parce que tu es là. Elle est déjà en train de te manipuler.

— À ce propos, Alex, ne me raconte pas d'histoires. Où étais-tu passé, ces trois derniers jours ?

— Inspecteur Stone, je présume ? Je vous ai manqué, n'est-ce pas ?

— Bien sûr, mais je t'ai posé une question très sérieuse. Je me suis fait un sang d'encre pendant ces trois jours. On était morts d'inquiétude, surtout Nana.

— Bon, voilà ce qui s'est passé, et ça a forcément un lien avec l'affaire. J'ai été arrêté à l'aéroport.

— Arrêté ? (À sa façon de chuchoter, je sentis son inquiétude.) Par qui ? À l'aéroport ? Pour quel motif ?

— Au motif, disons, que le droit des personnes est un concept tout à fait relatif dans le monde. Je suis resté deux jours et demi en garde à vue, sans être inculpé de quoi que ce soit.

Son ton s'adoucit, plus Bree, moins inspecteur Stone.

— Ç'a été dur ?

— Sur une échelle de dix, je dirais quinze, mais maintenant, en gros, ça va. Je suis à l'hôtel Superior, qui n'a de supérieur que le nom.

De gros nuages noirs arrivaient du golfe. Dix étages plus bas, les gens commençaient à déserter la piscine. J'avais du mal à croire que je m'étais réveillé à Kirikiri le matin même.

— Écoute, Alex, je ne sais pas si tu as vraiment envie d'entendre ça maintenant, mais il y a encore eu une tuerie hier soir. Une autre famille, à Petway. Cette fois-ci, les parents étaient des ressortissants soudanais.

Je dus m'asseoir au bord du lit.

— Même mode opératoire que les deux précédents massacres ?

— Oui. De grands couteaux, peut-être des machettes, et une extrême sauvagerie. Acharnement, cruauté gratuite. Que ton gars et sa bande se soient trouvés ici ou ailleurs, je suis sûr qu'ils sont impliqués.

— Apparemment, le tueur se fait appeler le Tigre. Je suis donc à la chasse au tigre. Il peut avoir commandité les exécutions depuis n'importe où.

— Exact, mais il peut très bien être rentré à Washington. Toi, tu es là-bas alors que lui est ici. C'est une possibilité.

Avant que je puisse répondre, il y eut un éclair et un énorme coup de tonnerre. Toutes les ampoules de la pièce vacillèrent avant de s'éteindre. Plus de lumière, plus de téléphone.

— Bree ? Bree, tu m'entends ?

La communication était coupée. Merde. Je n'avais même pas eu le temps de dire à Bree combien elle m'avait manqué.

J'avais aperçu des bougies et au moins un générateur à propane dans le hall de l'hôtel, ce qui laissait supposer que ce genre de panne était fréquent. Je m'allongeai sur le lit et fermai les yeux. Si le courant ne revenait pas d'ici peu, je descendrais à la réception.

En attendant, quelles conséquences tirer du nouveau massacre perpétré à Washington ?

Le tueur que je pourchassais, le Tigre, se trouvait-il toujours au Nigeria ?

Ou n'étais-je venu jusqu'ici que pour me faire casser le nez ?

123

49

Le téléphone sonnait.

Et sonnait.

Je finis par ouvrir les yeux, émergeant difficilement d'un sommeil qui tenait du coma. *12:00* clignotait sur l'écran de la pendule de la table de chevet, à quelques centimètres de mon visage.

Il faisait jour et, manifestement, le courant était revenu.

Quand je voulus me retourner pour décrocher, mon corps tout entier résista. J'étais courbatu, couvert d'ecchymoses, et la douleur raviva instantanément mes souvenirs. La garde à vue, le passage à tabac, le meurtre d'Ellie et de sa famille, l'enquête.

— Alex Cross.

— Ne faites pas ça.

— Qui est à l'appareil ?

— C'est Flaherty. Ne donnez pas votre nom en décrochant. On ne sait jamais qui...

— Quelle heure est-il ?

Trop tôt pour les sermons, en tout cas.

Je contemplais le plafond. Mon regard glissa lentement jusqu'à mes pieds. J'étais encore habillé, et j'avais la bouche pâteuse. Mon nez fracturé recommençait à me faire mal. Il y avait des taches de sang plein l'oreiller, du sang clair, du sang foncé.

— 11 heures. Je vous ai appelé toute la matinée. Écoutez, je peux vous accorder quelques heures si rapide que douloureuse. Ce fut, de loin, la consultation la plus étrange de ma vie. Aucune question concernant ma blessure, aucune demande de règlement. Moins de dix minutes plus tard, j'étais dehors.

De retour dans la voiture, je voulus savoir depuis combien de temps Flaherty était basé à Lagos. Visiblement, il connaissait du monde dans la capitale et il avait le bras long. Il en savait d'ailleurs suffisamment pour ne pas vouloir répondre à mes questions.

— Marché d'Oshodi, indiqua-t-il au chauffeur avant de se radosser et d'allumer une autre cigarette. Puis il me dit : Vous devriez vous détendre. On en a pour un bout de temps, croyez-moi. Vous connaissez le surnom de Lagos ?

— *Go-slow city*.

Il fit une moue dépitée et exhala un nuage de fumée blanche.

— Vous apprenez vite. Enfin, dans certains cas.

51

À première vue, le marché d'Oshodi ressemblait beaucoup au reste de Lagos : il était surpeuplé. Partout des gens s'affairaient, couraient, achetaient ou vendaient, parfois les deux.

vous vous dépêchez, mais après, je pars en mission jusqu'à lundi prochain.

— Avez-vous quelque chose ? Du nouveau ?

— À part l'eczéma qui me bouffe le cul ? Il y a quelqu'un qui pourra éventuellement vous aider à Lagos. Ce n'est pas vraiment un contact opérationnel, mais je n'ai pas mieux à vous proposer. Vous avez eu le temps de passer à la banque ?

— Je n'ai même pas eu le temps d'aller aux toilettes.

— D'accord, mais là, il y a urgence. Trouvez-vous un chauffeur. Ils vont s'en occuper à la réception, mais précisez bien que vous le voulez pour la journée, pas pour une heure. Ne me remerciez pas, les conseils aux voyageurs, c'est ma spécialité.

» Allez à la Citibank, sur Broad Street. Et dites à votre chauffeur d'emprunter le pont, comme ça, il ne vous prendra pas pour un touriste. Si vous vous activez, vous pouvez y être à 13 heures. Je vous retrouve là-bas. Et ne soyez pas en retard. La Citibank, sur Broad.

— Oui, j'avais compris, merci.

— J'ai bien vu que vous étiez un rapide. Allez, dépêchez-vous !

50

Je quittai le Superior en emportant un gobelet de délicieux café nigérian bien noir et bien chaud. J'avais l'impression d'être un homme neuf.

En faisant abstraction de mon visage tuméfié et de mes muscles endoloris, c'était un peu comme si mon aventure africaine prenait un nouveau départ. Je pensais à Ellie, qui était venue ici quelques semaines plus tôt. Que lui était-il arrivé ? Était-elle entrée en contact avec le Tigre ? Si oui, de quelle manière ?

Je n'avais aucun dossier, aucun rapport à me mettre sous la dent, puisque les seuls objets qu'on m'avait restitués étaient mes vêtements, mon passeport et mon portefeuille vide. Pendant le trajet jusqu'à l'île de Lagos, j'eus donc tout le temps d'admirer le paysage. D'autant que ça roulait très mal.

— Vous connaissez le surnom de Lagos ? me demanda le chauffeur, rigolard. C'est *go-slow city*.

Et de m'expliquer que s'il y avait autant de voitures abandonnées au bord de la route, c'était parce que les gens finissaient par tomber en panne d'essence dans les embouteillages perpétuels, les *go-slows*, comme on les appelait ici.

Les choses s'arrangèrent un peu sur le grand pont, d'où j'aperçus pour la première fois le quartier d'affaires de Lagos. De loin, rien ne différenciait ce *downtown*-là de bien d'autres : du béton, du verre, de l'acier.

À mesure que nous nous rapprochions, toutef[...] cela ressemblait de plus en plus à un dessin d'Esch[...] Un invraisemblable enchevêtrement de constructio[...] défiant toutes les lois de la perspective. Il y avait [...] une densité – humaine, automobile, architecturale [...] qui m'impressionnait, alors que j'étais déjà plusieur[...] fois allé à New York, et même à Mexico City.

Quand nous finîmes par arriver à la banque, sur Broad Street, Flaherty nous attendait devant l'entrée, en train de fumer.

— On dirait Jack Nicholson dans *Chinatown*, dit-il en riant de sa petite saillie, puis il ajouta : Vous êtes douillet ?

— Pas trop. Pourquoi ?

Il désigna mon nez.

— Après, on pourra s'arrêter vite fait chez quelqu'un qui va vous arranger ça.

En attendant, il me demandait d'aller retirer mes nouvelles cartes de crédit, l'argent que je lui devais, plus ce dont j'avais besoin, moi, ainsi qu'une somme d'au moins deux cents dollars, en petites coupures si possible.

— Pour quoi faire ?

— Pour graisser les pattes.

Je suivis ses conseils à la lettre.

Ensuite, mon chauffeur traversa Five Cowrie Creek pour nous conduire à Victoria, l'une des îles les plus huppées de Lagos. Il y avait là, au quatrième étage d'une tour de bureaux, un cabinet médical privé. Très privé.

Le médecin me prit tout de suite. Il examina mon visage, procéda à une petite remise en place aussi

Flaherty se faufilait au milieu de la foule et des étals comme une souris blanche toute maigre dans son labyrinthe préféré.

Je ne le quittais pas des yeux, mais je profitais tout de même des parfums exotiques et des bruits du marché. Je m'en imprégnais – et j'adorais ça.

Ici et là flottaient des odeurs de viande grillée, de plats à la cacahuète, de ragoûts sucrés-épicés frémissant sur des feux, et tout cela ravivait ma faim. Je captais brièvement, comme si je me promenais sur une improbable bande FM, toutes sortes d'accents et de langues. On aurait presque dit du jazz. Le yoruba était le plus courant. Je commençais à pouvoir le distinguer du reste.

J'entendais du bétail meugler à l'arrière des camions, des bébés pleurer dans la file d'attente d'un poste de vaccination et, partout, des gens marchander âprement.

Mon cœur palpitait d'excitation. Même confronté à la misère, je me sentais gonflé à bloc.

L'Afrique ! J'avais du mal à y croire.

Je n'irais pas jusqu'à dire que j'étais chez moi, mais ce continent avait un formidable pouvoir d'attraction. Je vivais une expérience étrange, sensuelle, tellement nouvelle. Et je pensais encore et toujours à cette malheureuse Ellie. Que lui était-il arrivé ici ? Qu'avait-elle mis au jour ?

Flaherty finit par ralentir devant l'échoppe d'un vendeur de tapis. Le jeune marchand, en pleine négociation avec un homme vêtu du traditionnel boubou beige, nous regarda à peine lorsque nous nous enfonçâmes dans ce qui tenait lieu de boutique, entre deux haies de tapis entassés jusqu'à hauteur d'épaule.

Moins d'une minute après, il surgit à nos côtés, telle une apparition.

— Monsieur Flaherty, dit-il avant de me saluer poliment d'un mouvement de tête. J'ai de la bière et de l'eau minérale au frais, si vous voulez.

On avait l'impression qu'il nous recevait chez lui, pas qu'il vendait des infos en plein marché.

Flaherty leva la main.

— Juste des actus, Tokunbo. On s'intéresse aujourd'hui à celui qui se fait appeler le Tigre. Celui qui est mastoc. (Apparemment, ces deux éléments suffisaient à identifier le personnage.) Ce que tu me donneras sur les dernières vingt-quatre heures te rapportera vingt dollars. Quarante-huit heures, ce sera dix. Au-delà, ce sera ce que te rapporte ta journée de marchand de tapis.

Tokunbo opina calmement. Il était l'exact opposé de Flaherty.

— On raconte qu'il est allé en Sierra Leone. Hier soir, en fait. Vous l'avez manqué de peu – heureusement pour vous.

— Par la route ou en avion ?

— Par la route.

— D'accord. (Flaherty se tourna vers moi.) On a ce qu'on voulait. Payez-le.

52

J'avais bien d'autres questions importantes à poser à Tokunbo au sujet du Tigre et de son gang de jeunes sauvages, mais c'était l'informateur de Flaherty. Je suivis donc le protocole et attendis d'être ressorti de l'échoppe pour ouvrir la bouche.

— À peine arrivés, on repart ? À quoi ça rime ?

— Il est en Sierra Leone. Un cul-de-sac. Ça craint. Je ne vous conseille pas d'y aller.

— Qu'est-ce que vous me racontez ? Vous ne savez même pas si le tuyau est bon !

— Disons que jusqu'à présent, je n'ai jamais demandé à être remboursé. En attendant, vous feriez mieux de vous détendre un peu, quelques jours, une semaine, le temps qu'il faudra. Faites un peu de tourisme. Évitez les prostituées, surtout les plus jolies.

Je pris le bras de Flaherty.

— Je ne suis pas venu jusqu'ici pour prendre du bon temps au bord d'une piscine d'hôtel. Il faut que je trouve ma cible.

— Vous êtes vous-même une cible, ici. Vous savez ce qu'on dit : « Il faut rester en vie pour rester dans la partie. » Cette ville est très dangereuse par les temps qui courent.

— Arrêtez votre numéro, Flaherty. N'oubliez pas que je suis flic à Washington. Je connais bien ce genre de situation. Et je suis toujours là.

— Suivez tout de même mes conseils, inspecteur Cross. Il reviendra. Attendez qu'il vienne à vous, vous pourrez mourir à ce moment-là.

— Si je veux malgré tout aller en Sierra Leone, que suggérez-vous ?

Il soupira, à court d'arguments, sans doute.

— Il va sûrement à Koidu. C'est près de la frontière est. Kailahun, c'est un peu trop chaud en ce moment, même pour lui. S'il a pris la route, ça signifie qu'il va troquer du brut ou de l'essence.

— Pourquoi Koidu ?

— Les mines de diamants. Entre ici et là-bas, il y a un véritable couloir où les trafiquants échangent du brut contre des diamants. J'ai entendu dire que c'était une de ses grandes spécialités.

— D'accord. Autre chose à savoir ?

Il se remit en marche.

— Oui. Appelez votre meilleur pote à Washington, et dites-lui où vous planquez vos revues et vos DVD de cul, tout ce que vous ne voulez pas que votre famille découvre après votre mort. Quoi qu'il en soit, bon voyage, et je suis content de vous avoir connu.

— Flaherty !

Il ne se retourna même pas et, en ressortant du marché, ne trouvant pas la voiture, je compris qu'il m'avait planté là.

Je revins donc sur mes pas et achetai des fruits – mangues, goyaves, papayes. Ils étaient délicieux. Autant profiter de la vie tant que j'en avais l'occasion.

Le lendemain, je serais en Sierra Leone.

53

Sur un chemin de terre calciné, qui serpentait au milieu des vestiges d'une forêt des environs de Koidu, un adolescent de quinze ans était en train de mourir asphyxié, lentement.

Lentement parce que c'était précisément ce que voulait le Tigre.

Très lentement, d'ailleurs.

Il fallait que ses boys le regardent mourir et apprennent. C'était important.

Sa main se referma encore un peu sur la trachée du jeune soldat.

— Tu étais mon bras droit. Je t'ai fait confiance. Je t'ai tout donné, y compris ton oxygène. Tu comprends ça ? Tu comprends ?

Bien sûr, qu'il comprenait. Il avait escamoté une pierre, un diamant. On l'avait retrouvé sous sa langue. Et à cause de ce diamant, il allait probablement mourir.

Mais pas de la main du Tigre.

— Toi. (Le Tigre désigna le plus jeune de ses petits soldats.) Plante ton frère !

L'enfant, à peine âgé de dix ans, s'avança et dégaina le poignard que le Tigre lui avait rapporté des États-Unis, un Ka-bar à pointe incurvée. Sans la moindre hésitation, il enfonça la lame dans la cuisse de son frère, puis sauta en arrière pour éviter le jet de sang.

Le Tigre serrait toujours d'une seule main la gorge du voleur qui, incapable de hurler, ne pouvait qu'émettre des gargouillis.

— À ton tour, intima-t-il au plus jeune des autres. Prends ton temps. Y a pas le feu.

Et ils défilèrent tous, l'un après l'autre, en frappant comme ils le voulaient, de n'importe quelle manière, à condition que le coup ne soit pas mortel. Le droit de tuer le voleur de diamants revenait à l'aîné – ou du moins à celui qui allait être l'aîné. Rockets, on l'appelait, à cause du maillot de basket des Houston Rockets qu'il portait par tous les temps, un maillot rouge vif.

Le Tigre s'écarta pour laisser Rockets finir le travail. Il n'avait plus besoin de maintenir le voleur au sol, car son corps brisé n'opposait plus aucune résistance, et une flaque de sang noircissait la terre autour de son visage fracassé. Des mouches noires et des moustiques ventrus étaient déjà en train d'explorer ses plaies.

Rockets fit le tour du jeune voleur et s'immobilisa près de sa tête en frottant machinalement sa barbe naissante.

— Tu nous fous la honte, dit-il. Et surtout, tu *te* fous la honte. T'étais le numéro un, maintenant t'es plus rien !

Et il tira, une seule fois, à hauteur de hanche, façon gangster, comme dans les films américains qu'il regardait depuis toujours.

— Ce pauvre naze nous emmerdera plus.

— Enterrez-le ! cria le Tigre.

Il fallait juste, à présent, que personne ne tombe sur le cadavre avant leur départ. Ce gosse n'existait pour personne, et la Sierra Leone était un pays de porcs et de sauvages, de toute manière. Ici, les morts dont personne ne voulait pullulaient comme les mauvaises herbes.

Il remit le diamant volé dans le coffret de cuir noir, avec les autres. Un lot qu'il avait obtenu en échange d'un camion-citerne de brut nigérian. Il avait fait une bonne affaire. Les certificats d'origine pouvaient être facilement achetés ou contrefaits, et les pierres trouveraient vite preneur à Londres, New York ou Tokyo.

Il appela Rockets, qui s'occupait de la fosse.

— Prends sa radio, avant de le mettre dans le trou. Garde-la sur toi en permanence, même quand tu dors.

Rockets le salua et retourna surveiller les autres, d'un pas plus fanfaron qu'à l'accoutumée. Il avait compris le message. *Prends sa radio. Porte-la.*

Il était le nouveau bras droit du Tigre.

54

J'en savais peut-être déjà plus que je ne l'aurais souhaité sur ce petit pays tragique qui portait le nom de Sierra Leone. Entre 1992 et 2002, les rebelles y avaient assassiné plus de trois cent mille personnes, en leur ayant parfois coupé, au préalable, les mains et les pieds. Ils incendiaient des maisons où dormaient des familles entières, arrachaient des fœtus du ventre de leurs mères. Il leur arrivait aussi de transformer les victimes qu'ils choisissaient d'épargner en « pancartes de la terreur », en leur gravant dans la peau des slogans ou des menaces.

Je pris un vol de nuit pour Freetown avec une improbable compagnie appelée Bellview Air, puis un terrifiant coucou à hélices jusqu'à la frontière est de la Sierra Leone. L'atterrissage sur une piste en herbe se révéla assez sportif. De là, pour rejoindre Koidu, je pris l'un des deux uniques taxis disponibles dans la région.

Trente-six heures après la mise en garde de Flaherty, je me tenais sur le périmètre de Running Recovery, l'une des quelques mines de diamants en activité de Koidu.

Le Tigre avait-il fait affaire avec quelqu'un de cette mine-là, je l'ignorais, mais selon Flaherty, Running Recovery avait très mauvaise réputation.

Chez moi, à Washington, j'aurais commencé par ratisser le secteur. J'allais donc faire de même ici, mine après mine si nécessaire.

J'étais redevenu enquêteur.

Mais ça, je le savais déjà.

Running Recovery était un champ de diamants alluviaux, pas vraiment une mine. On aurait dit un minuscule canyon, l'équivalent de deux terrains de football d'une terre jaune labourée de fosses et de tranchées, dont la profondeur n'excédait sans doute pas dix mètres.

Dans une chaleur extrême, armés de pioches et de tamis, les chercheurs travaillaient le dos courbé, souvent dans des eaux boueuses, jusqu'à hauteur de ceinture.

Certains avaient des gabarits de lycéens et, pour moi, c'étaient effectivement des gamins. Les paroles vous vous dépêchez, mais après, je pars en mission jusqu'à lundi prochain.

— Avez-vous quelque chose ? Du nouveau ?

— À part l'eczéma qui me bouffe le cul ? Il y a quelqu'un qui pourra éventuellement vous aider à Lagos. Ce n'est pas vraiment un contact opérationnel, mais je n'ai pas mieux à vous proposer. Vous avez eu le temps de passer à la banque ?

— Je n'ai même pas eu le temps d'aller aux toilettes.

— D'accord, mais là, il y a urgence. Trouvez-vous un chauffeur. Ils vont s'en occuper à la réception, mais précisez bien que vous le voulez pour la journée, pas pour une heure. Ne me remerciez pas, les conseils aux voyageurs, c'est ma spécialité.

» Allez à la Citibank, sur Broad Street. Et dites à votre chauffeur d'emprunter le pont, comme ça, il ne vous prendra pas pour un touriste. Si vous vous activez, vous pouvez y être à 13 heures. Je vous retrouve là-bas. Et ne soyez pas en retard. La Citibank, sur Broad.

— Oui, j'avais compris, merci.

— J'ai bien vu que vous étiez un rapide. Allez, dépêchez-vous !

50

Je quittai le Superior en emportant un gobelet de délicieux café nigérian bien noir et bien chaud. J'avais l'impression d'être un homme neuf.

En faisant abstraction de mon visage tuméfié et de mes muscles endoloris, c'était un peu comme si mon aventure africaine prenait un nouveau départ. Je pensais à Ellie, qui était venue ici quelques semaines plus tôt. Que lui était-il arrivé ? Était-elle entrée en contact avec le Tigre ? Si oui, de quelle manière ?

Je n'avais aucun dossier, aucun rapport à me mettre sous la dent, puisque les seuls objets qu'on m'avait restitués étaient mes vêtements, mon passeport et mon portefeuille vide. Pendant le trajet jusqu'à l'île de Lagos, j'eus donc tout le temps d'admirer le paysage. D'autant que ça roulait très mal.

— Vous connaissez le surnom de Lagos ? me demanda le chauffeur, rigolard. C'est *go-slow city*.

Et de m'expliquer que s'il y avait autant de voitures abandonnées au bord de la route, c'était parce que les gens finissaient par tomber en panne d'essence dans les embouteillages perpétuels, les *go-slows*, comme on les appelait ici.

Les choses s'arrangèrent un peu sur le grand pont, d'où j'aperçus pour la première fois le quartier d'affaires de Lagos. De loin, rien ne différenciait ce *downtown*-là de bien d'autres : du béton, du verre, de l'acier.

À mesure que nous nous rapprochions, toutefois, cela ressemblait de plus en plus à un dessin d'Escher. Un invraisemblable enchevêtrement de constructions défiant toutes les lois de la perspective. Il y avait là une densité – humaine, automobile, architecturale – qui m'impressionnait, alors que j'étais déjà plusieurs fois allé à New York, et même à Mexico City.

Quand nous finîmes par arriver à la banque, sur Broad Street, Flaherty nous attendait devant l'entrée, en train de fumer.

— On dirait Jack Nicholson dans *Chinatown*, dit-il en riant de sa petite saillie, puis il ajouta : Vous êtes douillet ?

— Pas trop. Pourquoi ?

Il désigna mon nez.

— Après, on pourra s'arrêter vite fait chez quelqu'un qui va vous arranger ça.

En attendant, il me demandait d'aller retirer mes nouvelles cartes de crédit, l'argent que je lui devais, plus ce dont j'avais besoin, moi, ainsi qu'une somme d'au moins deux cents dollars, en petites coupures si possible.

— Pour quoi faire ?

— Pour graisser les pattes.

Je suivis ses conseils à la lettre.

Ensuite, mon chauffeur traversa Five Cowrie Creek pour nous conduire à Victoria, l'une des îles les plus huppées de Lagos. Il y avait là, au quatrième étage d'une tour de bureaux, un cabinet médical privé. Très privé.

Le médecin me prit tout de suite. Il examina mon visage, procéda à une petite remise en place aussi rapide que douloureuse. Ce fut, de loin, la consultation la plus étrange de ma vie. Aucune question concernant ma blessure, aucune demande de règlement. Moins de dix minutes plus tard, j'étais dehors.

De retour dans la voiture, je voulus savoir depuis combien de temps Flaherty était basé à Lagos. Visiblement, il connaissait du monde dans la capitale et il avait le bras long. Il en savait d'ailleurs suffisamment pour ne pas vouloir répondre à mes questions.

— Marché d'Oshodi, indiqua-t-il au chauffeur avant de se radosser et d'allumer une autre cigarette. Puis il me dit : Vous devriez vous détendre. On en a pour un bout de temps, croyez-moi. Vous connaissez le surnom de Lagos ?

— *Go-slow city*.

Il fit une moue dépitée et exhala un nuage de fumée blanche.

— Vous apprenez vite. Enfin, dans certains cas.

51

À première vue, le marché d'Oshodi ressemblait beaucoup au reste de Lagos : il était surpeuplé. Partout des gens s'affairaient, couraient, achetaient ou vendaient, parfois les deux.

Flaherty se faufilait au milieu de la foule et des étals comme une souris blanche toute maigre dans son labyrinthe préféré.

Je ne le quittais pas des yeux, mais je profitais tout de même des parfums exotiques et des bruits du marché. Je m'en imprégnais – et j'adorais ça.

Ici et là flottaient des odeurs de viande grillée, de plats à la cacahuète, de ragoûts sucrés-épicés frémissant sur des feux, et tout cela ravivait ma faim. Je captais brièvement, comme si je me promenais sur une improbable bande FM, toutes sortes d'accents et de langues. On aurait presque dit du jazz. Le yoruba était le plus courant. Je commençais à pouvoir le distinguer du reste.

J'entendais du bétail meugler à l'arrière des camions, des bébés pleurer dans la file d'attente d'un poste de vaccination et, partout, des gens marchander âprement.

Mon cœur palpitait d'excitation. Même confronté à la misère, je me sentais gonflé à bloc.

L'Afrique ! J'avais du mal à y croire.

Je n'irais pas jusqu'à dire que j'étais chez moi, mais ce continent avait un formidable pouvoir d'attraction. Je vivais une expérience étrange, sensuelle, tellement nouvelle. Et je pensais encore et toujours à cette malheureuse Ellie. Que lui était-il arrivé ici ? Qu'avait-elle mis au jour ?

Flaherty finit par ralentir devant l'échoppe d'un vendeur de tapis. Le jeune marchand, en pleine négociation avec un homme vêtu du traditionnel boubou beige, nous regarda à peine lorsque nous nous enfonçâmes dans ce qui tenait lieu de boutique, entre deux haies de tapis entassés jusqu'à hauteur d'épaule.

Moins d'une minute après, il surgit à nos côtés, telle une apparition.

— Monsieur Flaherty, dit-il avant de me saluer poliment d'un mouvement de tête. J'ai de la bière et de l'eau minérale au frais, si vous voulez.

On avait l'impression qu'il nous recevait chez lui, pas qu'il vendait des infos en plein marché.

Flaherty leva la main.

— Juste des actus, Tokunbo. On s'intéresse aujourd'hui à celui qui se fait appeler le Tigre. Celui qui est mastoc. (Apparemment, ces deux éléments suffisaient à identifier le personnage.) Ce que tu me donneras sur les dernières vingt-quatre heures te rapportera vingt dollars. Quarante-huit heures, ce sera dix. Au-delà, ce sera ce que te rapporte ta journée de marchand de tapis.

Tokunbo opina calmement. Il était l'exact opposé de Flaherty.

— On raconte qu'il est allé en Sierra Leone. Hier soir, en fait. Vous l'avez manqué de peu – heureusement pour vous.

— Par la route ou en avion ?

— Par la route.

— D'accord. (Flaherty se tourna vers moi.) On a ce qu'on voulait. Payez-le.

52

J'avais bien d'autres questions importantes à poser à Tokunbo au sujet du Tigre et de son gang de jeunes sauvages, mais c'était l'informateur de Flaherty. Je suivis donc le protocole et attendis d'être ressorti de l'échoppe pour ouvrir la bouche.

— À peine arrivés, on repart ? À quoi ça rime ?

— Il est en Sierra Leone. Un cul-de-sac. Ça craint. Je ne vous conseille pas d'y aller.

— Qu'est-ce que vous me racontez ? Vous ne savez même pas si le tuyau est bon !

— Disons que jusqu'à présent, je n'ai jamais demandé à être remboursé. En attendant, vous feriez mieux de vous détendre un peu, quelques jours, une semaine, le temps qu'il faudra. Faites un peu de tourisme. Évitez les prostituées, surtout les plus jolies.

Je pris le bras de Flaherty.

— Je ne suis pas venu jusqu'ici pour prendre du bon temps au bord d'une piscine d'hôtel. Il faut que je trouve ma cible.

— Vous êtes vous-même une cible, ici. Vous savez ce qu'on dit : « Il faut rester en vie pour rester dans la partie. » Cette ville est très dangereuse par les temps qui courent.

— Arrêtez votre numéro, Flaherty. N'oubliez pas que je suis flic à Washington. Je connais bien ce genre de situation. Et je suis toujours là.

— Suivez tout de même mes conseils, inspecteur Cross. Il reviendra. Attendez qu'il vienne à vous, vous pourrez mourir à ce moment-là.

— Si je veux malgré tout aller en Sierra Leone, que suggérez-vous ?

Il soupira, à court d'arguments, sans doute.

— Il va sûrement à Koidu. C'est près de la frontière est. Kailahun, c'est un peu trop chaud en ce moment, même pour lui. S'il a pris la route, ça signifie qu'il va troquer du brut ou de l'essence.

— Pourquoi Koidu ?

— Les mines de diamants. Entre ici et là-bas, il y a un véritable couloir où les trafiquants échangent du brut contre des diamants. J'ai entendu dire que c'était une de ses grandes spécialités.

— D'accord. Autre chose à savoir ?

Il se remit en marche.

— Oui. Appelez votre meilleur pote à Washington, et dites-lui où vous planquez vos revues et vos DVD de cul, tout ce que vous ne voulez pas que votre famille découvre après votre mort. Quoi qu'il en soit, bon voyage, et je suis content de vous avoir connu.

— Flaherty !

Il ne se retourna même pas et, en ressortant du marché, ne trouvant pas la voiture, je compris qu'il m'avait planté là.

Je revins donc sur mes pas et achetai des fruits – mangues, goyaves, papayes. Ils étaient délicieux. Autant profiter de la vie tant que j'en avais l'occasion.

Le lendemain, je serais en Sierra Leone.

53

Sur un chemin de terre calciné, qui serpentait au milieu des vestiges d'une forêt des environs de Koidu, un adolescent de quinze ans était en train de mourir asphyxié, lentement.

Lentement parce que c'était précisément ce que voulait le Tigre.

Très lentement, d'ailleurs.

Il fallait que ses boys le regardent mourir et apprennent. C'était important.

Sa main se referma encore un peu sur la trachée du jeune soldat.

— Tu étais mon bras droit. Je t'ai fait confiance. Je t'ai tout donné, y compris ton oxygène. Tu comprends ça ? Tu comprends ?

Bien sûr, qu'il comprenait. Il avait escamoté une pierre, un diamant. On l'avait retrouvé sous sa langue. Et à cause de ce diamant, il allait probablement mourir.

Mais pas de la main du Tigre.

— Toi. (Le Tigre désigna le plus jeune de ses petits soldats.) Plante ton frère !

L'enfant, à peine âgé de dix ans, s'avança et dégaina le poignard que le Tigre lui avait rapporté des États-Unis, un Ka-bar à pointe incurvée. Sans la moindre hésitation, il enfonça la lame dans la cuisse de son frère, puis sauta en arrière pour éviter le jet de sang.

Le Tigre serrait toujours d'une seule main la gorge du voleur qui, incapable de hurler, ne pouvait qu'émettre des gargouillis.

— À ton tour, intima-t-il au plus jeune des autres. Prends ton temps. Y a pas le feu.

Et ils défilèrent tous, l'un après l'autre, en frappant comme ils le voulaient, de n'importe quelle manière, à condition que le coup ne soit pas mortel. Le droit de tuer le voleur de diamants revenait à l'aîné – ou du moins à celui qui allait être l'aîné. Rockets, on l'appelait, à cause du maillot de basket des Houston Rockets qu'il portait par tous les temps, un maillot rouge vif.

Le Tigre s'écarta pour laisser Rockets finir le travail. Il n'avait plus besoin de maintenir le voleur au sol, car son corps brisé n'opposait plus aucune résistance, et une flaque de sang noircissait la terre autour de son visage fracassé. Des mouches noires et des moustiques ventrus étaient déjà en train d'explorer ses plaies.

Rockets fit le tour du jeune voleur et s'immobilisa près de sa tête en frottant machinalement sa barbe naissante.

— Tu nous fous la honte, dit-il. Et surtout, tu *te* fous la honte. T'étais le numéro un, maintenant t'es plus rien !

Et il tira, une seule fois, à hauteur de hanche, façon gangster, comme dans les films américains qu'il regardait depuis toujours.

— Ce pauvre naze nous emmerdera plus.

— Enterrez-le ! cria le Tigre.

Il fallait juste, à présent, que personne ne tombe sur le cadavre avant leur départ. Ce gosse n'existait pour personne, et la Sierra Leone était un pays de porcs et de sauvages, de toute manière. Ici, les morts dont personne ne voulait pullulaient comme les mauvaises herbes.

Il remit le diamant volé dans le coffret de cuir noir, avec les autres. Un lot qu'il avait obtenu en échange d'un camion-citerne de brut nigérian. Il avait fait une bonne affaire. Les certificats d'origine pouvaient être facilement achetés ou contrefaits, et les pierres trouveraient vite preneur à Londres, New York ou Tokyo.

Il appela Rockets, qui s'occupait de la fosse.

— Prends sa radio, avant de le mettre dans le trou. Garde-la sur toi en permanence, même quand tu dors.

Rockets le salua et retourna surveiller les autres, d'un pas plus fanfaron qu'à l'accoutumée. Il avait compris le message. *Prends sa radio. Porte-la.*

Il était le nouveau bras droit du Tigre.

54

J'en savais peut-être déjà plus que je ne l'aurais souhaité sur ce petit pays tragique qui portait le nom de Sierra Leone. Entre 1992 et 2002, les rebelles y avaient assassiné plus de trois cent mille personnes, en leur ayant parfois coupé, au préalable, les mains et les pieds. Ils incendiaient des maisons où dormaient des familles entières, arrachaient des fœtus du ventre de leurs mères. Il leur arrivait aussi de transformer les victimes qu'ils choisissaient d'épargner en « pancartes de la terreur », en leur gravant dans la peau des slogans ou des menaces.

Je pris un vol de nuit pour Freetown avec une improbable compagnie appelée Bellview Air, puis un terrifiant coucou à hélices jusqu'à la frontière est de la Sierra Leone. L'atterrissage sur une piste en herbe se révéla assez sportif. De là, pour rejoindre Koidu, je pris l'un des deux uniques taxis disponibles dans la région.

Trente-six heures après la mise en garde de Flaherty, je me tenais sur le périmètre de Running Recovery, l'une des quelques mines de diamants en activité de Koidu.

Le Tigre avait-il fait affaire avec quelqu'un de cette mine-là, je l'ignorais, mais selon Flaherty, Running Recovery avait très mauvaise réputation.

Chez moi, à Washington, j'aurais commencé par ratisser le secteur. J'allais donc faire de même ici, mine après mine si nécessaire.

J'étais redevenu enquêteur.

Mais ça, je le savais déjà.

Running Recovery était un champ de diamants alluviaux, pas vraiment une mine. On aurait dit un minuscule canyon, l'équivalent de deux terrains de football d'une terre jaune labourée de fosses et de tranchées, dont la profondeur n'excédait sans doute pas dix mètres.

Dans une chaleur extrême, armés de pioches et de tamis, les chercheurs travaillaient le dos courbé, souvent dans des eaux boueuses, jusqu'à hauteur de ceinture.

Certains avaient des gabarits de lycéens et, pour moi, c'étaient effectivement des gamins. Les paroles de « Diamonds from Sierra Leone », du rappeur Kanye West, résonnaient dans ma tête. Damon écoutait souvent ce morceau, et je me demandais si lui et ses amis s'étaient jamais interrogés sur la véritable signification du texte.

Curieusement, la mine était très peu protégée. Des dizaines de personnes traînaient sur le secteur. Ça négociait ou ça ne faisait que regarder, comme moi.

— Tu es journaliste ? demanda quelqu'un dans mon dos. Qu'est-ce que tu fais là ?

En me retournant, je découvris trois adultes qui me fusillaient du regard. Tous trois étaient des amputés « de guerre ». Pas des soldats, sans doute, mais des victimes civiles du conflit qui avait ravagé la Sierra Leone durant dix ans. Un conflit d'une barbarie inouïe, dont l'objet était principalement le contrôle de l'industrie du diamant.

Les diamants avaient déjà fait à ce pays ce que le pétrole allait bientôt faire au Nigeria, et les trois hommes que j'avais devant moi étaient là pour me le rappeler de la manière la plus crue.

— Journaliste ? Non, mais j'aimerais parler avec une des personnes qui travaillent en bas. L'un de vous sait-il qui est le responsable ?

L'un d'eux souleva le moignon qui lui tenait lieu de coude.

— Tehjan.

— Il parle pas à journalistes, prévint un autre, dont les deux manches de chemise étaient vides.

— Je ne suis pas journaliste, répétai-je.

— Ça change rien pour Tehjan. Toi américain, toi journaliste.

Compte tenu des reportages que j'avais pu lire sur ces mines, cette susceptibilité me semblait presque compréhensible.

— Y a-t-il quelqu'un en bas qui accepterait de me parler ? Un des ouvriers ? Connaissez-vous certains de ces hommes ? Vous avez des amis, en bas ?

— Peut-être ce soir, dans la grande salle, en ville, répondit le premier à m'avoir adressé la parole. Quand la bière est servie, les langues se délient.

— Une salle municipale ? Et où est-elle ?

— Je peux te montrer.

Le plus loquace des amputés me regarda droit dans les yeux. Je me demandais par quel miracle la paranoïa n'avait pas encore dévoré cette partie de l'Afrique. Et je décidai de lui faire confiance.

— Je m'appelle Alex. Et toi ?

On se serra la main. La main gauche.

— Moi, c'est Moïse.

Je ne pus m'empêcher de sourire en pensant à Nana, qui aurait souri, elle aussi, en lui donnant une tape dans le dos.

Guide-moi, Moïse.

55

J'étais de nouveau en selle, bien décidé à mener mon enquête jusqu'au bout.

Il nous fallut près d'une heure pour atteindre la ville à pied et, en chemin, Moïse me raconta beaucoup de choses, tout en m'assurant ne jamais avoir entendu parler du Tigre. J'hésitais à le croire.

Dans cette région, le trafic de diamants – troqués contre du brut, de l'essence, des armes, de la drogue et toutes sortes de produits illicites – n'avait rien d'un secret. Moïse savait, comme tout le monde, qu'il était, encore aujourd'hui, monnaie courante. Il avait lui-même été mineur de diamants dès l'adolescence, pendant plus d'une dizaine d'années. Jusqu'à la guerre civile.

— Aujourd'hui, on nous appelle les *san-san boys*, dit-il.

Je supposais qu'il voulait parler de ceux qui, comme lui, ne pouvaient plus exercer cette activité.

Au début, son apparente franchise me surprit. Comment pouvait-il évoquer des souvenirs parfois aussi personnels devant un inconnu, quelqu'un qui, de surcroît, aurait pu être un journaliste américain, voire un agent de la CIA ? Puis, au fil de ses confidences, je me rendis compte qu'il ne lui restait peut-être plus que cela : raconter ce qui lui était arrivé.

— On habitait là-bas. (Il indiqua vaguement une direction, sans même regarder.) Ma femme vendait de l'huile de palme au marché. J'avais deux beaux fils.

Quand les soldats du RUF sont arrivés dans la région de Kono, ils s'en sont pris à nous comme aux autres. Il faisait nuit, il pleuvait, alors ils ont pas mis le feu aux maisons. Ils m'ont dit : si je les regarde tuer mes enfants, ils épargneront ma femme. Alors j'ai fait ce qu'ils m'ont dit, et ils l'ont quand même tuée.

Le RUF, pour Revolutionary United Front, était responsable de la mort de dizaines de milliers de personnes. Et ce qu'il y avait de terrible, c'était le calme avec lequel Moïse parlait de ce drame. On avait massacré sa famille et, à mes yeux, il y avait des similitudes entre ce carnage et ceux de Washington.

— Et toi, tu as survécu, lui dis-je.

— Oui. Ils m'ont mis sur une table, ils m'ont tenu et ils m'ont demandé si, après la guerre, je voulais porter des manches courtes ou des manches longues. Puis ils m'ont coupé le bras, ici. (Il pointa du doigt son moignon, comme si cela ne sautait pas aux yeux.) Ils allaient me couper également l'autre bras, mais il y a eu une explosion dans la maison d'à côté. Je ne sais pas ce qui s'est passé après. Je me suis évanoui et quand je me suis réveillé, les soldats du RUF avaient disparu. Ma femme aussi. Ils avaient laissé les corps de mes fils assassinés. J'ai voulu mourir, mais je ne suis pas mort. Mon heure n'était pas encore venue.

— Moïse, pourquoi restes-tu ici aujourd'hui ? Il n'y a pas un autre endroit où tu pourrais aller ?

— Je n'ai pas d'autre endroit où aller. Au moins, ici, de temps en temps, il y a du travail. J'ai mes amis, d'autres *san-san boys*. C'est chez moi.

Bizarrement, cette révélation le fit sourire.

Nous étions à présent aux portes de Koidu, qui se résumait à un immense village aux constructions basses et aux rues non goudronnées, encore marqué par la « guerre » qui avait pris fin six ans plus tôt.

À part un hôpital à moitié achevé, ainsi qu'une mosquée en assez bon état, je vis surtout des bâtiments à l'abandon et de petites maisons dont ne subsistaient que les murs noircis.

Quand je lui proposai un peu d'argent pour le remercier, Moïse me répondit qu'il n'en voulait pas. Et je l'aurais vexé en insistant.

— Raconte l'histoire que je t'ai racontée, me dit-il. Raconte-la à l'Amérique. Il y a encore des rebelles qui voudraient tuer tous ceux, comme nous, qui ont survécu à la guerre. Ils veulent le faire pour que personne ne voie ce qu'ils ont fait. (Il brandit son bras mutilé.) Toi, tu peux peut-être le dire aux gens, en Amérique. Et eux le diront aux autres gens. Et les gens sauront.

— Je le ferai, Moïse, promis-je. Je le raconterai aux gens, en Amérique, et on verra ce qu'on verra.

56

La fameuse salle arborait en guise d'enseigne une vieille pancarte en bois sur laquelle on lisait, en lettres bleues peintes grossièrement, *Modern Serenity*. Dans le genre incongru, c'était pas mal. Cela me faisait penser au roman d'Alexander McCall Smith, *Mma Ramotswe détective*.

Ce qui, autrefois, avait peut-être été une église servait aujourd'hui de lieu à tout faire – une grande salle, lugubre, avec des tables et des chaises qui se remplissaient à mesure que le soleil déclinait.

Quelqu'un mit un radiocassette en marche tandis qu'un type, arrivé avec un fût de Star Beer, servait tout le monde dans des gobelets en plastique déjà utilisés, ce qui ne l'empêchait pas de se faire payer.

Moïse et ses amis refusaient d'entrer pour que je leur offre une tournée. D'après eux, on les virerait s'ils n'étaient pas capables de se payer leurs bières. Moïse me dit qu'il allait plutôt rejoindre d'autres hommes autour d'un feu, pas loin de la salle, pour chanter et bavarder, et il me montra la direction.

Pendant plusieurs heures, j'eus l'impression de perdre mon temps. J'essayais discrètement de me renseigner, mais même les gens qui acceptaient de me parler des mines de diamants se taisaient dès que mes questions dérapaient vers un autre sujet... tel que celui du trafic.

À deux reprises, je vis des types en treillis, tongs aux pieds, se lécher la paume de la main. Ce qui voulait dire : j'ai des diamants à vendre, il suffit que tu les avales pour les sortir du pays. Tous deux m'abordèrent, juste le temps de se rendre compte que je n'étais ni acheteur, ni vendeur.

Je commençais à me faire à l'idée de rentrer bredouille, ce premier soir, quand un jeune arriva et vint se planter à côté de moi, contre le mur.

— Tu cherches quelqu'un, il paraît, me cria-t-il, juste assez fort pour que je l'entende malgré le ghettoblaster qui déversait du Busta Rhymes à plein tubes.

— Et il paraît que je cherche qui ?

— Il est déjà parti, monsieur. Il a quitté le pays, mais je ne peux pas te dire où il est. Le Tigre.

Environ un mètre soixante-dix, musclé, l'air arrogant, il était plus jeune, en fait, que je ne l'avais cru initialement. Seize, dix-sept ans, peut-être. À peine plus que Damon. Comme beaucoup d'ados africains que j'avais croisés, il portait un maillot de la NBA. Le sien, c'était celui des Houston Rockets, une équipe dans laquelle avait longtemps brillé un basketteur originaire du Nigeria, Hakeem Olajuwon.

— Et toi, qui es-tu ?

— Si tu veux en savoir plus, c'est cent dollars américains. Je serai dehors. C'est dangereux, de parler ici. Trop d'yeux, trop d'oreilles. Dehors, monsieur. On discutera dehors.

Il se décolla du mur pour se diriger vers la porte principale, grande ouverte, en roulant des épaules comme un petit mac. Il vida son gobelet, le posa sur une table au passage et sortit.

Je n'avais aucunement intention de le laisser filer, mais il n'était pas question que je sorte comme il me le demandait, sur un claquement de doigts. Son accent venait de me révéler ce que j'avais besoin de savoir. Il n'était pas sierra-leonais, mais yoruba. Ce garçon venait du Nigeria.

Après avoir compté jusqu'à trente, je m'éclipsai par la porte de derrière.

143

57

La surveillance était une discipline que je maîtrisais assez bien. Je faisais toujours en sorte de garder une longueur d'avance sur mon adversaire, et même face à des tueurs aussi imprévisibles que le Tigre et sa bande, j'avais bon espoir de réussir à conserver cet avantage.

Je fis le tour à bonne distance avant de me poster à l'angle du bâtiment voisin, d'où je distinguais parfaitement l'entrée de la salle communale.

Le gosse au maillot Houston Rockets rouge était juste à côté, avec un autre ado, plus jeune. Ils surveillaient chacun un côté de la rue tout en discutant.

Une embuscade ?

Au bout de quelques minutes, le plus grand retourna à l'intérieur. Il me cherchait, évidemment. Il n'y avait pas de temps à perdre, car s'il n'était pas complètement idiot, il allait suivre le même chemin que moi.

Après avoir contourné le carrefour, je pris position juste en face, dans l'entrée calcinée d'un bâtiment dont ne subsistait qu'un squelette de béton, et qui avait peut-être abrité un petit bazar.

Plaqué contre le montant de la porte, à l'abri des regards, je repris ma surveillance.

Enfin, tant bien que mal, étant donné que j'étais sur la planète Mars...

Bien évidemment, une minute plus tard, Houston Rockets ressortit et s'arrêta exactement à l'endroit où je me trouvais auparavant.

Son comparse courut le rejoindre et ils échangèrent quelques mots tout en scrutant nerveusement la rue.

Je pris la décision de les filer dès qu'ils bougeraient. S'ils se séparaient, je suivrais le plus âgé, Rockets.

Et là, j'entendis une voix derrière moi.

— Hé, monsieur, monsieur. Tu veux acheter une pierre ?... Tu veux qu'on te défonce le crâne ?

J'eus à peine le temps de me retourner. Quelque chose de dur et de lourd s'abattit sur mon crâne. Une pierre, ou peut-être une brique.

Presque assommé, je mis un genou à terre. Tout devint blanc, puis noir, avant que je recouvre peu à peu la vue.

Quelqu'un m'attrapa par le bras et me tira à l'intérieur d'un bâtiment, puis d'autres mains rugueuses – impossible de savoir combien – me plaquèrent au sol, sur le dos.

Lucide, mais dépassé par les événements, j'essayais de ne pas perdre mes repères. Je sentais que ceux qui me maintenaient à terre en me tenant par les bras et les jambes étaient lestes et vigoureux.

Je voyais un peu mieux, mais impossible de distinguer nettement mes assaillants dans la pénombre. Je n'entrevoyais que de petites ombres floues, mais nombreuses.

Des ombres de gamins.

58

— *Yo !* cria l'une des ombres menaçantes, d'un ton si effronté, si puéril, qu'il ne pouvait s'agir, pour moi, que d'une petite racaille. Par ici ! On l'a eu, cet enfoiré.

Je fonctionnais au radar, mais je n'avais pas l'intention d'abdiquer aussi facilement. En restant au tapis, j'allais sans doute y passer.

Je réussis à faire lâcher prise à celui qui m'agrippait le bras droit et à frapper celui qui me tenait le bras gauche. Aucun d'eux n'avait ma force mais, ensemble, ils me faisaient l'effet d'un papier tue-mouches recouvrant la totalité de mon corps. Je me débattis avec plus de rage encore, conscient que ma vie était en jeu.

Je finis par réussir à me relever à moitié, les jambes lestées par une cinquantaine de kilos supplémentaires, quand les deux autres membres du gang arrivèrent.

L'un d'eux braqua sa lampe torche sur moi, l'autre me frappa en plein visage avec la crosse de son pistolet.

Je sentis mon nez se briser. Une fois de plus.

— Bande de merdeux !

Un éclair de douleur me traversa le crâne avant de se diffuser dans tout mon corps. C'était encore pire que la première fois – ce qui, pour moi, relevait de l'impossible. Non, me dis-je, je délire.

Les petits tueurs se jetèrent sur moi. Ils n'étaient plus que deux cette fois, mais n'eurent aucune peine à me plaquer à terre. Une basket se posa sur mon front.

Puis je sentis l'acier froid d'un canon s'enfoncer dans ma joue.

— C'est lui ? fit quelqu'un.

Le faisceau d'une lampe torche me transperça les deux yeux.

— C'est lui, Azi.

Je reconnus la voix que j'avais entendue dans la salle.

Houston Rockets s'accroupit près de ma tête.

— Écoute, on va te renvoyer d'ici avec un message. Personne nous fait chier, compris ?

Quand je voulus relever la tête, il tira un coup de feu dans le sol, tout près de ma tempe.

— Compris ?

Je cessai de lutter. Ma tête retomba. Je n'entendais plus d'une oreille. Étais-je également sourd d'un côté, maintenant ? La menace de l'arme me forçait à rester immobile, mais en fait, je bouillais de rage.

— Vas-y, dit le meneur.

J'aperçus la silhouette d'une longue lame au bout d'une main. Une machette...

Seigneur, non !

Houston Rockets se pencha de nouveau sur moi et frotta son pistolet contre ma tempe.

— Tu bouges, t'es mort, Captain America. Tu bouges pas, tu rentres chez toi. Enfin, en partie.

147

59

— Ça va faire super mal. Tu vas hurler comme une fillette. Et tout de suite !

Ils m'allongèrent le bras et le bloquèrent pour m'interdire tout mouvement. Soit ils étaient plus forts qu'avant, soit je commençais à perdre la boule. J'étais à deux doigts de paniquer, et c'était la première fois que ça m'arrivait.

— À la jointure, Azi, fit Rockets d'un ton parfaitement calme et détaché. Y a moins d'os.

La lame effleura d'abord une fois le creux de mon bras, en douceur, puis le dénommé Azi leva sa machette avec un grand sourire, visiblement ravi, en bon psychopathe qu'il était.

Pas question, me dis-je. Non, pas question, ça ne va pas se passer comme ça.

Je réussis à libérer mon bras et à rouler sur le côté. La lame siffla et un coup de feu claqua.

Mais je n'avais pas été touché. Pas encore.

La messe n'était pas dite. Elle n'avait même pas commencé. Mon bras s'enroula autour de celui du tireur et lui cassa le poignet. J'entendis un craquement. L'arme tomba à terre.

Je fus le premier à la récupérer.

Dès lors, tout ne fut plus qu'ombres, vacarme et confusion. Les gamins se jetèrent sur moi, ce qui tint la machette à distance et me laissa le temps de tirer un coup de feu en l'air.

Je parvins à me relever, dos à la porte.

— Mettez-vous là !

Je leur fis signe de se regrouper, avec mon arme. Je les avais en ligne de mire, mais il faisait sombre et je n'avais aucune idée de la configuration des lieux. Ce qu'ils n'allaient pas tarder à comprendre.

Sans surprise, Rockets aboya un ordre :

— Tirez-vous ! Dehors !

Deux des membres du gang s'échappèrent dans des directions opposées. L'un sauta par ce qui avait jadis été une fenêtre, l'autre s'enfuit je ne sais où.

— Tu vas faire quoi, mec ? me lança Rockets. Tu peux pas nous tuer tous.

— Je peux te tuer, toi.

Je savais que les autres allaient me tomber dessus par-derrière. Il n'y avait pas trente-six solutions. Soit je leur tirais dessus, soit je prenais mes jambes à mon cou.

J'optai pour la fuite.

60

J'avais un peu d'avance sur eux et, l'obscurité aidant, j'eus vite fait de disparaître. Un curieux mélange d'odeurs de brûlé, de pourriture et de plantes tropicales me fouetta les narines. Je parcourus deux rues avant de prendre la perpendiculaire et d'apercevoir les vacillements d'un feu dans un terrain vague.

Moïse ? Je ne devais pas être loin de l'endroit où il avait prévu de retrouver ses amis.

Je me jetai à plat ventre dans les hautes herbes en attendant que le gang passe. Ils progressaient par petits groupes qui s'interpellaient et se séparaient pour trouver leur proie – moi. Il était difficile d'admettre que des enfants aussi jeunes pussent être des tueurs endurcis, et pourtant...

Je l'avais vu dans leurs regards, surtout celui de Rockets. Ce gamin avait déjà tué, cela ne faisait aucun doute.

J'attendis quelques minutes puis, tête baissée, je contournai le bivouac pour me retrouver de l'autre côté et pouvoir appeler sans trop crier.

Dieu merci, Moïse était là ! Lui et ses amis étaient en train de manger du riz cassé avec du beurre d'arachide fait maison. Il réagit avec méfiance avant de comprendre qui se cachait dans la broussaille.

— Viens avec moi, *sah*, chuchota-t-il. C'est dangereux pour toi de rester ici. Les *boys* te cherchent. Il y a des *boys* partout, très méchants.

— Ne m'en parle pas.

Je voulus m'essuyer une traînée de sang sur le visage avec le revers de mon bras, oubliant que cela allait me faire très mal.

— Putain, merde !

— C'est pas grave, ça va aller, me dit Moïse.

— Facile à dire, rétorquai-je avec un sourire forcé.

Je le suivis jusqu'au bout du terrain vague. Là, il fallut gravir un chemin avant d'emprunter une ruelle latérale bordée de misérables habitations en briques de glaise. Il était tard, et pourtant, devant leur porte, des gens s'occupaient de leur feu, faisaient à manger, bavardaient.

— C'est là, *sah*. Par ici, s'il te plaît. Vite.

Je dus baisser la tête pour suivre Moïse à l'intérieur d'une case sans porte. Il alluma une lampe à pétrole et me demanda de m'asseoir.

— Ma maison.

Elle ne comptait qu'une seule pièce, et une unique fenêtre découpée dans le mur du fond. Il y avait un matelas par terre, très mince, et dans les coins, tout un fatras d'ustensiles de cuisine, quelques vêtements et des boîtes en carton défoncées.

Moïse jeta adroitement un pan de tissu sale sur deux crochets en guise de porte, me dit qu'il allait revenir tout de suite et disparut. Où, je n'en avais pas la moindre idée. Je ne savais même pas si je pouvais lui faire confiance, mais avais-je le choix ?

Je me cachais pour essayer de sauver ma peau.

61

Je mis une bonne minute à retrouver mon souffle, le temps d'examiner l'arme que j'avais arrachée au gang. C'était un petit Beretta, un pistolet assez cher. Le chargeur, d'une capacité de sept cartouches seulement, n'en contenait plus que deux. Avec un peu de chance, je réussirais à passer la nuit sans avoir à les utiliser.

Enfin, avec beaucoup de chance.

Je transpirais abondamment, j'avais peur. Il fallait regarder les choses en face : j'avais failli perdre un bras et le pire aurait pu arriver. Il s'en était fallu de peu.

J'entendis un bruit, dehors, et brandis le Beretta. Qui était-ce ? Que se passait-il ?

— Ne tire pas sur moi, *sah*.

C'était Moïse, qui m'apportait un peu d'eau. Il me donna un chiffon pour que je puisse me nettoyer le visage.

— Que sais-tu, maintenant ? me demanda-t-il.

Bonne question. À mon avis, Houston Rockets n'avait pas menti : le Tigre était déjà parti. Sans doute avait-il pris la route du Nigeria avec ses diamants. Je l'avais manqué, une fois de plus. Le tueur, qui menait sa bande, n'était pas un imbécile.

— Il faut que je voie s'il n'y a pas un avion demain matin.

— C'est un tout petit aéroport, *sah*. Ils te trouveront facilement. Les *boys*, ou peut-être la police.

Il avait raison. Ce n'était même pas un aéroport, mais une simple piste sans infrastructure, si mes souvenirs étaient exacts. Aucun endroit où me cacher.

De surcroît, je ne savais toujours pas qui avait mis en place mon petit comité d'accueil à Lagos. Si le Tigre savait où je me trouvais – et il y avait fort à parier que c'était le cas –, je risquais d'avoir droit au même genre de réjouissances à mon arrivée, avec un final peut-être plus dramatique encore.

Soudain, j'entendis des cris, dehors. Des voix très jeunes. Combien étaient-ils ? Difficile à dire. Six, sept, au moins.

Moïse pointa le nez à l'extérieur, rentra et souffla la flamme de la lanterne.

— Ils sont là. Tu devrais t'en aller. Tu dois t'en aller, *sah*.

Il fallait que je m'exécute, ne fût-ce que pour protéger Moïse.

— Préviens-moi quand la voie sera libre.

Il se posta près de l'entrée, sur le côté. En face de lui, j'étais prêt à détaler à son signal.

— Maintenant ! (Il indiqua la gauche.) Pars maintenant ! Vite !

Je traversai en courant une rue étroite, puis remontai un petit chemin de terre. La rue suivante était plus large, mais totalement déserte. Je pris à droite et poursuivis ma course.

C'est alors, seulement, que je m'aperçus que Moïse était toujours derrière moi.

— Par ici, me dit-il en pointant l'index dans l'obscurité. Je sais où tu peux acheter un pick-up.

62

Je suivis cet homme à l'allure si frêle, auquel il manquait un bras, jusqu'à une vieille maison de pierre, aux abords du village, dans la direction de Running Recovery. Il devait être plus de 23 heures, mais il y avait encore de la lumière. Je me demandais si Moïse était un cas à part ou si de nombreuses personnes auraient été prêtes à secourir un inconnu, notamment un Américain. D'après ce que j'avais entendu dire, la plupart des habitants de la Sierra Leone et du Nigeria étaient des gens bien, malheureusement victimes des circonstances et de la cupidité de certains de leurs compatriotes.

Un homme à la chevelure poivre et sel ouvrit la porte.

— Que voulez-vous ?

Une ribambelle d'enfants s'était massée derrière lui ; tous voulaient voir qui venait chez eux aussi tard.

— L'Américain veut acheter un véhicule, expliqua Moïse, tout simplement. Il a du liquide pour payer.

Il m'avait conseillé de rester en retrait, au début. Nous devions voir ce que le gars nous proposait avant que je fasse une offre quelconque.

— Vous avez de la chance, nous répondit l'homme en esquissant un sourire. On est ouvert tard.

Parmi les vieux tas de tôles qui traînaient derrière sa maison, je ne pus trouver mieux qu'un Mazda Drifter antédiluvien, avec un couvre-benne en lambeaux et un tableau de bord orné d'un trou béant à la place du compteur.

Le moteur, pourtant, se mit à ronronner gentiment dès le premier tour de clé. Et le prix, cinq cents leones, me convenait parfaitement.

Le vendeur était même d'accord pour nous laisser passer la nuit dans le pick-up.

Je dis à Moïse de rentrer chez lui car il en avait fait plus qu'assez, mais il ne voulut rien savoir. Il resta avec moi jusqu'au matin, puis alla se procurer tout ce dont, selon lui, j'aurais besoin pour effectuer mon voyage, y compris une autorisation de sortie du territoire fournie par la police.

En l'attendant, j'eus le temps de mesurer le défi que cette expédition représentait. J'allais devoir parcourir pas loin de deux mille kilomètres de cambrousse pour atteindre Lagos, et franchir plusieurs frontières, en m'aidant uniquement des cartes que Moïse devait me fournir, s'il y parvenait.

Alors, à son retour, je lui fis une proposition.

— Fais le voyage avec moi et tu pourras garder le pick-up. En juste compensation de tes services.

Je m'attendais à une discussion, ou au moins à un silence, mais non.

Il se délesta de son sac en peau de chèvre rempli de provisions pour le poser dans la benne, puis me rendit l'argent qu'il n'avait pas dépensé.

— Oui, me répondit-il simplement. Je vais le faire.

63

— Sampson ?

— Oui ?

— Si tu savais à quel point ça me gonfle... Je te déteste.

— Fallait choisir pile, Bree.

La maison de la Dix-huitième Rue était calme. Rien à voir avec le sinistre déploiement de forces de la veille, après les meurtres. Ce matin, Bree et Sampson avaient les lieux pour eux seuls. Ils auraient toutefois préféré, l'un comme l'autre, être ailleurs.

Ils avaient donc joué à pile ou face sur le perron.

À Sampson la suite parentale.

À Bree la chambre des enfants.

Elle souffla dans un gant en latex avant de l'enfiler, puis déverrouilla la porte, la poussa, attendit qu'elle s'immobilise, et entra. Là, elle baissa la tête et se précipita à l'étage.

— Je te déteste, John !

Les corps des petits avaient été enlevés, bien entendu, mais il y avait encore des résidus de poudre à empreintes un peu partout. Pour le reste, la scène de crime n'avait guère changé : des oreillers jaunes imbibés de sang ; des éclaboussures très dispersées sur les lits superposés, le tapis, les murs et le plafond ; et les deux petits bureaux contre le mur du fond, intacts, comme si l'innommable ne s'était jamais produit dans cette chambre.

Ayana Abboud avait dix ans. Son frère Peter, sept.

Les raisons pour lesquelles on avait assassiné leur père étaient, elles, beaucoup plus faciles à imaginer. Dès la première heure, Basel Abboud avait signé dans le *Washington Times* des éditoriaux réclamant une intervention militaire américaine au Darfour, avec ou sans le feu vert du Conseil de sécurité de l'ONU. Il avait fait état de pots-de-vin et d'une corruption à grande échelle à Washington aussi bien qu'en Afrique. Par définition, cet homme avait des ennemis sur deux continents au moins.

Des ennemis capables de s'en prendre également à sa femme et à ses enfants ? Cela y ressemblait fort. La famille tout entière avait été massacrée à son domicile.

Bree fit un tour complet sur elle-même, lentement, en essayant de tout voir avec son œil neuf. Quel détail lui sautait aux yeux ? Qu'avaient-ils pu négliger la première fois ? Qu'aurait remarqué Alex s'il avait été là, et non en Afrique ?

L'Afrique. Pour la première fois, Bree se fit la réflexion que le déplacement d'Alex était justifié. Ce déchaînement de violence ne pouvait trouver sa source qu'en Afrique. C'était une mise en garde, qu'il fallait analyser à la lumière de ce qui se passait à Lagos, en Sierra Leone, au Darfour.

Une chose était sûre : les tueurs n'avaient aucunement tenté d'effacer leurs traces ou de dissimuler quoi que ce soit. Il y avait des empreintes visibles partout où il y avait du sang. Et des centaines d'empreintes latentes avaient également été relevées dans toute la maison – sur les murs, les lits, les corps.

Ils avaient même fait une halte dans la cuisine, mangé des côtes de porc et de la glace à la Napolitaine, bu des sodas et de l'alcool.

157

Comment pouvait-on être stupide à ce point, ou se moquer d'être arrêté, jugé et condamné à la prison à vie ?

Sans attendre les résultats des analyses, Bree savait déjà qu'on ne retrouverait aucune de ces empreintes dans le fichier du FBI. Les tueurs étaient très probablement de jeunes Africains sans antécédents aux États-Unis, et sans doute entrés clandestinement. Certaines empreintes correspondraient certainement à d'autres relevées chez Eleanor Cox. Ces petits sauvages insaisissables devaient faire le sale travail d'un adulte. Redoutablement efficaces, ils n'avaient aucun état d'âme. Pour Bree, le type qui les manipulait était bien la pire des ordures.

Elle avait effectué un tour complet et contemplait encore une fois les deux petits lits, quand elle entendit frapper doucement à la fenêtre mansardée, derrière elle.

Elle se retourna et faillit pousser un cri de surprise. Elle avait toujours eu peur de se faire tirer dessus dans le dos.

À l'extérieur, un petit garçon accroché aux barres anti-effraction la regardait avec de grands yeux. Quand leurs regards se croisèrent, il libéra une de ses mains et lui fit signe de s'approcher.

— J'ai vu les horribles meurtres, lui dit-il, juste assez fort pour qu'elle l'entende. J'ai tout vu. Je sais qui sont les tueurs.

64

— Je vous assure. Je peux vous dire ce qui s'est passé dans la maison. Tout.

À travers la vitre, la voix du gamin se réduisait à un chuchotement. Il ne devait pas avoir plus de onze ou douze ans.

Sampson était monté, lui aussi. Aucun des deux n'avait dégainé, ce qui ne signifiait pas que le gosse leur inspirait confiance.

Bree posa la main sur son arme.

— Dis-moi ce que tu sais, dit-elle.

Sampson et elle se rapprochèrent de la fenêtre, chacun d'un côté. Bree passa la première. Elle dut baisser la tête pour s'engager dans le renfoncement.

Elle constata que l'enfant avait trouvé appui sur une saillie décorative de la façade de brique.

Il surplombait le toit de la terrasse et le petit jardin, trois mètres plus bas, dépouillé par les ingratitudes de l'automne.

— Pas plus près, prévint le gamin, ou je m'en vais. Je cours très vite. Jamais vous pourrez m'attraper.

— D'accord, mais je vais au moins ouvrir ça.

La vieille fenêtre à guillotine, avec cordon et poulie, opposa une certaine résistance, mais Bree parvint à soulever le châssis d'une vingtaine de centimètres.

— Qu'est-ce que tu fais ici, dehors ?

— Je sais comment ça s'est passé. Ils ont tué la fille et le garçon ici, dans cette chambre. Les autres dans l'entrée, en bas.

Il avait un accent africain. Du Nigeria, sans doute.

— Comment sais-tu tout ça ? Pourquoi devrais-je te croire ?

— Moi, je suis le guetteur, mais bientôt, ils vont m'emmener avec eux pour tuer d'autres gens. (Son regard balaya l'intérieur de la pièce, derrière Sampson et Bree.) Je veux pas faire ça. S'il vous plaît… je suis catholique.

— Ne t'inquiète pas, lui répondit Bree. Tu n'es pas obligé de faire du mal au gens. Je suis catholique, moi aussi. Pourquoi est-ce que tu ne descends pas ? On pourra…

— Non ! s'écria-t-il en enlevant de nouveau une main, menaçant de sauter et de s'enfuir. Essayez pas de m'avoir !

— D'accord, d'accord. (Bree leva les mains et s'agenouilla pour se rapprocher un peu.) Parle-moi, juste. Raconte-moi d'autres choses. Comment tu t'appelles ?

— Benjamin.

— Benjamin, as-tu entendu parler d'un homme qu'on appelle le Tigre ? Est-ce qu'il était ici ?

Alex lui avait parlé du Tigre, au téléphone. Le tueur était censé être en Afrique actuellement, mais Alex pouvait avoir été mal renseigné.

Le garçon hocha lentement la tête.

— Oui, je connais. Mais il y en a pas qu'un. Pas qu'un seul Tigre.

Bree n'en croyait pas ses oreilles. Alex serait sans doute tombé des nues, lui aussi.

— Il y a beaucoup d'hommes qu'on appelle le Tigre ? Tu en es sûr ?

Le gamin opina encore.

— Ici, à Washington ?

— Oui. Peut-être deux ou trois.

— Et au Nigeria ?

— Oui.

— Combien de Tigres, Benjamin ? Tu le sais ?

— Ils m'ont pas dit, mais y en a beaucoup. Les chefs de bande sont tous des Tigres.

Bree lança un regard à Sampson, puis se tourna de nouveau vers l'enfant.

— Benjamin, veux-tu que je te dise un secret ?

La question sembla le désorienter. Il jeta un coup d'œil à gauche, à droite, puis en contrebas. Il préparait sa fuite.

Bree choisit cet instant pour passer à l'action. À une vitesse qui prit Benjamin au dépourvu.

65

Elle passa la main entre les barres et saisit le poignet décharné du guetteur.

— Sampson, fonce !

— Lâchez-moi ! hurla le gamin.

Il fit un pas de côté, ce qui eut pour effet de tirer le bras de Bree contre les barreaux. Immobilisée, la jeune femme ne put qu'essayer de tenir en ignorant la douleur jusqu'à ce que Sampson arrive et récupère le gamin par en dessous. *Dépêche-toi, John, je vais le lâcher !*

— Benjamin, on peut te protéger. Il faut que tu viennes avec nous.

— Non, espèce de salope ! Tu m'as menti !

La métamorphose était saisissante. Le regard apeuré avait laissé place à des yeux de braise. Le gamin lui griffa la main jusqu'au sang.

Bree entendit enfin les pas de Sampson à l'extérieur. *Plus vite, John !*

Au moment où elle crut que son bras allait céder, le gosse parvint à se libérer. Il tomba sur le toit de la terrasse. Un rebond, et il était au sol, deux mètres et quelques plus bas.

Deux foulées lui suffirent. Il grimpa dans un petit frêne tout juste capable de supporter son poids.

Sampson déboulait quand il bascula au-dessus d'une haute palissade de cèdre pour retomber dans un passage de service.

Quelques secondes plus tard, Bree émergeait de la maison.

Ne trouvant pas l'entrée de la ruelle, ils durent retraverser la villa, sortir par une autre porte et faire le tour du pâté de maisons pour se rendre à l'évidence : le dénommé Benjamin s'était volatilisé depuis longtemps.

Le gamin qui disait avoir fait office de guetteur au moment des meurtres leur avait filé entre les doigts.

Cinq minutes plus tard, l'avis de recherche était lancé mais, pour Bree, pas question de souffler. Elle pensait à Alex. Comment le joindre ?

— Il faut le tenir au courant. C'est une info qu'il aurait dû avoir la semaine dernière. Et je n'ai aucun moyen de le contacter. Je ne sais même pas où il se trouve en ce moment.

66

Cette partie de l'Afrique n'était pas à recommander aux randonneurs ni aux amateurs de safaris photo. Le hurlement des hyènes me rappelait constamment où je me trouvais, tout comme certains panneaux, au bord de la route, sur lesquels on lisait ATTENTION – LIONS – CROCODILES !!

Quitter la Sierra Leone pour retourner au Nigeria se révélait bien plus compliqué que je l'avais imaginé. Et dangereux, de surcroît. À chaque virage, il fallait s'attendre au pire.

Comme maintenant. Deux jeeps kaki nez à nez nous barraient la route. Ce n'était pourtant pas une frontière comme les autres. Nous étions encore à moins d'une heure de Koidu.

— Est-ce que ces types sont de vrais militaires ? demandai-je à Moïse. À quoi les reconnaît-on ?

Il haussa les épaules, se renfonça dans son siège, mal à l'aise.

— Ça pourrait être le RUF.

J'en dénombrai six, accoutrés d'un mélange de treillis et de vêtements civils, et chaussés, comme toujours, de tongs. Ils étaient tous armés, et l'un d'eux jouait même les servants de mitrailleuse à l'arrière d'une des jeeps.

Un grand échalas s'approcha de moi. Ses yeux injectés de sang laissaient penser qu'il était camé. Il leva son fusil et tendit l'autre main.

— Papiers.

Sans perdre mon sang-froid, je lui montrai l'autorisation de la police et mon passeport.

Il regarda à peine les documents.

— Cinquante dollars. Pour payer le visa.

Soldats gouvernementaux ou non, ces hommes étaient purement et simplement en train de me racketter.

Je le regardai droit dans les yeux.

— J'ai téléphoné ce matin à l'ambassade américaine, à Freetown. M. Sassi, l'ambassadeur adjoint, m'a lui-même assuré que mes papiers étaient en règle. Où est le problème ?

Il me fixa de ses yeux rouges, sans réussir à me faire ciller. Deux des autres gardes firent mine de traverser la route, mais il leva la main pour les dispenser de se déranger.

— C'est quand même dix dollars pour le passager. Vingt si vous payez en leones.

Nous savions l'un comme l'autre que cette fois, j'accepterais de payer. Inutile de tenter le diable. Je lui remis deux billets de cinq dollars et nous reprîmes notre route, jusqu'au prochain barrage.

Il y en eut quatre autres avant la frontière proprement dite. Avec, chaque fois, le même rituel, mais de plus en plus faciles à franchir, en tout cas de moins en moins chers. Je n'eus à sortir qu'une quinzaine de dollars supplémentaires jusqu'à notre entrée au Libéria, à Bo Waterside.

Nous avions, en revanche, perdu un temps précieux.

À notre arrivée à Monrovia, il faisait déjà nuit et, n'étant pas certains de pouvoir nous ravitailler plus à l'est, nous dûmes passer la nuit sur place.

Je ne dormis pas très bien. J'étais inquiet. Il ne nous était rien arrivé jusqu'à présent, mais nous ne nous déplacions pas à la vitesse du Tigre.

Qui allait, une fois de plus, m'échapper.

67

Nous nous relayâmes au volant toute la journée du lendemain et jusque loin dans la nuit, histoire de rattraper une partie du retard. Pendant le trajet, Moïse me déclara que la plupart des habitants de cette région étaient comme lui ; que le RUF, et *a fortiori* le Tigre et sa bande de tueurs, n'avaient rien de représentatif.

— Il y a beaucoup de gens bien en Afrique, *sah*, mais personne pour les aider à se défendre contre les diables.

Sur la route de l'est, moins d'une demi-heure après avoir quitté Monrovia, nous dépassâmes le dernier panneau publicitaire et la dernière antenne radio avant de nous enfoncer pour de longues heures dans la forêt vierge.

La végétation dense s'ouvrait parfois sur de gigantesques clairières semées de souches d'arbres pareilles à des croix mortuaires, sur des kilomètres.

Le plus souvent, toutefois, la route prenait des allures de tunnel au milieu des bambous, des palmiers, des acajous et d'arbres que je n'avais encore jamais vus, étouffés par les lianes. À notre passage, feuilles et broussailles fouettaient, griffaient les flancs du Mazda.

En fin d'après-midi, à proximité de la côte, le paysage changea radicalement. La jungle laissa place à des bancs de sable, puis à d'immenses prairies.

Le soir venu, trop fatigués pour rester au volant, nous dûmes faire halte. En sombrant dans le sommeil, je me fis la réflexion qu'il ne devait pas y avoir beaucoup de pères qui, comme moi, pouvaient dire à leurs enfants qu'ils avaient passé la nuit dans une vraie jungle africaine...

68

À mon réveil, quelques heures plus tard, Moïse était déjà en train de préparer notre petit déjeuner sur le hayon du Drifter.

Saucisses en boîte, quelques tomates un peu abîmées, et un bidon de deux litres d'eau.

— Ça a l'air sympa. Merci, Moïse.

— Il y a une rivière. Là-bas, si tu veux te laver. (Du menton, il indiqua l'autre côté de la route. Je vis que sa chemise était trempée.) C'est tout près.

Je parvins à me frayer un chemin dans les fourrés en contournant un maquis d'épineux, comme Moïse l'avait manifestement fait avant moi.

Au bout d'environ vingt-cinq mètres, la broussaille s'ouvrit sur une berge de boue et de petits cailloux.

La rivière elle-même ressemblait à une large plaque de verre. Ses eaux glauques paraissaient presque immobiles.

Je fis un pas en avant, ce qui me valut de m'enfoncer dans la boue jusqu'à la cheville.

Quand je voulus retirer mon pied, ma chaussure resta prisonnière de la fange. Merde. J'étais venu jusqu'ici pour faire un brin de toilette, pas pour me salir davantage encore.

Je parcourus la berge du regard, en amont, en aval, en me demandant où Moïse avait bien pu se laver.

Il fallait d'abord que je récupère ma chaussure. Je plongeai la main pour explorer la boue à tâtons. Ce qui se révéla assez agréable, en fait. J'aimais cette sensation de fraîcheur.

Brusquement, l'eau se mit à bouillonner devant moi et quelque chose de rugueux, tel un énorme rondin, fit très, très rapidement surface.

C'était un crocodile, un vrai de vrai, grandeur nature. Ses yeux noirs me fixaient. Son petit déjeuner l'attendait.

Putain, non. Adieu, chaussure. Adieu ma jambe, ou mon bras ?

Je fis un pas en arrière, tout doucement. Seul le dos d'écailles du reptile perçait la surface de l'eau. Je distinguais le renflement du museau. Et les yeux, ces yeux qui ne me lâchaient pas...

Je reculai aussi lentement que possible, en retenant mon souffle.

Puis mon pied se prit dans la boue, et ce fut la chute. Aussitôt, comme si un signal venait de lui être envoyé, le crocodile passa à l'attaque.

Long de trois, quatre mètres peut-être, il jaillit hors de l'eau en battant de la queue et se rua sur moi.

Je voulus replier les jambes, ne fût-ce que pour retarder l'inévitable et sauvage morsure. Comment en étais-je arrivé là ? Ils avaient tous raison, jamais je n'aurais dû aller en Afrique.

Soudain, un coup de feu éclata derrière moi.

Puis un deuxième.

Le monstre émit un bruit aigu, étrange, mi-cri, mi-halètement. Il se cabra et retomba bruyamment dans la boue. Un filet rouge s'écoulait sur le côté de sa tête. Il se débattit encore, puis retourna dans la rivière et disparut.

En me retournant, je découvris Moïse. Il brandissait mon Beretta.

— Je suis désolé, *sah*. J'ai oublié de te dire de prendre ça avec toi. Juste au cas où.

69

L'Afrique était assurément un continent à part !

En arrivant à Porto Novo, le lendemain, nous décidâmes que le mieux, pour moi, était de poursuivre en car jusqu'à Lagos. Devant les toilettes publiques de la gare routière, un homme voulut me faire payer l'entrée. Je lui répondis que je commencerais par pisser sur ses chaussures, ce qui le fit rire, et il s'écarta.

Puis vint l'heure de la séparation, et Moïse repartit fièrement au volant de son pick-up. Je ne saurais jamais si c'était un bon Samaritain ou un opportuniste, mais je penchais naturellement pour la première hypothèse. Moïse resterait mon premier ami en Afrique.

Une fois à l'hôtel, à Lagos, je pris une longue douche pour me débarrasser de trois jours de poussière, de sueur et de sang, avant d'examiner mon nez busqué dans le miroir de la salle de bains. *Alex, tu n'es pas beau à voir.* Puis je me jetai sur le lit pour téléphoner au pays.

Cette fois-ci, je commençai par appeler Bree sur son portable. C'était bon d'entendre sa voix, mais nos embrassades à distance furent brèves.

Elle avait des choses urgentes à me dire. Un nouveau carnage, dans la Dix-huitième Rue. Sur place, elle avait vu un gamin qui lui avait révélé qu'il n'y avait pas qu'un seul Tigre. Flaherty m'avait dit la même chose et, pourtant, j'avais l'intime conviction de ne traquer qu'un unique et même tueur.

— Si ce gosse est bien ce qu'il dit être, on a quasiment un indic. Il faisait partie de la bande, Alex. Tu nous serais alors tout aussi utile à Washington, voire plus. Rentre.

— Bree, tu me parles d'un témoin fantôme. Un gamin. Je sais que le type qui a massacré Ellie et sa famille est ici en ce moment. À Lagos.

Du moins en avais-je l'intuition. Mais tout était possible...

— Je vais voir ce que je peux trouver d'autre, notamment sur ton gars, rétorqua-t-elle sèchement.

Nous ne nous étions encore jamais vraiment querellés, mais là, c'était limite.

— Écoute, Bree, je te promets de ne pas rester ici plus longtemps que nécessaire.

— Je crois que toi et moi n'avons pas du tout la même conception de la nécessité.

— Tu as peut-être raison.

J'aurais pu me taire, mais l'heure était à la franchise.

— Tu me manques terriblement. (C'était tout aussi vrai, mais cela me permettait de changer de sujet.) Qu'est-ce que tu portes, comme vêtements ?

Elle comprit que je plaisantais et se mit à rire.

— Où crois-tu que je sois ? Il y a Fred le moche qui me regarde, de l'autre côté du bureau (j'entendis un cri de protestation) et la moitié de la brigade est dans la salle. Tu veux que je continue ?

Je lui répondis que ce n'était que partie remise. On se dit au revoir. Je m'apprêtais ensuite à appeler chez moi quand quelqu'un frappa à la porte.

— Oui ? Qui est là ?

La porte s'ouvrit si vite que je n'eus pas le temps de me lever. Je reconnus le responsable de la réception.

Mais pas les deux types en costume sombre et chemise blanche, dans le couloir, derrière lui.

— Que faites-vous dans ma chambre ? lui demandai-je. Qu'est-ce que vous me voulez ? Et eux, qui c'est ?

Sans dire un mot, il se contenta de tenir la porte pour laisser entrer les deux autres et la referma en partant.

Je bondis du lit.

— Que se passe-t-il ? Qu'est-ce qu'il y a encore ?

70

— SSS ! cria l'un des types.

Ces initiales me disaient quelque chose. *State Security Service*. Les renseignements nigérians.

Ils se jetèrent sur moi sans la moindre appréhension. L'un me serra les bras et les épaules, façon catcheur, et l'autre me prit par les pieds.

Que se passait-il ? Étaient-ce vraiment des agents nigérians ? Envoyés par qui ? Pourquoi ?

J'essayais de me débattre, mais les deux types étaient des colosses d'une force incroyable, aussi rapides qu'athlétiques. Le corps littéralement tordu, j'étais incapable de me libérer.

Ils me trimballèrent ainsi à travers la pièce, comme un pantin désarticulé, puis j'entendis une fenêtre coulisser et l'air devint soudain humide.

Mon corps tout entier se crispa et je me mis à hurler à l'aide, aussi fort que possible.

J'entrevis vaguement le ciel, le sol et la piscine avant que mon dos vienne percuter le mur de l'hôtel.

J'étais dehors, la tête en bas.

— Qu'est-ce que vous voulez ?

Le type du SSS qui me tenait par les pieds avait un visage très rond, un nez aplati, des yeux un peu rapprochés à la Mike Tyson. C'était horrible. J'avais envie de me débattre, mais je ne voulais pas qu'il me lâche.

Je ne voyais plus que mes genoux, et son rictus.

— Il serait temps que vous partiez, Cross. Pour votre sécurité. Et question sécurité, nous, on est des spécialistes.

Il se retourna vers son collègue, tout content de sa trouvaille.

Même si j'avais été à l'aplomb de la piscine, ce qui n'était pas le cas, une chute d'une telle hauteur m'aurait sans doute été fatale. Je sentais battre toutes mes veines, et surtout celles de mon crâne sur lequel un étau avait commencé à se resserrer.

Puis mon corps recommença à bouger. Vers l'intérieur.

Le rail d'aluminium de la fenêtre me rabota la colonne vertébrale, et je finis par m'écrouler sur le sol de ma chambre.

71

Je me relevai d'un bond pour sauter sur l'agent du SSS le plus proche, mais l'autre m'enfonça le canon de son arme dans les côtes.

— Du calme. Vous n'avez pas envie de vous faire abattre, si ?

Je vis mon sac de voyage sur le lit.

Toutes mes affaires s'y trouvaient déjà.

— Prenez votre sac.

— Qui vous a envoyés ? Pour qui travaillez-vous ? C'est invraisemblable !

En guise de réponse, ils m'attrapèrent pour me pousser dans le couloir. L'un des deux referma la porte derrière nous et empocha la clé.

Puis ils s'éloignèrent.

— Rentrez chez vous, inspecteur Cross. On ne veut pas de vous ici. Dernier avertissement.

Ils attendirent l'ascenseur en discutant à voix basse. Trente secondes très étranges. Puis ils descendirent, en me laissant planté là.

Paumé.

Et sans clé.

De toute évidence, ils avaient rempli leur contrat. Policiers ou pas, s'ils avaient des liens avec le Tigre, ils ne tuaient pas pour lui.

Ils n'avaient pas tenté de me mettre dans un avion.

Pourquoi ?

Que se passait-il dans leur pays de fous ?

72

Contre toute attente, et d'un point de vue purement subjectif, ma situation s'aggrava au cours de l'heure suivante. À la réception du Superior, on m'assura que j'avais « libéré ma chambre » et que l'hôtel était complet. Ce qui, je le savais, était faux.

Il ne me restait plus qu'à tenter ma chance ailleurs. Hélas, six fois, au bout du fil, on me servit la même réponse : carte de crédit refusée. Tout indiquait que les deux baraqués qui m'avaient viré du Superior étaient effectivement des représentants du pouvoir nigérian. Un concept qui, évidemment, à Lagos, demeurait assez flou.

Ne parvenant pas à joindre Flaherty, je finis par lui laisser deux messages. En vain.

En désespoir de cause, je trouvai un chauffeur et lui demandai de me conduire au marché d'Oshodi. Faute de pouvoir m'adresser à Flaherty, j'allais relancer son précieux informateur. Pendant que je pouvais encore faire quelque chose...

J'étais manifestement au cœur d'une sale affaire dont j'ignorais tout. Tout le monde semblait vouloir me faire quitter le pays. Pourquoi ? Quel rapport avec l'assassinat d'Ellie Cox ?

Il me fallut plus d'une heure pour arriver au marché, puis une cinquantaine de minutes à errer, à poser des questions, avant de retrouver l'échoppe de tapis que je cherchais.

C'était un homme d'âge mûr, avec un œil mort, et non Tokunbo, qui tenait boutique aujourd'hui. Il ne connaissait que quelques mots d'anglais. À la mention du nom de Tokunbo, il acquiesça – j'étais au bon endroit – puis, voyant arriver un client, il me chassa littéralement.

Ne pouvant me permettre de poireauter en attendant un miracle, je décidai d'arrêter les frais et de rejoindre la voiture. Mon unique plan C consistait à me rendre au consulat américain.

Sur la route de Victoria, tandis que nous étions de nouveau englués dans la circulation, il me vint une autre idée. Un plan D.

— Pourriez-vous vous arrêter, s'il vous plaît ?

Mon chauffeur se gara derrière la carcasse d'un vieux Ford Ranger calciné. Il m'ouvrit le coffre pour que je puisse récupérer mon sac de voyage.

Je cherchais le pantalon que je portais le premier jour. J'avais déjà jeté la chemise, mais j'étais quasiment sûr de…

Oui, il était bien là, encore puant et taché de sang après mon séjour en prison.

Les deux poches de devant étaient vides.

Dans l'une des poches revolver, en revanche, je retrouvai ce que je cherchais, la seule chose ayant échappé à la vigilance des flics qui m'avaient dépouillé à Kirikiri : la carte de visite du père Bombata.

Portière ouverte, les jambes dehors, mon chauffeur s'impatientait.

— Combien pour emprunter votre téléphone portable ? lui demandai-je.

175

73

Deux heures plus tard, je dînais comme un prince dans le bureau du père Bombata. Nous étions au cœur de Lagos, dans le vaste complexe de l'église du Christ Rédempteur.

— Merci de me recevoir, lui dis-je. Et de m'offrir tout ça. J'avais vraiment faim.

Sur son immense bureau, nous partagions un ragoût de koudou avec des courges et de la salade, le tout arrosé d'un Zinfandel d'Afrique du Sud. Le prêtre paraissait encore plus petit sur sa chaise à dossier haut, devant des fenêtres qui allaient du sol au plafond. De lourdes tentures pourpres laissaient à peine filtrer, par deux interstices, la lumière faiblissante du soir.

— Qu'est-il arrivé à votre visage ? me demanda-t-il d'un ton sincèrement soucieux. Ou devrais-je dire : qu'est-il arrivé à l'autre type ?

J'avais presque oublié mon apparence. Mon nez avait cessé de me faire mal aux environs du Ghana.

— Un problème en me rasant, répliquai-je en arborant un sourire en coin.

Je ne tenais pas à fournir une fois de plus à quelqu'un une raison de penser que je devais rentrer chez moi par le premier avion. J'avais besoin d'alliés, et non de conseils.

— Mon père, j'ai eu des renseignements préoccupants au sujet d'un tueur surnommé le Tigre. Pensez-vous qu'il soit possible qu'il y ait plusieurs Tigres ?

Opérant, peut-être, dans différents endroits ? Par exemple ici aussi bien qu'aux États-Unis ?

— Tout est possible, bien entendu, me dit-il avec un sourire aimable. Mais ce n'est pas vraiment ce que vous voulez savoir, n'est-ce pas ? Quoi qu'il en soit, je pense que je répondrais oui, c'est possible, surtout si l'État est impliqué. Ou une grande société. Il y a un certain nombre d'employeurs qui font appel à des tueurs à gages. C'est une pratique courante.

— Pourquoi l'État ? Ou une grande société ?

Il leva les yeux au ciel, avant de déclarer très directement :

— Ils ont les moyens de contrôler l'information, des moyens que les autres n'ont pas forcément. Et les moyens de la manipuler.

— Quelles sont les raisons qui pourraient les pousser à faire une chose pareille ? À tremper dans ce genre d'affaires ?

Il se leva pour me resservir un peu de vin.

— Des raisons, je peux en imaginer beaucoup, mais il serait irresponsable de ma part de laisser entendre que je crois à cette hypothèse. Parce que, pour tout vous dire, je n'en ai aucune idée. Ce nom – le Tigre – tient du symbolisme. Vous savez bien qu'il n'y a pas de tigres en Afrique. Dans un zoo, peut-être.

— Je sais. Ce qui est sûr, c'est que je suis à la recherche d'au moins un homme qui existe bel et bien. Il faut que je sache où il est allé. Il a tué mon amie et sa famille. D'autres familles ont également été assassinées.

— Vous permettez ? (Il regarda une pendule d'acajou posée sur le bureau.) Si j'en crois ce que vous

177

m'avez dit, votre besoin le plus urgent est de trouver un endroit où dormir.

— Je ne comptais pas vous poser la question.

— Inutile, inspecteur Cross. Je ne peux vous proposer quoi que ce soit ici. C'est un risque que je courrais pour moi, mais pas pour ma congrégation. Cela dit, je peux vous conduire à notre foyer pour hommes. On ne peut pas y rester plus de cinq jours, et ça n'a rien d'un hôtel, mais...

— Je suis preneur. Merci beaucoup.

— En ce qui concerne votre mystérieux Tigre, je suis encore moins à même de pouvoir vous aider.

— Je comprends, répondis-je en m'efforçant de ne rien laisser paraître, alors que ma déception était vive.

Le père Bombata leva la main.

— Vous réfléchissez vite, n'est-ce pas ? Trop vite parfois. Ce que je m'apprêtais à vous dire, c'est que je ne peux rien faire pour vous, mais que je connais quelqu'un qui pourrait, éventuellement.

» Ma cousine, en fait. C'est la plus belle femme du Nigeria. Évidemment, c'est un avis partial. Vous jugerez par vous-même.

74

Elle s'appelait Adanne Tansi et, conformément aux promesses du prêtre, c'était l'une des plus belles femmes qu'il m'eût été donné de rencontrer. Et elle était journaliste au *Guardian*, le plus important quotidien de Lagos.

En pénétrant dans son minuscule bureau, j'eus un moment d'appréhension : pourvu qu'elle ne sente pas que je venais de passer la nuit dans un foyer pour sans-abri surpeuplé !

Au cours de l'entretien, qui dura environ une heure, Adanne m'apprit qu'elle couvrait les agissements du Tigre et de sa bande depuis près de deux ans, mais que le personnage demeurait une énigme.

— Je ne suis pas certaine qu'il y ait plusieurs Tigres, mais j'ai effectivement entendu la rumeur. Ce n'est peut-être qu'un mythe dans le milieu des gangs. Qu'il fait peut-être circuler lui-même, d'ailleurs. Cela étant, qui sait ce qu'un homme pareil serait capable de faire au journal s'il le décidait.

— Ou à une journaliste.

Elle haussa les épaules.

— Il y a des choses plus importantes qu'une vie. Vous êtes bien là, vous, non ? Vous vous mettez en danger.

— On peut dire ça.

J'avais beau ne pas vouloir passer pour un malotru, je n'arrivais pas à détacher mon regard de cette jeune femme. Elle avait le magnétisme de certaines actrices.

Comment rester insensible à ces pommettes hautes, ces yeux de biche, ces prunelles noires, ce port si élégant ? Elle semblait ignorer la peur, ce qui m'intriguait énormément. Elle avait beaucoup à perdre, mais elle prenait la chose avec philosophie.

Elle s'empara d'un stylo. La présence d'un calepin au milieu de tous les papiers qui jonchaient son espace de travail m'avait échappé.

— Pas de notes, lui dis-je. Il ne s'agit pas d'une interview. Ici, je ne suis qu'un touriste. On s'est employé à me le rappeler.

Elle reposa immédiatement son stylo avec un petit sourire. Au moins, elle avait essayé.

— Avez-vous la moindre idée de l'endroit où le Tigre pourrait se trouver actuellement ? poursuivis-je. Ou savez-vous comment je pourrais obtenir ce renseignement ?

— Question un, non. Question deux, oui, je crois.

75

J'attendis la suite, mais elle s'arrêta là. Au bout de quelques secondes, je compris qu'à Lagos, même dans les rédactions, c'était toujours jour de marché.

— En échange de quoi ? finis-je par demander.

Adanne sourit encore. Elle était aussi réservée qu'intelligente.

— Un bon reportage sur un enquêteur de la police américaine à la recherche d'un criminel, d'un assassin comme le Tigre – on ne pourrait pas ne pas le publier.

Je saisis les accoudoirs de mon fauteuil, prêt à me lever.

— Non.

À cet instant, elle me regarda droit dans les yeux.

— Inspecteur Cross, avez-vous une idée du bien que pourrait faire un article pareil ? Ce monstre a des centaines de meurtres à son actif, peut-être davantage.

— Je sais, répondis-je d'une voix presque tremblante. L'une des victimes était une amie.

— Et l'une des victimes était mon frère, rétorqua Adanne. Vous voyez, maintenant, pourquoi je veux sortir ce papier.

Ses paroles résonnèrent dans la petite pièce. Elle n'était pas en colère, mais la mesure, chez elle, n'excluait pas la passion.

— Madame Tansi...

— S'il vous plaît, appelez-moi Adanne. Comme tout le monde.

— Adanne. Manifestement, tout ceci vous tient très à cœur, mais je ne vous connais pas. J'aimerais pouvoir vous faire confiance, mais je ne peux pas.

À la lueur de son regard, je sus que le lien n'était pas encore rompu.

— Mais j'espère que vous m'aiderez quand même, ajoutai-je. Moi, c'est Alex, au fait. Tout le monde m'appelle comme ça.

Elle médita un instant mes paroles. Je la sentais en plein dilemme, et il y avait là une forme de sincérité

181

que j'avais rarement vue chez un journaliste, du moins ceux que je connaissais à Washington.

Puis elle se leva.

— D'accord, je vais voir ce que je peux faire pour vous. Je vous suis. (Elle reprit son stylo, un roller en onyx plaqué argent, sans doute un cadeau.) Où puis-je vous joindre, Alex ?

Au foyer pour sans-abri de l'église du Christ rédempteur, où je réside actuellement.

Un petit silence. Ce n'était pas forcément raisonnable, mais je voulais impressionner Adanne Tansi.

— Je vous appelle. Demain matin, à la première heure. Promis.

Elle opina, puis sourit.

— Moi, je vous crois, inspecteur Cross. Pour l'instant, en tout cas. Ne me décevez pas, s'il vous plaît.

Loin de moi cette idée, Adanne.

76

Mohammed Shol, un homme d'affaires dont on disait qu'il avait le bras long, se tenait devant l'entrée de sa gigantesque villa. La double porte était ouverte, et on aurait dit qu'il trônait à l'intérieur d'un cadre luxueux, tel un portrait vivant. La superficie du bâtiment principal dépassait les mille huit cents mètres carrés, auxquels s'ajoutaient les sept cents mètres carrés de la maison d'amis. Mohammed Shol était l'un des hommes les plus riches du Sud-Darfour, et il ne manquait jamais une occasion de l'afficher.

Protégée par un haut mur d'enceinte et flanquée d'une serre à agrumes, la propriété en disait long sur son propriétaire : qui, sinon le diable, pouvait vivre comme un roi au milieu de l'enfer ?

Pour autant, faire du business avec les diables ne gênait aucunement le Tigre. Il le faisait tout le temps. C'était son métier, et s'il avait eu des cartes de visite, un diable noir aurait pu faire office de logo.

Avec un grand sourire, Shol salua son hôte des deux mains, en lui tenant le bras. Cet homme au physique impressionnant, capable de régler tous les problèmes, en tuant s'il le fallait, avait à ses yeux une certaine prestance.

— Sois le bienvenu, mon ami ! Ton équipe nous attendra dehors, bien entendu.

— Bien entendu.

— On leur donnera à manger.

— Ils ont toujours faim.

Le Tigre confia la responsabilité du groupe à Rockets qui, il le savait, serait capable de maintenir la discipline. Les *boys* attendirent près du portail, face aux deux cerbères en civil qui, de l'autre côté de la grille, les regardaient d'un œil visiblement amusé. Les gardes du domaine venaient eux-mêmes de la rue.

Le Tigre lança un coup d'œil dans leur direction en songeant : c'est ça, faites les malins. Chaque fois qu'on l'avait sous-estimé, il y avait gagné.

Il suivit Mohammed Shol. Ils traversèrent un couloir richement décoré, puis une cour intérieure. Des odeurs de cuisine, de cardamome et de bœuf, montaient des cuisines de la maison. De l'autre côté s'élevaient des voix d'enfants qui récitaient de l'arabe, ce qui illustrait également la politique de Shol.

Au bout de la cour, il y avait une porte de verre par laquelle on accédait à un verger exotique entièrement couvert.

— C'est ici que nous allons parler. Puis-je t'offrir du thé ? Ou un jus de pamplemousse, peut-être ?

Le pamplemousse, c'était aussi pour la frime, car on ne trouvait pas facilement de tels jus dans la région.

— Rien, répondit le Tigre. Juste ce que je suis venu chercher. Et ensuite, je m'en vais.

Shol congédia son domestique d'un geste, prit une clé dans la poche de sa djellaba et ouvrit la porte.

Il faisait bon dans la serre climatisée, avec juste ce qu'il fallait d'humidité dans l'air. Sous une voûte de verre et d'acier au dessin géométrique, les arbustes prospéraient, jetant leur ombre sur les dalles de l'allée.

Shol invita le Tigre à le suivre au fond du verger, où un espace avait été aménagé pour les repas.

Quatre fauteuils en rotin encadraient une table en thuya chinois luminescent. Shol déplaça un jeune plant en pot dissimulant un coffre encastré dans le sol, et composa la combinaison.

Le coffre renfermait une grosse enveloppe qu'il prit et déposa au milieu de la table.

— Tu verras, tout y est.

Le Tigre vérifia le contenu du paquet, qu'il posa par terre, et se renfonça dans son fauteuil.

Shol souriait.

— Tu as fait d'énormes travaux, commenta le Tigre en embrassant la propriété d'un geste. C'est impressionnant.

Shol, béat, savourait le compliment.

— J'ai été souvent béni.

— Pas seulement béni. Tu n'as pas chômé. Tu es intelligent, ça se voit.

— C'est vrai. Mon mandat politique et mes affaires ne me laissent pas beaucoup de temps.

— Tu voyages. Tu as des réunions jour et nuit. Et tu t'occupes de ta famille, bien sûr.

Shol acquiesça, visiblement ravi d'être le sujet de la conversation.

— Et puis, poursuivit le Tigre, tu dis des choses que tu ne devrais pas. Tu mets ceux que tu aimes en danger.

Sa tête se figea. Shol regarda le Tigre dans les yeux, lui qui, d'ordinaire, ne se hasardait jamais à le faire.

— Non. Honnêtement. Je n'ai pas parlé de nos affaires, ni de celles que je fais avec d'autres.

— Si, rétorqua le Tigre, sans bouger d'un millimètre. Honnêtement. Tu l'as fait. Tu connais *une journaliste* ? Adanne Tansi ?

D'un doigt, il écarta son col de quelques centimètres pour dégager un micro.

« Cassez la baraque ! Maintenant, Rockets. Vous n'épargnez personne. Qu'ils servent d'exemple. »

77

Quelques secondes plus tard, la serre tout entière résonnait d'une demi-douzaine de salves de coups de feu tirés à l'extérieur. Puis des rafales d'armes automatiques crépitèrent.

Mohammed Shol voulut se lever, mais le Tigre, plus rapide, plus agile, l'avait pris à la gorge, des deux mains. Il le plaqua contre la paroi de verre, qui s'étoila.

— Tu entends ça ? hurla le Tigre. Tu entends ? Tout ça, c'est de ta faute !

Il y eut d'autres coups de feu. Suivis de hurlements. Des cris de femmes, puis, juste après, des cris d'enfants, aigus, pitoyables.

— Ça, ajouta le Tigre, c'est le bruit de tes erreurs, de ta cupidité, de ta stupidité.

Shol essayait désespérément, des deux mains, d'arracher les énormes poignets du Tigre. Ses yeux rougissaient, les veines de ses tempes semblaient sur le point d'éclater. Le Tigre le regardait, fasciné. Il avait lu qu'on pouvait emmener un homme au seuil de la mort et l'y maintenir aussi longtemps qu'on le souhaitait. Ce qui lui plaisait beaucoup, car il méprisait les gens comme Shol.

La porte de la serre vola en éclats quand deux gardes du corps arrivèrent pour porter secours à leur employeur.

— Entrez ! leur lança le Tigre.

D'un même geste, il retourna Mohammed Shol et dégaina le pistolet qu'il portait à la cheville. Puis il avança vers les deux hommes en tenant Shol tel un bouclier et en tirant.

L'un des deux gardes s'effondra, la gorge transpercée d'une balle de 9 millimètres. L'autre eut le temps de faire usage de son arme. Le premier projectile traversa la main de son patron, le second lui fracassa l'épaule.

Shol se mit à hurler, et hurla encore quand le Tigre le projeta devant lui, à plus d'un mètre, droit sur son sbire. Les deux hommes s'écroulèrent, et le Tigre abattit le deuxième garde du corps d'une balle en plein visage.

— *Oga !* s'écria Rockets en surgissant devant la porte.

Oga signifiait « chef » en argot des rues, à Lagos. Le Tigre aimait bien ce titre, que ses jeunes soldats lui avaient donné spontanément.

Dans la maison, les cris avaient quasiment cessé, mais on entendait encore des bruits de casse et des détonations. Les *boys* évacuaient ce qu'il leur restait de venin et de pression.

— Il y avait un professeur particulier en train de donner un cours à des enfants.

— Réglé, répondit laconiquement Rockets.

— Bien.

Voyant Shol qui tentait de se relever, le Tigre lui tira une balle dans la jambe et lui dit :

— Il va te falloir un garrot, sans quoi tu vas mourir.

Il se tourna vers Rockets.

— Attache M. Shol. Ensuite, fourre-lui ça dans la bouche. Ou dans le cul, si tu préfères.

« Ça » n'était autre qu'une M67. Une grenade à main.

— N'oublie pas de la dégoupiller avant de partir.

187

78

J'avais toujours l'impression d'avoir basculé dans un autre univers.

À partir de 21 heures, toutes les portes du foyer pour hommes étaient fermées. On ne pouvait plus sortir, ni entrer. Avec les embouteillages, je faillis arriver en retard.

Mon lit de camp se trouvait tout au fond de l'un des trois « lodges », trois longs dortoirs, hauts de plafond, réunis par un grand couloir où le petit déjeuner était servi chaque matin.

Alex Cross, comment en es-tu arrivé là ? Qu'as-tu encore fait ?

L'occupant du lit voisin était le même que la veille, un Jamaïcain qui s'appelait Oscar. Il parlait peu, mais son regard fatigué et les traces de piqûres pas vraiment cicatrisées sur ses bras en disaient long sur son parcours.

Couché sur le flanc, il me regardait farfouiller dans mon sac, en quête d'une brosse à dents.

— Hé, *man*, me chuchota-t-il, y a un homme de Dieu court sur pattes qui te cherche. Il est là-bas.

Le père Bombata était à la porte. Quand nos regards se croisèrent, il me fit signe de venir, puis ressortit du dortoir.

Je le suivis à l'extérieur de la salle et là, dans un couloir bondé, dus remonter à contre-courant le flot des arrivants de dernière minute pour le rattraper.

— Mon père ?

Il était en train de composer un numéro sur son portable ? Qui appelait-il ? Devais-je m'attendre à de bonnes ou à de mauvaises nouvelles ?

— Mme Tansi souhaite vous parler, me dit-il en me tendant le téléphone.

Adanne avait effectivement du nouveau. L'un des représentants du Conseil des États du Soudan avait été assassiné dans le Sud-Darfour, avec toute sa famille.

— Un lien avec Basel Abboud, à Washington ?

— Je ne sais pas encore, mais ce que je peux vous dire, c'est que le Tigre fait souvent du business au Soudan.

— Des armes ? De l'héroïne ? Quel genre de business, Adanne ?

— Des gamins. Ses *boys*, ses fidèles soldats. Il les recrute dans les camps de réfugiés du Darfour.

— Vous auriez pu m'en parler plus tôt.

— Je me rachèterai. Je peux nous avoir des places sur un avion-cargo pour Nyala, tôt demain matin.

Avais-je bien entendu ?

— Vous avez dit « nous » ?

— Oui, j'ai bien dit « nous ». Sinon, vous pouvez prendre un vol normal jusqu'à El Fasher et essayer de continuer par la route. Je vous laisse le choix.

En d'autres circonstances, j'aurais immédiatement refusé, mais c'était la première fois que je me retrouvais à plus de huit mille kilomètres de chez moi, sans la moindre piste, et hébergé dans un foyer pour sans-abri.

Je couvris le téléphone.

— Mon père, puis-je faire confiance à cette femme ? *Et mettre ma vie entre ses mains ?*

189

— Oui, c'est quelqu'un de bien, répondit-il sans hésitation. Et je vous l'ai dit, c'est ma cousine. Grande et de toute beauté, comme moi. Vous pouvez avoir confiance en elle, inspecteur.

La conversation reprit.

— Vous ne publiez rien tant que vous et moi ne l'avons pas décidé. On est bien d'accord ?

— C'est entendu. Je vous retrouve au cantonnement d'Ikeja, devant l'entrée principale, à 5 heures. Et pré-parez-vous psychologiquement, Alex. Le Darfour, c'est horrible, je vous assure.

— J'ai déjà vu des horreurs. Et pas qu'un peu.

— Peut-être, mais pas comme celles-ci. Croyez-moi, Alex, vous n'avez jamais rien vu de tel.

TROISIÈME PARTIE

LE CAMP

79

Jusqu'à présent, les contacts d'Adanne se révélaient excellents, et la rapidité, l'efficacité dont elle faisait preuve m'impressionnaient.

Quelques mots échangés sur le tarmac et un seul appel radio avaient suffi pour qu'un sergent de l'Union africaine nous autorise à monter à bord d'un C-130.

À 6 heures, nous avions décollé, seuls passagers civils d'un avion-cargo transportant du mil, du sorgo et de l'huile à frire à destination du Darfour.

L'enquête criminelle poursuivait son cours *via* les airs, plus légitime que jamais.

L'un des membres d'équipage me prêta une carte, qui me permit de voir que le Darfour avait à peu près la superficie du Texas. Si je ne voulais pas rentrer bredouille, j'étais condamné à m'appuyer sur deux hypothèses, l'une étant que le Tigre se trouvait à Nyala au moment du massacre de la famille Shol, et l'autre que les renseignements d'Adanne étaient exacts. Peut-être était-il encore en train de recruter des gamins dans les camps de réfugiés de la région.

Compte tenu de ces éléments, jusqu'où avait-il pu aller au cours des dernières dix-huit heures ?

Pendant le vol, Adanne me parla longuement et patiemment du Darfour et du Soudan. Pour être sobres, ses descriptions ne cachaient rien des horreurs qui s'y déroulaient. Principales victimes : les femmes et les enfants, que l'on violait avant de les marquer au fer rouge pour les humilier davantage encore.

— Le viol est devenu l'arme la plus cruelle de cette guerre civile. Les Américains n'imaginent pas à quel point, Alex. Ils ne peuvent pas.

» Parfois, les miliciens janjawids commencent par briser les jambes des femmes pour qu'elles ne puissent pas s'enfuir, et elles restent invalides jusqu'à la fin de leurs jours. Ils aiment fouetter leurs victimes, leur casser les doigts un à un, leur arracher les ongles.

» Il arrive même, ajouta-t-elle d'une voix réduite à un chuchotement, que certains soi-disant soldats de la paix commettent eux-mêmes des viols et forcent des réfugiées à se prostituer. Pire, beaucoup d'exactions sont commises avec la bénédiction du gouvernement soudanais. Vous n'en croirez pas vos yeux, Alex.

— Je tiens à le voir, lui répondis-je. J'ai fait une promesse à un homme, en Sierra Leone. Je lui ai juré de raconter aux Américains ce qui se passait ici.

80

— Ça, c'est Kalma, me dit-elle en désignant un triangle jaune sur la carte. C'est l'un des plus grands camps du Darfour. Je parierais que le Tigre le connaît bien, comme tout le monde, ici.

— Et les autres couleurs ?

Adanne m'expliqua qu'il existait, en tout, plus d'une centaine de camps. Un triangle vert signifiait » inaccessible pendant la saison des pluies ». Bleu, « interdit aux ONG en raison des combats ». Jaune, comme à Kalma, voulait dire « libre d'accès ».

Ce serait le point de départ de notre chasse au Tigre.

— Et ça ?

J'indiquais une rangée d'icônes rouges représentant des flammes. Il y en avait des dizaines.

Adanne soupira avant de me répondre.

— Le rouge, c'est pour les villages dont la destruction a été confirmée. Les Janjawids brûlent tout ce qu'ils peuvent – les magasins d'alimentation, le bétail. Ils jettent également les cadavres et les carcasses d'animaux dans les puits. Tout pour empêcher les gens de revenir. En arabe, *janjawid* veut dire « homme à cheval avec un fusil ».

Ces milices arabes, qu'on soupçonnait fortement d'être soutenues par l'actuel gouvernement, menaient une campagne de terreur contre les Africains noirs de la région. Deux millions de personnes avaient déjà fui leur maison, et on dénombrait plus de deux cent mille morts. Des chiffres sans doute largement sous-estimés.

C'était le Rwanda qui recommençait. Pire, encore. Cette fois-ci, le monde entier assistait au drame, sans faire grand-chose.

Par mon hublot, je contemplais le Sahel, douze mille pieds plus bas.

Un paysage magnifique. Ni guerre civile, ni génocide, ni corruption. Rien qu'un immense et paisible désert ocre, sculpté par les vents.

Qui n'était, bien sûr, qu'un trompe-l'œil.

Un superbe et diabolique trompe-l'œil.

Car nous allions atterrir en enfer.

81

À la base de Nyala, nous nous joignîmes à un convoi à destination du camp de Kalma, cinq camions chargés de sacs de céréales et de caisses de poudre de lait thérapeutique F-75 et F-100. Adanne paraissait connaître tout le monde, et la voir à l'œuvre me fascinait. Son secret semblait résider dans la grâce de son sourire, et non dans sa plastique. Un sourire dont la magie opérait encore et encore, alors que les gens étaient surchargés de travail et abominablement stressés.

Le camp

Quand je découvris Kalma, le terme de camp me parut bien loin de la réalité.

Certes, il y avait des tentes, des abris et des huttes faites de branchages et de paille, mais elles s'étendaient à des kilomètres et des kilomètres à la ronde. Cent cinquante mille personnes vivaient ici, soit l'équivalent d'une grande ville. Une ville suppliciée qui ne connaissait que la souffrance, la tristesse et la mort, une ville en proie à tous les maux, des attaques de Janjawids aux accouchements sans anesthésie – le plus souvent en l'absence de médecins ou de sages-femmes – en passant par la dysenterie.

Dans la zone centrale, heureusement, on apercevait quelques installations moins précaires. Des cours étaient donnés dans une petite école à ciel ouvert, et des quantités limitées de denrées alimentaires étaient encore disponibles dans quelques constructions en dur dont le toit se réduisait à des tôles rouillées.

Adanne savait exactement par où nous devions commencer. Elle m'emmena à la tente du Haut Commissariat aux réfugiés, l'un des programmes de l'ONU. Là, un jeune soldat accepta de nous servir d'interprète, même si de nombreux réfugiés connaissaient des bribes d'anglais.

Il s'appelait Emmanuel. Mince et tout en muscles, la peau sombre, les yeux creusés, il ressemblait beaucoup à ces « enfants perdus », comme on les appelait, accueillis par les États-Unis au début des années 2000. Emmanuel parlait l'anglais, l'arabe et le dinka.

— La plupart des personnes qui se trouvent ici appartiennent à l'ethnie Four, nous expliqua-t-il tandis que nous suivions une longue et large allée de terre et de sable. Et quatre-vingts pour cent d'entre elles sont des femmes victimes de sévices sexuels.

— La plupart de leurs hommes sont morts, précisa Adanne, ou ils cherchent du travail, ou un autre endroit où s'installer. C'est la ville la plus vulnérable au monde, Alex. Sans exception. Vous le découvrirez par vous-même.

Je n'eus aucun mal à comprendre de quoi parlaient Adanne et Emmanuel. Parmi les gens que nous pûmes interroger, il y avait surtout des femmes qui travaillaient devant leurs abris. Elles me rappelaient Moïse et ses amis, car elles voulaient absolument raconter à quelqu'un de l'extérieur les horreurs qu'elles avaient vécues.

Tout en tressant un tapis en paille, une jeune femme du nom de Madina nous parla en pleurant de son arrivée à Kalma. Les Janjawids avaient mutilé et tué son mari, sa mère et son père. La plupart de ses voisins et amis avaient été brûlés vifs dans leurs maisons.

Madina s'était réfugiée ici avec ses trois enfants et quasiment rien d'autre. Et le sort s'était acharné sur elle, car ils étaient morts au camp, tous les trois.

Les tapis de sol qu'elle confectionnait étaient très demandés à cause des parasites, des vers qui sortaient du sol la nuit et pénétraient dans la peau des réfugiés. Tout ce qu'elle gagnait lui servait à acheter des oignons et des céréales, mais elle espérait avoir assez, un jour, pour s'acheter un morceau d'étoffe. Elle portait le même *toab* – le sari soudanais – depuis son entrée dans le camp.

— Quand était-ce ? lui demanda Adanne.

Sa réponse fut d'une infinie tristesse.

— Il y a trois années de cela. Une année par enfant.

82

— Je n'oublie pas votre Tigre, me dit Adanne en chemin. Il recrute ses *boys* ici. Pour lui, c'est facile.

— Vous aviez raison, Adanne, quand me disiez que ce serait horrible.

J'avais hâte d'interroger des gens un peu partout dans le camp, mais je dus m'arrêter une nouvelle fois à proximité d'une des rares tentes médicales. Jamais, au cours de ma vie, je n'avais assisté à une scène aussi déroutante.

La tente débordait littéralement de malades et de mourants, deux et plus par lit. Les corps enchevêtrés recouvraient le moindre centimètre carré. Et comme si cela ne suffisait pas, il y avait de longues files d'attente à l'extérieur. Plus de trois cents femmes et enfants très mal en point étaient en attente de soins, ou d'un meilleur endroit pour mourir.

— Le plus triste, murmura Adanne, c'est qu'on ne peut pas faire grand-chose pour atténuer leurs souffrances. Les médicaments manquent, une bonne partie est volée avant d'arriver ici. Il y a la malnutrition, la pneumonie, la malaria. Même la diarrhée peut être fatale, et avec les problèmes d'eau et d'hygiène, ça ne s'arrête jamais.

Je vis un médecin et deux infirmières bénévoles. À eux trois, ils représentaient l'ensemble du personnel hospitalier chargé de soigner des milliers de personnes gravement malades.

— C'est ce qu'on appelle la « phase deux » de la crise, poursuivit Adanne. On dénombre plus de décès à l'intérieur des camps qu'à l'extérieur. Des milliers de morts chaque jour, Alex. Je vous avais dit que c'était horrible.

— Vous étiez en dessous de la vérité. C'est inimaginable. Tous ces gens... ces enfants...

Je m'agenouillai auprès d'une petite fille gisant dans l'un des rares lits de camp. Son regard vitreux avait quelque chose de fantasmatique. Je chassai les mouches noires agglutinées sur son oreille.

— Comment dit-on « que Dieu soit avec toi » ? demandai-je à Emmanuel.

— *Allah ma'ak*.

— *Allah ma'ak*, murmurai-je à la petite au corps chétif, sans savoir si elle m'entendait.

Au fil de la journée, j'étais passé d'une atroce enquête criminelle à un holocauste qui dépassait l'entendement. Comment était-ce possible, dans le monde d'aujourd'hui ? Comment des milliers de personnes pouvaient-elles mourir ainsi quotidiennement ?

Adanne posa la main sur mon épaule.

— Alex ? Êtes-vous prêt à y aller ? Il faut qu'on bouge. Vous êtes ici pour le Tigre, pas pour ça. Il n'y a rien que vous puissiez faire.

À sa voix, on sentait que tout cela, elle l'avait déjà vu, et sans doute très souvent.

— Pas encore, lui dis-je. Que pourrait-on faire, dans l'immédiat ?

La réponse d'Emmanuel fut aussi immédiate qu'inattendue.

— Ça dépend. L'un de vous deux sait-il se servir d'un fusil ?

83

Adanne prit quelques minutes pour m'expliquer ce qui, pour moi, aurait dû être une évidence : le simple fait de ramasser du bois était extrêmement dangereux à Kalma.

Les Janjawids patrouillaient en permanence dans le désert, y compris à proximité du camp. Quiconque s'éloignait prenait le risque d'être violé ou abattu, voire les deux. Pour pouvoir aller chercher du bois, les femmes devaient attendre d'être escortées par les soldats de l'UA, mais, la plupart du temps, elles tentaient leur chance seules, souvent avec leur progéniture. Sans bois, impossible de nourrir la famille.

Emmanuel me procura un M-16, un ancien modèle auquel on avait ajouté une bonne lunette de visée.

— N'hésitez pas à ouvrir le feu, me dit-il. Parce que les Janjawids, eux, tirent sans se poser de questions, je vous le garantis. Ce sont des guerriers redoutables, même à cheval ou à dos de chameau.

— Je n'hésiterai pas.

Adanne me saisit le coude, puis le lâcha.

— Vous êtes sûr, Alex ? Vous voulez vraiment participer ?

— Oui, je suis sûr.

Environ une heure plus tard, nous partions en compagnie d'une bonne vingtaine de femmes intrépides.

Plusieurs d'entre elles portaient leur bébé en écharpe sur le dos. Une autre guidait un mulet qui tirait une vieille charrette à un seul brancard.

Il fallait que je le fasse, que je me rende utile d'une manière ou d'une autre. C'était dans ma nature, je le savais. Adanne se joignit également à l'expédition.

— Maintenant, je me sens responsable de vous, m'expliqua-t-elle. C'est moi qui vous ai fait venir ici, non ?

84

Au fil des ans, le bois de ramassage se raréfiait et il fallait aller de plus en plus loin. Pour toutes ces femmes, la marche était aussi longue qu'angoissante.

J'en profitai pour en interroger autant que possible. Une seule d'entre elles, en fait, fut en mesure de nous renseigner sur une disparition de jeunes garçons et l'éventuelle présence du Tigre.

— Elle dit qu'il y a une cabane dans son secteur,

traduisit Emmanuel. Elle était occupée par trois garçons, mais maintenant, ils sont partis.

— Je croyais que c'était courant, m'étonnai-je.

— Oui, sauf qu'ils ont laissé toutes leurs affaires. D'après elle, un homme très corpulent, en treillis, a été aperçu dans le camp. On lui a dit que c'était le Tigre.

— Ces enfants avaient-ils des parents dans le camp ?

— Pas de parents.

— Les a-t-on vus partir ?

— Ils sont partis avec l'homme énorme.

Au bout de deux heures de marche, nous atteignîmes une longue bande de broussailles décharnées. Les femmes étalèrent des pans de tissus pour y déposer leur petit bois, puis la récolte commença. Pendant qu'Adanne et moi les aidions, Emmanuel surveillait l'horizon.

Privés d'interprète, nous en étions réduits à communiquer par regards et par gestes. Les ramasseuses, qui semblaient ignorer les épines qui leur lacéraient les bras, travaillaient bien plus vite que les novices que nous étions, essayant de ne pas rire de notre maladresse.

Un échange muet s'instaura entre une jeune mère et moi. Nous nous amusions à faire des grimaces, comme des gamins. Elle sortit sa lèvre tatouée de bleu. Avec deux bouts de bois, je me fis des antennes et là, elle se mit à rire franchement. Elle leva la main sans vraiment réussir à dissimuler des dents d'un blanc éclatant.

Et se figea brusquement.

La main retomba au ralenti. Les yeux fixaient quelque chose dans le lointain.

Je me retournai, ne vis qu'un nuage de poussière à l'horizon.

Et à cet instant précis, Emmanuel se mit à hurler.

— Partez, vite ! Tout de suite ! Sauvez-vous d'ici ! Rentrez au camp !

85

Les Janjawids !

Je les distinguais à présent. Des cavaliers armés se dirigeaient vers nous au galop. Une douzaine, peut-être.

Il y avait une brume, qui faisait comme un mirage, qui empêchait de les dénombrer avec exactitude, mais la vitesse avec laquelle ils se déplaçaient ne laissait pas place au doute. Ils fonçaient droit sur nous.

Deux femmes, l'une avec un enfant qui s'accrochait farouchement à sa tunique, étaient encore en train de dételer le mulet collectif.

— Fais-les dégager ! hurlai-je à Adanne. Pars avec elles. Je t'en supplie, Adanne.

— Y a-t-il une autre arme ?

— Non, répondit Emmanuel. Votre seule arme, pour l'instant, c'est la distance. Filez ! Pour l'amour de Dieu, partez ! Ramenez-les au camp !

Emmanuel et moi devions résister.

Nous prîmes position derrière la charrette abandonnée. Elle ne nous protégeait guère, mais cela me permettait de caler mon fusil.

Nous n'avions qu'un avantage : nous étions au sol. Les assaillants, à cheval, auraient plus de mal à viser.

Je les voyais à présent, avec ma lunette. Onze tueurs, des barbus en pantalon kaki, brandissant des Kalachnikov.

Ils étaient désormais à portée de fusil.

Et ils furent les premiers à ouvrir le feu.

Du sable gicla autour de nous. Les cavaliers manquaient leur cible, mais ils étaient malgré tout trop proches à mon goût. Ce n'étaient pas des amateurs. Ils hurlaient déjà des menaces, sûrs du dénouement, car ils avaient l'avantage du nombre. Onze hommes contre deux.

— Maintenant ? demandai-je à Emmanuel.

— Maintenant !

Tirs de riposte. Deux balles sur quatre firent mouche. Les tueurs s'affalèrent sur leur monture comme des marionnettes dont on aurait lâché les fils, puis tombèrent à terre. L'un d'eux, piétiné par son propre cheval, eut apparemment le cou brisé.

En pressant une nouvelle fois la détente, je me fis la réflexion qu'un tournant avait été franchi. Pour la première fois, je venais de tuer quelqu'un en Afrique.

Un cri, derrière moi, me fit frémir. L'une des femmes avait été touchée, peut-être par une balle perdue.

Non, ce n'était pas Adanne.

Tête baissée, celle-ci essayait de porter secours à la jeune blessée qui se tordait au sol. Par chance, si on peut dire, celle-ci n'avait été touchée qu'au bras.

Deux des Janjawids étaient en train de descendre de cheval. Non pour aider leurs frères d'armes tombés à terre, mais pour pouvoir tirer avec plus de précision.

Les autres n'étaient plus qu'à une soixantaine de mètres.

Emmanuel eut la même réaction que moi. Nous fîmes d'abord feu sur les cavaliers de tête, puis sur les deux hommes qui avaient mis pied à terre. En moins de deux minutes, trois autres Janjawids s'écroulèrent.

Puis Emmanuel poussa un grand cri et s'affala, plié en deux par la douleur.

Et les derniers Janjawids se ruèrent sur nous.

86

Le sable volait en tous sens, ce qui pouvait jouer en notre faveur. Les Janjawids tiraient à l'aveuglette. Moi aussi, hélas. À si courte portée, les détonations m'assourdissaient.

L'un des cavaliers émergea soudain du nuage de poussière et me frôla. J'eus le réflexe d'attraper sa jambe et de ne pas la lâcher. L'élan m'emporta pendant une ou deux secondes, puis l'homme désarçonné tomba lourdement à terre.

Je pris sa Kalach et la jetai à mes pieds. Avec mon M-16, je réussis à toucher un deuxième Janjawid, puis un autre encore, à l'abdomen. Les cavaliers avaient cru s'attaquer, comme d'habitude, à des ramasseuses de bois sans défense, mais ils manquaient d'entraînement et, contrairement à ce que m'avait affirmé Emmanuel, tirer juste en montant à cheval était une prouesse dont peu d'hommes étaient capables.

Je vis trois assaillants battre en retraite, ce qui me donna un peu d'espoir.

Le type que j'avais éjecté de sa selle était toujours à terre. Après lui avoir enfoncé la tête dans le sable, je lui fis cadeau d'un coup de poing au niveau du larynx.

— Tu ne bouges pas !

Inutile de parler anglais pour comprendre. Il s'immobilisa.

— Alex !

Je me retournai et vis Adanne et une autre femme, toutes deux armées d'un bout de bois, tenir à distance le cheval du dernier cavalier. Plusieurs ramasseuses, couchées, les mains sur la tête, semblaient persuadées que leur fin était proche.

Adanne brandit encore une fois son bâton et le cheval se cabra. Le cavalier, surpris, perdit l'équilibre et tomba à terre.

— Alex, vite !

Emmanuel, qui avait réussi à se redresser, tenait l'homme en joue.

Je ne perdis pas une seconde. Le type se relevait déjà. Il me regarda, juste à temps pour prendre un coup de crosse qui lui fracassa le nez.

— Adanne, prends son fusil ! Ça va ?

— Ça va aller.

— Laissez-les filer, Alex ! hurla Emmanuel. Laissez-les filer !

Je crus que j'allais exploser.

— Qu'est-ce que vous me racontez ? Il faut qu'on les ramène !

Mais au moment même où je prononçais ces mots, la réalité de la situation m'apparut. Ici, les règles du jeu étaient différentes.

— Arrêter les Janjawids ne sert à rien, m'expliqua Adanne. Ils connaissent les gens du gouvernement. Les gens du gouvernement les connaissent. Ça ne fait que compliquer la vie des camps. Les Nations unies sont impuissantes. Personne ne peut rien faire.

Je fis signe à mon prisonnier, dont j'avais confisqué l'arme, de se remettre en selle.

Et là, très bizarrement, il me regarda en rigolant. Puis il s'éloigna sur sa monture. Il riait toujours.

87

Les Nations unies sont impuissantes. Personne ne peut rien faire. Pour les réfugiés du camp de Kalma, c'était, plus qu'une conviction, une réalité. Pour moi aussi.

Et malgré tout, ces survivants voulaient absolument témoigner leur gratitude à l'égard de tous ceux et celles qui leur apportaient ou cherchaient à leur apporter de l'aide, si dérisoire fût-elle.

Ce soir-là, plusieurs ramasseuses utilisèrent leur précieux bois pour nous préparer un repas. Elles voulaient nous remercier, tous les trois. Je me voyais mal leur prendre le peu de nourriture qu'elles avaient, mais Emmanuel me fit comprendre que je devais accepter.

J'eus un choc en le voyant débarquer au moment du dîner, avec ses pansements, tout sourire, en exhibant un sac d'oignons détourné pour l'occasion.

Et tout le monde partagea le *kisra* – un pain fermenté aux allures de crêpe – et un ragoût de légumes. Nous nous servions dans un plat commun, et uniquement de la main droite. C'était pour moi comme une évidence, une expérience quasi religieuse, à nulle autre pareille.

Ces gens-là étaient des gens bien, victimes innocentes d'un drame terrible.

Ce qui ne les empêchait pas de parler de justice expéditive, en toute candeur. Une femme nous raconta fièrement comment on traitait les criminels, dans son village. Tout le monde se jetait sur le coupable et lui donnait un coup de couteau, avant de lui mettre autour du cou un pneu arrosé d'essence et de l'allumer. Aucun procès, aucun test ADN, et aucun remords, semblait-il, chez les justiciers.

Adanne et moi étions, en quelque sorte, les invités d'honneur du dîner. Des gens venaient régulièrement nous saluer, poser leurs mains sur nous.

Quand Emmanuel n'était pas là pour traduire, la chaleur des voix et les attitudes m'aidaient à comprendre vaguement ce qui se disait en dinka ou en arabe.

À plusieurs reprises, je crus entendre le nom « Ali ». Adanne le remarqua, elle aussi.

Au bout d'un moment, elle se pencha vers moi.

— Ils trouvent que vous ressemblez à Mohammed Ali.

— Ah bon, c'est ce qu'ils disent ?

— C'est vrai, Alex. Vous lui ressemblez beaucoup. Je parle de la période où il était champion du monde. On le vénère encore, ici, vous savez. (Elle indiqua du menton un groupe de jeunes filles qui semblait s'attarder.) Je crois que vous vous êtes fait quelques copines par la même occasion.

— Est-ce que cela vous rend jalouse ?

Pour la première fois depuis plusieurs jours, j'étais heureux, détendu.

Une petite fille s'invita sur ses genoux et s'y pelotonna.

— Ce mot ne fait pas partie de mon vocabulaire, me répondit Adanne en souriant. Un tout petit peu, peut-être. Enfin, ce soir...

J'aimais beaucoup cette femme. Elle était courageuse, pleine de ressources, et le père Bombata avait raison : c'était quelqu'un de bien. Aujourd'hui, je l'avais vue risquer sa vie pour les ramasseuses de bois, et peut-être également parce qu'elle se sentait responsable de moi.

La soirée se prolongea, car il y avait de plus en plus de monde. Si les adultes allaient et venaient, les enfants, eux, s'agglutinaient autour de nous. Un public auquel je ne pouvais pas résister. Adanne non plus, d'ailleurs. Elle paraissait très à l'aise.

Je finis par me lever pour raconter, avec l'aide d'Emmanuel, une version improvisée d'une histoire de chevet que mes enfants adoraient lorsqu'ils étaient tout petits.

Ça parlait d'un garçonnet qui voulait absolument apprendre à siffler. Cette fois-ci, je décidai de l'appeler Deng.

— Et Deng essaie...

Je gonflai mes joues, je soufflai, et les enfants s'écroulèrent de rire, les uns sur les autres, comme s'ils n'avaient jamais rien entendu d'aussi drôle. Ils devaient être ravis de me voir faire le pitre et me moquer de moi-même.

— Et il essaie encore...

Je fis de gros yeux et soufflai sur le visage des petits, qui se mirent à rire de plus belle. C'était un vrai bonheur, une oasis de fraîcheur après tout ce que je venais de vivre en Afrique.

Quand j'eus terminé, je revins m'asseoir auprès d'Adanne, qui avait tellement ri qu'elle en avait encore les larmes aux yeux.

— Vous aimez les enfants, on dirait, me dit-elle.

— Oui. Avez-vous des enfants, Adanne ?

Elle fit non de la tête, puis murmura, en me regardant dans les yeux :

— Je ne peux pas en avoir, Alex. J'ai été... quand j'étais très jeune... j'ai été violée. Avec un manche de pelle. Ça n'a pas d'importance. Ça n'a plus d'importance, pour moi.

Et elle ajouta en souriant :

— J'apprécie tout de même les enfants. J'adore la façon dont vous vous êtes comporté avec eux.

88

L'instant d'après, tout basculait. Non, je ne pouvais pas y croire. Pas ce soir. Surtout pas ce soir...

Les Janjawids étaient revenus. Ils semblaient sortir de nulle part, comme des spectres émergeant des ténèbres. Une attaque-surprise, à l'intérieur même du camp. Ils ne reculaient devant rien.

Difficile de dire combien ils étaient. Largement plus d'une vingtaine, sans doute. Je crus en reconnaître un, celui que j'avais relâché et qui s'était enfui en ricanant.

Ils étaient à pied, cette fois. Ni chevaux, ni chameaux. Ils avaient des fusils, mais aussi des couteaux et des cravaches de chamelier. Deux d'entre eux brandissaient des lances.

Un Janjawid agitait un drapeau du Soudan comme si lui et ses acolytes agissaient pour le compte de l'État, ce qui était peut-être le cas. Un autre portait, lui, un drapeau montrant un farouche cavalier blanc sur fond bleu nuit, le symbole des Janjawids.

Les femmes et les enfants qui, une minute plus tôt, riaient et jouaient, couraient en tous sens, en hurlant, essayant de se mettre à l'abri.

C'était une attaque d'une cruauté diabolique, d'une monstrueuse sauvagerie, comme les carnages de Washington. Des hommes adultes sabraient les réfugiés sans défense ou les abattaient à coups de fusil. À quelques mètres de moi, ils mirent le feu à des toits de paille. Je vis un vieillard se transformer en torche vivante.

D'autres Janjawids arrivèrent, à dos de chameau, à cheval et à bord de deux Land Cruiser équipés de mitrailleuses. Et bientôt, il n'y eut plus que les meurtres, les mutilations, les hurlements. Ils étaient venus pour ça.

Je parvins à en faire fuir quelques-uns, mais ils étaient trop nombreux pour que je puisse mettre un terme au massacre. Comme tous les réfugiés de ce camp, comme tous les habitants de ce pays, j'avais compris que personne ne pouvait nous aider.

Et pourtant, cette nuit-là, on vint à notre secours. Des éléments de l'armée régulière soudanaise et quelques soldats de l'ONU arrivèrent dans des jeeps et des fourgonnettes. Les Janjawids commencèrent à se replier, emportant avec eux quelques femmes et des bêtes.

Et en partant, par vengeance, gratuitement, ils incendièrent un grenier à mil.

Je finis par retrouver Adanne en train de bercer un enfant qui avait regardé mourir sa mère.

Puis un calme étrange s'installa, et il n'y eut plus que les sanglots des survivants, et le chuchotement du vent.

89

Peu avant l'aube, je finis par m'allonger sur un tapis de paille, dans une tente fournie par la Croix-Rouge. J'aurais pu dormir à la belle étoile, mais j'étais trop crevé pour discuter.

La porte de la tente s'ouvrit brusquement. J'eus encore la force de me relever sur un coude pour voir qui c'était.

— C'est moi, Alex. Adanne. Je peux entrer ?

— Bien sûr.

Je sentis mon cœur palpiter.

Adanne entra et vint s'asseoir à côté de moi.

— Sale journée, lui dis-je.

Je n'avais presque plus de voix.

— Ce n'est pas toujours aussi dramatique, mais ça peut aussi être pire. Les soldats soudanais étaient au courant de la présence d'une journaliste dans le camp. Et d'un Américain. C'est pour ça qu'ils sont venus chasser les Janjawids. Ils veulent éviter d'avoir trop mauvaise presse.

Comme elle, j'eus un sourire désabusé. Tout cela était vrai, je le savais. Vrai, ridicule et absurde.

— Nous sommes censés partager cette tente, ajouta Adanne. Ça ne vous embête pas ?

— Partager une tente avec vous ? Oh, je pense que je peux surmonter l'épreuve. Je ferai de mon mieux.

Elle s'allongea sur le tapis de paille, me tapota la main. Je pris la sienne.

— Vous avez quelqu'un ? me demanda-t-elle. En Amérique ?

— Oui. Elle s'appelle Bree. Elle est inspecteur, comme moi.

— C'est votre femme ?

— Non, nous ne sommes pas mariés. Je l'ai été. Ma première femme a été tuée. C'était il y a longtemps, Adanne.

— Désolée de vous poser toutes ces questions, Alex. Il faut qu'on dorme.

Oui, il faut qu'on dorme.

Et nous finîmes par nous endormir, comme ça, main dans la main. Juste main dans la main...

90

Nous quittâmes le camp de Kalma le lendemain. Neuf réfugiés avaient trouvé la mort lors de l'attaque de la veille, et quatre personnes étaient toujours portées disparues. Si cela s'était produit à Washington, un mouvement d'indignation aurait secoué la ville entière.

Emmanuel faisait partie des victimes. On l'avait décapité, sans doute pour le punir d'avoir pris part à la riposte, un peu plus tôt.

Mus par une même intuition, Adanne et moi prîmes la route du camp d'Abu Shouk, le deuxième de la région, en importance.

L'accueil fut plus mitigé qu'à Kalma.

Un grand incendie, la veille, avait mobilisé une bonne partie du personnel. On nous demanda d'attendre devant la tente de l'administration centrale.

Une heure et demie plus tard, nous patientions toujours.

— Allez, on y va, dis-je à Adanne.

Elle dut courir pour me rattraper. Je me dirigeais déjà vers une rangée de cases en briques de boue. Ce camp, plus uniforme que celui de Kalma, me semblait également plus lugubre encore.

— Où ça ? me demanda-t-elle en me rejoignant.

— Là où sont les gens.

— D'accord, Alex. Aujourd'hui, je vais jouer les inspecteurs avec vous.

Même avec l'aide d'Adanne, qui traduisait comme elle le pouvait, il me fallut trois heures pour interroger une demi-douzaine de personnes, sans vrai résultat. Les habitants du camp se montraient d'un abord chaleureux, comme ceux de Kalma, mais dès que je faisais allusion au Tigre, ils se refermaient ou s'éloignaient. Tout au plus consentaient-ils à nous dire qu'effectivement, il était déjà venu.

Nous étions arrivés à la lisière du camp. Au-delà, une mer de sable roulait jusqu'aux collines couleur ocre qui dentelaient l'horizon, et abritaient sans doute des milices janjawids.

— Alex, il faut qu'on rentre, me dit Adanne d'un ton las. Malheureusement, ça n'a pas servi à grand-chose, hein ? Nous sommes au bord de la déshydratation et nous ne savons même pas où nous allons dormir ce soir. Il faut encore qu'on réussisse à mettre la main sur quelqu'un qui puisse nous amener en ville. (Elle regarda autour d'elle.) Si tant est qu'on retrouve notre chemin.

Avec ses alignements de bicoques parfaitement identiques à perte de vue, le camp ressemblait à un invraisemblable dédale. Un labyrinthe peuplé de milliers et de milliers de déplacés, dont beaucoup étaient malades ou mourants.

J'avais du mal à cacher ma déception.

— D'accord, on rentre. Vous avez raison.

Nous venions à peine de faire volte-face quand, au détour d'une allée, je m'immobilisai en tendant le bras pour empêcher Adanne de faire un pas de plus.

— Attendez, fis-je à mi-voix. Ne bougez pas.

Je venais de voir un type corpulent sortir d'une case. Il était habillé d'une manière que, n'importe où ailleurs, j'aurais qualifiée de décontractée mais qui, ici, indiquait clairement qu'il venait de l'extérieur.

Énorme, à la fois grand et massif, il portait un pantalon noir, une longue tunique africaine blanche et des lunettes noires. Il avait le front lourd, le crâne rasé.

Je fis un pas en arrière pour rester invisible.

C'était bien lui. J'en étais sûr. Le type que j'avais vu à Chantilly. Le Tigre, celui que je traquais.

— Alex...

— Chut. C'est lui, Adanne.

— Oh, oui, vous avez raison !

Il fit signe à quelqu'un que je ne pouvais voir, puis deux jeunes sortirent derrière lui. Il y en avait un que je ne connaissais pas. L'autre portait un maillot rouge

217

et blanc des Houston Rockets, et je reconnus immédiatement le gamin de la Sierra Leone.

Adanne me serra le bras.

— Qu'allez-vous faire ?

Ils s'éloignaient, mais je les apercevais encore.

— Je veux que vous attendiez cinq minutes, ensuite vous rentrez. On se retrouve tout à l'heure.

— Alex !

Elle s'apprêtait à ajouter quelque chose, mais s'arrêta. Sans doute avait-elle lu ma détermination dans mon regard. Car j'avais compris que tout ce qu'on m'avait raconté était vrai, et que les règles que je connaissais n'avaient pas cours ici.

Il n'était plus question d'appréhender ce type, de le ramener à Washington.

J'allais devoir tuer le Tigre, peut-être même dans ce camp d'Abu Shouk.

Et je le ferais sans véritable état d'âme. C'était un assassin.

Et je l'avais enfin rattrapé.

91

Je suivis le tueur discrètement, à bonne distance. Compte tenu de son gabarit, je n'avais aucun mal à le garder en ligne de mire. Maintenant, il ne me restait plus qu'à improviser...

Au passage, je pris une pelle posée devant une case.

Le soleil venait de se coucher. Tout était bleuté, et le moindre bruit résonnait. Le Tigre m'avait peut-être entendu, car il se retourna. J'eus tout juste le temps de me planquer, ou du moins le croyais-je.

Je réussis à me glisser entre deux cases et à me faufiler dans un étroit passage, large d'une trentaine de centimètres. Les murs de briques de boue grossièrement taillées me râpaient les bras, mais il fallait que j'avance pour ne pas perdre ma proie.

J'étais à mi-chemin quand l'un des jeunes sbires du Tigre surgit au bout du défilé.

Il ne bougea pas. Il cria simplement quelque chose en yoruba.

Un coup d'œil par-dessus l'épaule, et je vis Houston Rockets à l'autre bout du passage. Je distinguais son sourire dans la pénombre, mais pas son regard.

— C'est lui ! cria-t-il d'une voix stridente qui ressemblait à un ricanement. Le flic américain !

Un choc violent ébranla le mur, dans mon dos. La case tout entière commença à fléchir et de gros morceaux de boue séchée tombèrent dans l'allée.

— Encore ! hurla Houston Rockets.

Ils cherchaient à m'écraser.

Le mur explosa littéralement. Une pluie de briques, de débris, de poussière s'abattit sur ma tête et mes épaules.

Quelques pas dans les décombres, et le plus proche des deux jeunes prit ma pelle en pleine tête.

Et là, brusquement, je me retrouvai face au Tigre.

92

— Maintenant, tu vas mourir, me déclara-t-il d'un ton très neutre, comme si les jeux étaient déjà faits.

Il en était visiblement convaincu.

Avec un calme incroyable, le regard impassible, il m'attrapa par le bras et la gorge. Je n'avais qu'une idée en tête : surtout ne pas lâcher la pelle et essayer de frapper si j'en avais l'occasion.

Il me jeta dans l'allée comme si je n'étais qu'un enfant. Non, une poupée d'enfant. J'atterris sur des gravats, du bois éclaté, du plâtre. Quelque chose m'entailla le dos.

Houston Rockets bloquait toujours l'entrée du passage. Impossible de fuir.

Quand le Tigre se rua sur moi, je pris la pelle à deux mains et visai les genoux.

Je réussis à atteindre ma cible. Le coup n'était pas parfait, mais honnête. Pourtant, le Tigre vacilla à peine sur ses jambes. Je n'en croyais pas mes yeux. Je l'avais frappé en pleine rotule et il était toujours debout, le regard noir.

— T'as que ça ? me lança-t-il.

On aurait cru qu'il n'avait rien senti. Un nouveau coup de pelle l'atteignit au bras gauche. J'avais dû le blesser, mais il ne laissa rien paraître.

— Maintenant, à mon tour, dit-il. Tu sais encaisser ?

Un faisceau de lumière m'aveugla soudain. Derrière, des voix. Qui était-ce ?

— *Ne bouge pas !**

J'entendis des pas dans la poussière, des cliquetis d'armes. Trois soldats de l'UA, casque vert sur la tête, venaient de surgir dans l'allée.

— *Lâche ça !* cria l'un d'eux.

Je mis une seconde à comprendre. J'étais un suspect, tout autant que le Tigre. Pire, j'étais peut-être l'unique suspect.

Laissant tomber ma pelle, je n'attendis pas qu'on me pose des questions.

— Cet homme est recherché pour meurtre aux États-Unis et au Nigeria. Je suis policier.

— *Tais-toi !*

Un autre soldat brandit son fusil sous mon nez. Non, pitié, pas le nez !

C'était un peloton sénégalais, et mon français laissait beaucoup à désirer. La situation devenait aussi ridicule qu'incontrôlable.

— *Écoutez-moi.* Il a deux complices. *Deux garçons, vous comprenez ?* Ce sont tous des meurtriers !

Ces derniers mots me valurent un coup de poing dans l'estomac. Et pendant que, plié en deux, j'essayais de reprendre mon souffle, le Tigre, lui, muet, se gardait de protester.

Il était parfaitement calme. Plus malin que moi.

Peut-être savait-il très bien ce qu'il faisait...

---

* En français dans le texte. *(N.d.T.)*

93

Sous la menace de leurs armes, ils nous firent sortir du passage et nous agenouiller à terre. Une foule de badauds – une centaine, peut-être – s'était déjà rassemblée.

Il n'y avait que cinq soldats de l'UA, à peine assez pour nous surveiller tout en tenant les curieux à l'écart. Plusieurs personnes montraient le Tigre du doigt. À cause de son physique imposant ? Parce qu'elles savaient qui il était ? Parce qu'elles le savaient dangereux ?

— Alex ? Alex ?

J'entendis la voix d'Adanne avec un indicible soulagement.

La journaliste fendit l'attroupement, écarquilla les yeux en voyant le Tigre agenouillé à un mètre de moi. Il la vit, lui aussi.

— Laissez-moi passer ! Je suis du *Guardian*.

Elle sortit ses papiers, mais un soldat la repoussa.

Elle m'appela encore, protesta à pleins poumons, au risque d'être elle-même arrêtée.

— Alex ! Dis-leur que le *Guardian* fait un reportage sur ton sujet. Dis-leur que le *Guardian* est là. Que je publierai leur témoignage.

À cet instant, j'entendis autre chose. Le vrombissement aigu d'un véhicule roulant en marche arrière.

Si mes oreilles ne me trahissaient pas, qu'allait-il encore m'arriver ?

D'un côté, la foule commença à s'écarter, puis les gens se dispersèrent en hurlant, en jurant.

La panique était à son comble.

J'aperçus un pick-up noir reculant vers nous à toute vitesse. En zigzaguant dans l'étroite rue, il arracha quelques auvents de fortune. Quelques coups de feu claquèrent. Peut-être venaient-ils du véhicule.

Les hommes de l'UA battirent en retraite.

Le pick-up s'arrêta à une vingtaine de mètres.

À l'arrière, Houston Rockets avait pris une jeune fille en otage, en guise de bouclier humain, un bras autour de la gorge. Elle devait avoir douze ou treize ans. De l'autre main, il brandissait une grenade au-dessus de sa tête, pour que tout le monde puisse la voir.

Sans perdre une seconde, le Tigre bondit et courut jusqu'au véhicule. La portière passager s'ouvrit, et il s'engouffra à l'intérieur du pick-up.

Je vis son énorme main sortir et taper sur le toit.

Le véhicule démarra en trombe et la jeune fille fut littéralement éjectée. Tant mieux pour elle, me dis-je.

Sous nos yeux effarés, elle brassa l'air avant de heurter le sol de la tête. Et d'exploser.

Houston Rockets avait dû glisser la grenade dans ses vêtements. Ces salopards n'avaient aucune raison de la tuer. Ce n'était qu'un meurtre pour la galerie, peut-être uniquement destiné à m'impressionner.

Ou à impressionner Adanne ?

94

Nous rentrâmes à Lagos le lendemain matin, épuisés, le cœur lourd. Visiblement, ce genre de cauchemar était monnaie courante, ici. Comment les gens pouvaient-ils supporter cette situation ?

Adanne insista pour que j'accepte d'être hébergé par sa famille, un jour ou deux.

— Le temps qu'il faudra, Alex. Je veux coincer ce tueur autant que vous. Des articles, je lui en ai suffisamment consacré.

Elle avait un appartement en ville, mais elle me conduisit chez ses parents qui possédaient une villa sur l'île Victoria. Je découvris la fascinante mégalopole sous un tout autre jour.

Ici, les rues étaient larges et propres, et aucune construction n'avait plus d'un étage. La plupart des maisons étaient protégées par des murs de stuc jaune ou rose. Une odeur que je connaissais bien flottait néanmoins dans l'air, un parfum de fruits et de fleurs en décomposition.

Adanne s'arrêta devant un portail, composa un code et, juste avant que nous ne descendions de voiture, me dit :

— Alex, pour éviter que mes parents s'inquiètent, je leur ai raconté que nous étions à Abuja. Ils ont peur d'une guerre civile.

— Entendu. O.K. pour Abuja.

— Merci, vous êtes un amour, me murmura-t-elle à l'oreille. Oh, les voilà. Ils vont croire que vous êtes mon nouveau petit copain, mais ne vous en faites pas, je mettrai les choses au point.

Tout le monde se précipitait à notre rencontre depuis le carport. J'étais encore en train de méditer les mots « nouveau petit copain ».

Deux petits garçons surgirent, des jumeaux adorables, souriants, en uniforme scolaire, cravate dénouée. Ils couraient au coude à coude, chacun voulant être le premier à ouvrir la portière d'Adanne.

Adanne eut droit à de multiples embrassades avant de me présenter. J'étais un policier venu des États-Unis pour l'aider dans le cadre d'un reportage très important. Non, je n'étais pas son nouveau petit ami. Cette absurdité fit beaucoup rire tout le monde. Ha, ha, ha, quelle comédienne, cette Adanne !

95

Je fis la connaissance de sa mère, Somadina, de son père, Uchenna, de sa belle-sœur, Nkiru, et de ses neveux James et Calvin. Des gens chaleureux, d'une immense gentillesse, qui trouvaient tout à fait naturel d'accueillir chez eux, pour une durée indéterminée, un parfait inconnu.

C'était une villa de plain-pied certes modeste, mais dont les innombrables fenêtres offraient mille vues intéressantes. De l'entrée, j'apercevais un jardin clos, des tamariniers, des fleurs. Même à l'intérieur, je sentais le parfum des hibiscus.

Adanne me montra le bureau de son père, dont les murs, comme ceux de celui qu'elle occupait au *Guardian*, étaient tapissés de coupures de presse encadrées.

Deux d'entre elles parlaient d'un gang de très jeunes tueurs, dirigés par un homme. Le Tigre n'était pas cité.

— C'est vous qui avez signé tous ces reportages ? Vous ne chômez pas, dites donc !

Elle rougit presque. Pour la première fois, je la sentais un peu gênée.

— Disons que je n'ai jamais eu à me demander si mon père ou ma mère étaient fiers de moi.

Il y avait un cadre sur le bureau. Le portrait d'un jeune soldat qui avait les traits et les yeux d'Adanne.

— Votre frère ?

— Oui, Kalu.

Elle prit la photo et son regard, aussitôt, s'assombrit.

— Il était dans le génie. Mon grand frère. Je l'adorais, Alex. Il vous aurait beaucoup plu.

J'avais envie de lui demander ce qui lui était arrivé, mais je m'abstins.

— Je vais tout vous dire, Alex. Il y a deux ans, il est allé à Niku, pour une réunion au ministère de l'Urbanisme. Le soir même, il y avait un dîner. Une soirée privée dans un restaurant bien connu. Personne ne sait exactement ce qui s'est passé, mais on a retrouvé les quinze personnes mortes. Massacrées par balles et à coups de machette.

Le Tigre et ses petits tueurs ? Était-ce la raison pour laquelle elle s'intéressait à lui ? Et celle de ma présence ici ? Les pièces du puzzle s'assemblaient-elles ?

226

Adanne reposa le portrait avec un soupir et passa machinalement les doigts dans ses tresses. Qu'elle était belle... Incroyablement belle, pour tout dire.

— C'est la première fois que j'ai entendu parler du Tigre, ajouta-t-elle. Mais cela uniquement parce que j'ai commencé à fouiller moi-même. L'enquête officielle de la police n'a rien donné. Comme d'habitude.

— Et vous fouillez toujours ?

Elle opina.

— Un jour, je pourrai peut-être annoncer à mes parents que le meurtre de Kalu a enfin été élucidé. Ce serait magnifique, ce serait le point culminant de ma carrière, comme on dit. En attendant, on n'évoque pas le sujet ici, compris ?

— Je comprends. Je suis désolé.

— Vous n'avez pas à l'être, Alex. Mes investigations ne se limitent pas aux agissements d'un assassin en particulier. Je m'intéresse aux commanditaires, à ceux qui veulent prendre le contrôle de notre pays. Pour ne rien vous cacher, cette enquête me fait peur, même à moi.

Nous demeurâmes un moment sans rien dire. Une première, quasiment. Nous nous regardions, dans un silence qui s'était soudain épaissi.

Comme la plupart des hommes qu'elle avait croisés, sans doute, j'avais envie de l'embrasser, mais je me retenais. Je ne voulais pas la heurter, je ne voulais pas déshonorer ses parents et puis, surtout, il y avait Bree.

Puis je la vis sourire.

— Vous êtes quelqu'un de bien, Alex. Je ne m'attendais pas à ça – de la part d'un Américain.

96

Je m'excusai quelques instants et empruntai le téléphone mobile d'Adanne pour passer un appel. Je voulais essayer de joindre Flaherty, sans trop d'espoir, pour reprendre contact avec la CIA.

Je fus doublement surpris : il décrocha à la deuxième sonnerie, et savait que c'était moi.

— Cross ?

— Flaherty ? Comment avez-vous fait ?

— Présentation du numéro, vous connaissez ?

— Mais...

— Transi. Le nom de votre copine figure à côté du vôtre sur le registre de vol de l'UA. Je vous ai cherchés partout. Tous les deux. C'est une vedette, elle aussi. Elle n'arrête pas de sortir des papiers qui font beaucoup de bruit. Elle a un certain poids, ici. Il faut qu'on parle. Sérieusement. Vous commencez à m'intéresser. Tout comme votre tueur, le Tigre.

— Attendez une minute. Pas si vite. (J'avais oublié que Flaherty pouvait m'énerver en un rien de temps.) Vous me cherchiez ? Depuis quand ? Moi, j'ai essayé de vous joindre, quoi, seize fois à peine ?

— Depuis que j'ai appris ce que vous vouliez savoir.

— Que voulez-vous dire ?

Il ne répondit pas tout de suite.

— Je veux dire que j'ai *découvert ce que vous vouliez savoir*.

Je compris brusquement qu'il ne voulait pas trop en dire au téléphone. Le temps de me ressaisir, et je pris un stylo sur le bureau.

— Où peut-on se retrouver ?

— Disons demain, au même endroit que la première fois, à l'adresse qui figure sur la carte que vous ai donnée. Vous voyez de quoi je parle, *inspecteur* Cross ?

Il faisait allusion à la banque de Broad Street, sans vouloir la nommer, manifestement. Elle se trouvait sur l'île Victoria, ce qui me convenait parfaitement.

— Compris. On se voit là-bas.

— Et habillez-vous bien, inspecteur. Mettez une cravate, quelque chose.

— Une cravate ? Qu'est-ce que vous me racontez ?

Il avait déjà raccroché.

L'enfoiré.

97

Après mon coup de fil, je découvris que tout le monde m'attendait dans le patio. Il y avait du vin de palme et des noix de kola, auxquels personne n'avait encore touché.

Uchenna, le père d'Adanne, commença par bénir les noix selon la coutume yoruba, puis les enfants, James et Calvin, les firent passer.

Adanne devait trouver ma visite joyeuse ou amusante, car elle ne cessait de sourire. On voyait qu'elle était heureuse d'avoir retrouvé les siens.

Les jumeaux me réquisitionnèrent ensuite pour une petite partie de foot dans le jardin. Ils me marquèrent sur toute la longueur du terrain sans réussir à m'empêcher de faire circuler le ballon, ce qui parut les impressionner. Peut-être n'était-ce que de la politesse, mais quel plaisir de se dégourdir les jambes avec des gamins aussi gentils ! Des gamins qui n'avaient rien de criminels.

Le menu du dîner comprenait une soupe au poulet et aux graines d'*egusi*, sorte de melon, dans laquelle on trempait du *fufu*, une pâte d'igname. On nous servit également des beignets de plantain accompagnés d'une sauce tomate assez relevée pour attaquer une peinture de carrosserie. Et dans cet environnement familial, où je me sentais curieusement à la fois dans mon élément et très loin de chez moi, je fis sans conteste le meilleur repas de mon séjour africain.

Le sujet de discussion préféré d'Uchenna semblait être sa fille et, en quelques heures, j'en appris plus sur Adanne que je n'en avais appris jusqu'alors. Adanne qui, au bout d'un moment, donna sa propre version des faits évoqués par son père, mais lorsque Somadina, sa mère, commença à sortir les photos d'elle bébé, elle abdiqua et partit faire la vaisselle.

En son absence, la conversation prit un tour plus grave. Il fut question des chrétiens assassinés dans le nord du Nigeria, des représailles des chrétiens dans l'est. De cet instituteur chrétien qui, tout récemment, avait été battu à mort par ses élèves musulmans.

Puis Uchenna me parla des articles largement commentés que sa fille écrivait chaque semaine, au péril de sa vie, selon lui.

Ce sont les rires, pourtant, qui prédominèrent ce soir-là. Je me sentais déjà chez moi. Cette famille, comme tant d'autres à Lagos, était une famille bien.

Quand Nkiru eut couché les enfants et Adanne rejoint le groupe, la politique et autres sujets adultes revinrent au centre de la conversation. Il y avait eu quatre attentats à la bombe en une semaine dans le Bayelsa, autrement dit la région du Delta, à proximité des champs pétrolifères. À mesure que la violence se répandait, la menace d'une scission du pays en deux États indépendants se renforçait.

— Tout ça parce que certains hommes sont mauvais, intervint Adanne. Et c'est comme ça depuis toujours. Il serait temps que les femmes dirigent le monde. Nous, nous voulons créer, pas détruire. Si, papa, je parle sérieusement. Non, je n'ai pas bu trop de vin.

— Moi, je te parlais de la bière, fit son père.

98

Vers minuit, Adanne me conduisit à la petite chambre qu'on m'avait réservée à l'arrière de la maison. Elle m'effleura le bras, me suivit dans la pièce et s'assit au bord du lit.

Elle était encore d'humeur festive, tout sourire, bien différente de la jeune femme qui m'avait emmené au Darfour quelques jours plus tôt, et plus encore de la journaliste sceptique, au visage grave, qui m'avait reçu dans son bureau.

— Ils vous aiment bien, Alex, surtout ma mère et ma belle-sœur. Je me demande bien pourquoi.

— Je crois que mon petit numéro de charme a marché, mais elles vont bientôt me démasquer.

— Absolument. C'est exactement ce que j'allais dire. Je vois que nous sommes sur la même longueur d'onde. Alors, à quoi pensez-vous en ce moment ? Dites-moi la vérité, Alex.

Je ne savais pas trop comment répondre. Enfin, si, mais je n'osais pas. Et finalement, je choisis de me jeter à l'eau.

— Je crois qu'il y a quelque chose entre nous, mais que nous devons l'ignorer.

— Vous avez sans doute raison, Alex. Ou peut-être pas.

Elle m'embrassa longuement sur la joue. Elle sentait bon le savon, le propre.

Elle me regarda dans les yeux, toujours avec ce grand sourire qui dévoilait une denture parfaite, d'un blanc éclatant.

— Je veux juste rester allongée un moment contre vous. On peut faire ça ? Juste être ici, ensemble, sans aller plus loin ? Qu'en pensez-vous ? On pourrait faire ça deux soirs de suite ?

Je l'embrassai à mon tour, sur la bouche cette fois, mais très furtivement.

— Oui, j'aimerais bien.

— Moi aussi. J'ai de l'amour pour vous, dans mon cœur. Ce n'est qu'une toquade, je pense. Ne dites rien, Alex. Quoi qu'il en soit, ne gâchez pas cet instant.

Je n'en avais pas l'intention. Nous demeurâmes l'un contre l'autre jusqu'à ce que le sommeil nous emporte. J'ignore s'il nous éloigna, cette nuit-là, ou s'il nous rapprocha, mais il ne se passa rien que nous pussions regretter.

Et peut-être finirais-je par regretter qu'il ne se fût rien passé.

99

Le lendemain matin, Adanne se leva de bonne heure. Elle prépara le café et des jus de fruits frais pour tout le monde, puis proposa de me conduire à mon rendez-vous avec Flaherty. Je retrouvais la jeune femme sérieuse et pragmatique que j'avais connue avant les retrouvailles familiales.

— Pourquoi avoir mis cette cravate idiote ? me demanda-t-elle. Tu ressembles à un avocat d'affaires. Ou à un banquier. Beurk !

— Je n'en ai pas la moindre idée, lui répondis-je en souriant, car c'était moi, désormais, qui souriais tout le temps. Encore un mystère nigérian, j'imagine.

— C'est toi, le mystère, à mon avis.

— Un avis partagé par d'autres.

Elle s'arrêta devant la banque de Broad Street.

— Sois prudent, Alex. (Elle m'embrassa furtive-ment sur la joue.) C'est dangereux, ici. Plus dangereux que jamais.

Je descendis, fis un petit signe et elle disparut. Je pris la décision de ne plus penser à elle et, aussitôt, bien évidemment, je n'eus en tête que son sourire, la nuit que nous venions de passer et tout ce que nous n'avions pas fait.

Puis la réalité reprit ses droits.

Flaherty ! Que me veut-il ?

L'homme de la CIA demeurait invisible. J'attendis une bonne vingtaine de minutes, le temps de devenir parano, avant de voir sa Peugeot se ranger le long du trottoir.

Il ouvrit la portière passager d'un geste sec.

— Montez, on y va. Je n'ai pas de temps à perdre.

Il y avait une chemise bleue sur mon siège.

— Qu'est-ce que c'est ?

Flaherty me parut sale, en sueur, stressé à l'extrême, plus ambigu que jamais. Il redémarra sans daigner me répondre, bien entendu.

J'ouvris donc la chemise. Elle ne renfermait qu'une feuille, la photocopie d'un document administratif avec, agrafée, la photo d'identité d'un jeune garçon.

— Un certificat d'adoption ?

— Registre d'orphelinat. C'est lui, votre Tigre. Il s'appelle Abidemi Sowande. Né à Lagos en 1972, de parents très aisés. Tous deux sont morts quand il avait sept ans, et il n'avait pas de famille. Le petit Abi n'était pas vraiment un modèle d'équilibre mental. Il a passé un an en service psychiatrique après ça et, quand il est sorti, la vieille fortune familiale avait disparu.

— Dans quelles circonstances ?

Flaherty haussa les épaules. La fumée de sa cigarette lui piqua l'œil. Il se frotta.

— Sowande devait être confié aux services sociaux, mais il s'est volatilisé quelque part entre l'hôpital et l'orphelinat. C'était un garçon brillant, apparemment. En tout cas, il a un Q.I. élevé. Il a passé deux ans dans une université anglaise, puis on a perdu sa trace, et il a refait son apparition ici il y a quelques années à peine. Voilà tout ce que j'ai. On n'a rien retrouvé d'autre le concernant. On pense qu'il a pu travailler comme mercenaire.

Je contemplai la photo, dubitatif. Ce gamin pouvait-il être l'homme que j'avais vu au Darfour ? Celui qui avait fait tant de victimes, ici comme à Washington ? L'assassin d'Ellie ?

— Qu'est-ce qui nous dit que c'est bien lui, d'ailleurs ?

— Le type qui s'est fait buter au Soudan, vous vous souvenez, Mohammed Shol. D'après une source, il se vantait d'être en affaires avec « le Tigre » et il savait deux ou trois petites choses sur lui. C'était un peu mince, mais quelqu'un a mis la main sur ce document et les empreintes digitales correspondent avec certaines de celles relevées chez Shol. Pas mal, non ?

— Je ne sais pas. C'est vrai, que voulez-vous que je fasse de ça ? Des infos que vous sortez de nulle part, comme ça, histoire de vous dédouaner.

Flaherty me lança un regard noir et la voiture fit une embardée.

— Merde, Cross, qu'est-ce que vous voulez que je fasse d'autre pour vous aider ?

Je l'aurais bien cogné.

— M'aider ? Vous me laissez d'abord en rade, puis vous vous pointez en me donnant le nom d'un type dont on ne sait pas trop s'il existe encore ? Qui est peut-être un mercenaire, mais on n'en est pas sûr ? C'est ça que vous appelez « m'aider » ?

— C'est un cadeau, inspecteur. Je vous ai dit de ne pas compter sur moi dès le premier jour.

— Non, ça, vous me l'avez dit le quatrième jour. Après m'avoir laissé passer trois nuits en tôle.

100

Flaherty, furax, jeta son mégot et épongea son front trempé de sueur.

— Savez-vous seulement pourquoi vous n'êtes pas encore mort ? Parce que tout le monde croit que vous êtes de la CIA, et que nous entretenons le malentendu. On a veillé sur vous. J'ai veillé sur vous. Surtout ne me remerciez pas.

Je n'arrêtais pas de fermer les poings pour essayer de canaliser ma colère. Ce qui me mettait hors de moi, ce n'était pas uniquement l'arrogance de Flaherty, sa condescendance. Toute cette affaire me révoltait. Le

Tigre était plus dangereux que tous les tueurs en série que j'avais arrêtés. Pourquoi ici le laissait-on se déplacer à sa guise, en toute liberté ?

Je me tournai vers Flaherty.

— Que faites-vous exactement pour l'agence ?

— J'entretiens les photocopieuses de l'ambassade, me répondit-il, impassible.

Il alluma une autre cigarette, exhala une bouffée de fumée.

— En fait, ici, j'appartiens officiellement à la CIA. Ça ne vous pose pas de problème ?

— Très bien, mais dans ce cas, comment se fait-il que vous n'enquêtiez pas vous-même sur le Tigre ? Pourquoi me transmettre des renseignements au lieu de vous en servir ? Abidemi Sowande est un criminel. Vous le savez.

La discussion, le simple fait de tout déballer, avait le mérite de diluer la tension qui régnait dans la voiture. Et moi, de toute façon, j'étais lancé...

— Et pendant qu'on y est, pourquoi est-ce que je dois porter cette cravate à la con ?

Pour la première fois, je vis Flaherty sourire.

— Ah, là, je peux vous répondre.

101

Une heure plus tard, j'étais dans la salle d'attente de la direction des services administratifs d'Unilight International, au trentième étage d'une tour d'Ikeja. Unilight était l'un des plus grands fabricants de produits de consommation courante dans le monde, mais je n'en savais pas plus.

Cerné de photos géantes de savonnettes et de dentifrice, je me demandais bien ce que je fichais là. Flaherty m'avait déposé au pied de l'immeuble avec une carte de visite et un numéro d'étage. « Willem de Bues veut vous voir, et il faut que vous le voyiez. »

— Docteur Cross ? fit la fille de la réception. M. le directeur va vous recevoir.

Au bout du couloir, une double porte s'ouvrit sur un immense bureau qui occupait un angle de la tour, avec des baies vitrées du sol au plafond.

De plus en plus bizarre… Quel était le rapport entre cette multinationale prospère et les meurtres sur lesquels j'enquêtais ?

Il y avait un énorme bureau placé en biais, près de la porte, et deux gros fauteuils. Une paire de canapés Chesterfield occupait un autre coin de la pièce. À mon arrivée, deux hommes se levèrent. Costume sombre, chemise blanche, cravate club.

— Docteur Cross.

Le plus grand, un Blanc aux cheveux blonds taillés très court, avec de grosses lunettes rectangulaires, vint me serrer la main.

— Je suis Willem de Bues. (Il avait un accent. Hollandais, je crois. Il présenta l'autre homme.) Et voici Thomas Lassiter, l'un des avocats de notre service juridique.

— Enchanté, dis-je.

Je disais ça comme ça, sans vraie conviction. Après tout, qu'est-ce qui me disait qu'on n'allait pas me tabasser, puis me casser le nez ?

— Nous avons cru comprendre que vous étiez sur les traces d'un individu natif de la région, connu sous le nom du Tigre.

Je tombais des nues. Qu'est-ce que cet homme d'affaires avait à voir avec les crimes d'un tueur à gages ?

— C'est exact. Je viens de Washington, où il a commis plusieurs meurtres d'une extrême sauvagerie. Enfin, selon nos critères.

— Dans ce cas, nous allons peut-être pouvoir discuter. Asseyez-vous. (M. de Bues avait visiblement l'habitude de donner des ordres.) Votre réputation de policier vous a précédé, bien entendu. Vous avez résolu de nombreuses affaires difficiles.

— Et si vous m'expliquiez d'abord de quoi il s'agit ? Si vous me disiez pourquoi votre avocat est là ?

De Bues, loin de se démonter, se borna à sourire.

— Nous aimerions vous aider à retrouver le Tigre. Et étant donné que c'est une situation assez... atypique, je veux m'assurer qu'au cours de cet entretien je ne ferai aucune déclaration, aucune proposition qui puissent être jugées illégales. Ai-je été suffisamment franc ? Je vous en prie, asseyez-vous, inspecteur. *Asseyez-vous.*

102

Une question me brûlait les lèvres :

— Pourquoi voudriez-vous apporter votre aide à une enquête criminelle ?

— Unilight International a des intérêts considérables au Nigeria. Le développement de nos activités dans le seul secteur des cosmétiques et soins pour la peau est tel qu'il justifie nos projets d'expansion dans le sud-est. C'est vrai pour de nombreuses multinationales, pas seulement pour les compagnies pétrolières.

— Dans le Delta ?

— À Port Harcourt, oui. Ainsi qu'à Lagos, bien sûr. Et certains des mouvements islamistes radicaux qui sont en train de s'implanter dans la région remettent en cause nos liens, quels qu'ils puissent être, avec les factions locales.

— Êtes-vous en train de me dire que le Tigre est un islamiste ? Je l'ignorais totalement.

— Non, je n'en sais strictement rien, et je doute d'ailleurs que ce soit un homme de foi, mais tout le monde sait qu'il s'est spécialisé dans le trafic qui alimente ces groupes – diamants de conflits, brut détourné, ce genre de choses. Bref, il leur ouvre la route et complique la vie des sociétés étrangères. Et comme vous le savez sans doute, *Tigre*, ici, signifie « tueur à gages ».

— Et vous cherchez quelqu'un qui puisse vous aider à vous débarrasser de ce ou ces tueurs ?

Avant de répondre, de Bues lança un regard à son avocat, qui acquiesça.

— Nous voulons vous aider à mener votre enquête criminelle, c'est tout. Nous, nous sommes du côté des gentils, docteur Cross, comme vous. Il ne s'agit pas d'une conspiration, comme dans la série des *Jason Bourne.*

— Pourquoi ne pas vous adresser aux autorités locales ?

Nouveau sourire, qui n'en était pas vraiment un.

— Ne soyez pas condescendant à mon égard, docteur Cross. Ici, comme nous le savons vous et moi, la situation politique est complexe. On peut raisonnablement affirmer qu'une guerre civile au Nigeria est presque iné-vitable, mais la guerre, c'est comme le feu, n'est-ce pas ? Là où tout a brûlé, la terre redevient fertile.

Depuis mon arrivée en Afrique, j'avais le sentiment que ma traversée du miroir m'entraînait chaque jour de plus en plus loin, et cet entretien ne faisait pas exception. La CIA m'avait orienté vers une multina-tionale, voire un cartel de multinationales, pour qu'elles m'aident à résoudre une affaire de meurtres ?

Je me levai.

— Merci pour cette proposition, monsieur de Bues. Je vais y réfléchir.

De Bues m'accompagna jusqu'à la porte.

— S'il vous plaît, docteur Cross. (Il me tendit une carte de visite.) Prenez au moins mon numéro. Nous tenons à vous aider.

— Merci, répondis-je laconiquement.

De Bues me regarda d'un air désabusé.

— Vous n'avez pas l'air de comprendre. Cette partie du monde va bientôt exploser. Et si elle explose, l'Afrique risque de suivre le même chemin que le Moyen-Orient. Voilà la clé de votre enquête criminelle, cher monsieur.

103

Énervé, ne sachant plus que penser, je pris un car pour retrouver Adanne à son bureau. De là, nous rentrerions chez ses parents en voiture.

Pendant le trajet, il ne fut question que de l'enquête, de l'implication d'Unilight, des différents endroits où le Tigre était susceptible de se trouver.

Je prévoyais ensuite de consulter les archives locales – écoles, hôpitaux, police – à partir de l'année 1981 pour voir s'il était fait mention d'un Abidemi Sowande.

Adanne me donna quelques conseils pour faciliter mon accès à certaines sources gouvernementales. Que des multinationales inquiètes cherchent de l'aide par tous les moyens ne la surprenait pas.

— J'ai l'impression que ton enquête commence à faire des vagues, me dit-elle.

— Oui, moi aussi.

Elle me prit la main. Une diversion bienvenue.

— Si tu es sage, je pourrais même dormir encore une nuit avec toi.

Je l'embrassai sur la joue, en me demandant combien de temps j'allais pouvoir rester sage.

— Alex, reprit-elle, n'oublie pas que je sais ce que tu penses. Et je pense sans doute la même chose.

C'est en arrivant dans la rue où habitaient ses parents que nous comprîmes qu'il y avait un problème.

— Oh, non, gémit Adanne. Oh, non, non, non...

Elle s'arrêta à l'angle. Plus d'une demi-douzaine de voitures de police étaient garées dans tous les sens devant la villa familiale. Le portail était ouvert, des tuyaux de lances à incendie serpentaient depuis la rue et des rouleaux de fumée noire s'élevaient derrière le mur d'enceinte.

Adanne dut s'y reprendre à plusieurs fois pour déboucler sa ceinture.

— Mon Dieu, mon Dieu. Oh, mon Dieu !

— Adanne, attends un peu.

Je voulus la retenir, mais elle avait déjà bondi hors de la voiture pour se précipiter vers la villa, en hurlant.

Je courus à mon tour.

104

Je rattrapai Adanne alors qu'elle allait franchir le portail. Je la pris et la soulevai littéralement pour l'éloigner. Elle se débattait de toutes ses forces, donnait des coups de pied au sol.

— Adanne, il ne faut pas que tu y ailles et que tu voies. Fais-moi confiance.

De la maison, qui se consumait encore, ne subsistait qu'une carcasse noircie. D'où nous étions, on apercevait le jardin. Le toit avait déjà totalement disparu.

L'allée et la pelouse étaient jonchées de débris noirs fumants. De toute évidence, il y avait eu une explosion, sans doute provoquée par un engin incendiaire.

Je vis deux petites choses informes sur la pelouse, recouvertes par des draps et, aussitôt, j'eus le réflexe de serrer Adanne contre moi et d'enfouir son visage dans ma poitrine. Ces corps devaient être ceux des jumeaux, les pauvres James et Calvin. Adanne le savait. Elle pleurait doucement.

Je réussis à héler un officier de police qui passait près de nous en courant.

— Il y avait combien de personnes, à l'intérieur ?

Il me toisa.

— Vous êtes de la famille ? Qui êtes-vous ? En quoi ça vous concerne ?

— Voici Adanne Tansi. C'est la maison de ses parents. Moi, je suis un ami.

— Trois adultes, deux enfants.

Il regarda Adanne, puis moi, et secoua la tête. Pas de survivants.

Parcourue d'un grand frisson, Adanne se mit à sangloter. Elle balbutia quelque chose. Une prière, peut-être. Des mots que je ne comprenais pas, dans une langue que je n'arrivais même pas à définir.

— Il faut que je parle à votre chef, dis-je au flic en tenue qui restait planté à côté de nous.

— À quel sujet ?

— La CIA.

Il voulut rétorquer quelque chose, mais n'en eut pas le temps.

— Allez chercher votre chef, je vous dis. Qu'il vienne, et tout de suite.

Il s'éloigna. Je murmurais contre le front d'Adanne : je suis là, tu n'es pas toute seule. Elle continuait à sangloter dans mes bras en tremblant, comme saisie de froid, alors qu'il faisait si chaud.

Je vis approcher le responsable, un type en costume sombre, grand, large d'épaules. Avec les pompiers qui s'interpellaient et le sifflement des lances, je n'entendais rien, mais c'était sans importance.

Ce visage, je le connaissais. Le nez aplati, les joues rondes, le regard bête, plissé, façon Mike Tyson. La dernière fois que j'avais vu cet homme, il me tenait par les pieds, dans le vide, à la fenêtre d'une chambre d'hôtel.

105

J'étais déjà en train de pousser Adanne vers la voiture.

— Adanne, écoute-moi ! C'est trop dangereux de rester ici. Il faut qu'on file. Ce type, là, le flic, il a failli me tuer à mon hôtel.

Elle hocha la tête, parut comprendre, et m'accompagna tranquillement jusqu'à la voiture. Je la fis asseoir sur le siège passager.

— Il faut qu'on parte.

Une fois derrière le volant, je vis le flic en chef émerger du lacis de véhicules de secours et courir droit dans notre direction, flanqué de deux hommes dont l'un me semblait être celui qui, avec lui, était venu me rendre visite à mon hôtel pour m'intimider et me forcer à quitter le pays.

— Boucle ta ceinture, Adanne ! Il faut qu'on se tire d'ici, et tout de suite !

Je fis marche arrière, mais le carrefour, derrière moi, était encombré, et je ne pouvais pas attendre que la circulation se fluidifie.

Il fallait que j'essaie autre chose.

Je passai la marche avant et fonçai sur les flics en klaxonnant furieusement.

La voiture d'Adanne n'était qu'une petite Ford Escort, mais ma manœuvre surprit nos poursuivants. J'accélérais, et je les avais en ligne de mire. Le chef ne fit même pas mine de s'écarter.

J'attendis le dernier moment pour écraser la pédale de frein, mais cela n'empêcha pas la petite voiture de le percuter. J'eus le temps de voir ses yeux exorbités par la peur, comme les miens, sans doute, quand je m'étais retrouvé pendu à la fenêtre de ma chambre d'hôtel.

Puis je fis brutalement marche arrière. Le flic fit un vol plané, en emportant un des essuie-glaces.

Arrivé au carrefour, je n'eus qu'à donner un grand coup de volant pour repartir en sens inverse. Klaxon bloqué, un break Audi accrocha la Ford et arracha presque le pare-chocs arrière.

Je choisis une direction au hasard et mis le pied au plancher, en faisant rugir le petit moteur quatre cylindres.

— Où allons-nous ?

Adanne se redressa sur son siège, comme si elle sortait de transe.

— Centre-ville, répondis-je.

Lagos avait au moins un atout : ici, se fondre dans la foule était un jeu d'enfant.

106

— Adanne ? fis-je en posant ma main sur son épaule. Il faut qu'on dégage d'ici. Le policier que tu viens de voir, il a failli me tuer quand j'étais à l'hôtel. Je suis sûr que c'est le même homme. Tout ça est forcément lié.

Elle ne chercha pas à me contredire. Elle se contenta d'acquiescer et indiqua la droite.

— Tourne ici et prends le pont du Mainland. C'est la meilleure solution, Alex. On va traverser le Bénin.

— Attention, accroche-toi !

Je pris le virage sans ralentir pour me retrouver sur un large boulevard bordé d'échoppes très basses, en stuc, de terrains vagues, de vieux véhicules couverts de poussière. Sur un immense panneau publicitaire de l'église de la lumière de la grâce, une jeune femme en robe de choriste, les yeux au ciel, accueillait Dieu à bras ouverts.

Ce n'est pas Dieu que j'entendis presque aussitôt.

Mais plutôt le staccato assourdissant d'un hélicoptère, tout près de la voiture.

On nous avait déjà retrouvés.

Ils étaient juste au-dessus de nous.

— C'est la police ! s'écria Adanne. Ils vont nous tuer, Alex. Je sais des choses qu'ils ne veulent pas voir dans la presse.

107

Je dus me dévisser le cou pour apercevoir le petit appareil à l'empennage blanc, sans marquage de police, et qui, autre signe inquiétant, nous survolait à très basse altitude.

Le pilote prenait de plus en plus de risques, sans se soucier, semblait-il, ni de la sécurité des piétons et des automobilistes ni de la sienne.

Il nous restait encore près de deux kilomètres avant d'atteindre le pont, et j'avais beau scruter les environs, je ne distinguais rien – parking couvert, chantier – qui pût nous permettre d'échapper à l'hélicoptère.

Pis encore, quelques centaines de mètres plus loin, j'aperçus dans mon rétroviseur des gyrophares rouge et bleu. Trois voitures de police étaient lancées à notre poursuite, et elles gagnaient rapidement du terrain.

— Merde ! Oui, ce sont bien les flics.

— Je ne plaisante pas, Alex. S'ils nous rattrapent, ils nous tuent. Je ne suis pas parano.

— Je te crois, Adanne. Mais pourquoi ?

— Alex, je suis au courant de choses horribles. Ce sera le sujet de mon prochain papier. Il faut que quelqu'un sache ce que j'ai découvert.

— Moi, je voudrais bien savoir.

Et, en l'espace de quelques minutes frénétiques, Adanne me confia plusieurs secrets. Et notamment le fait qu'Ellie Cox était venue la voir à Lagos. Elles avaient comparé leurs contacts et leurs renseignements. Elles avaient parlé d'Abidemi Sowande, le Tigre. Et du groupe pour lequel il travaillait.

— Alex, c'est l'un des mercenaires les plus dangereux du monde.

J'accélérais en me faufilant tant bien que mal entre les autres voitures, mais les flics se rapprochaient inexorablement. J'étais encore sonné par les révélations d'Adanne. Le Tigre, ses commanditaires, Ellie...

Soudain, elle me saisit le bras.

— Alex ! Là !

Sur ma gauche, une voiture de police jaillissant d'un terrain vague atterrit brutalement sur la chaussée et nous coupa la route.

Mon pied écrasa la pédale de frein. Trop tard.

L'Escort poursuivit sa course et prit la voiture de patrouille en écharpe.

L'avant de notre véhicule se replia comme un bout de pâte à modeler. Je comprenais mieux maintenant pourquoi Ford perdait des parts de marché. Tandis que le volant m'enfonçait le thorax, je vis la tête d'Adanne heurter le pare-brise.

Une autre voiture de police se matérialisa juste derrière nous, sirène hurlante, rampe allumée.

— Adanne ? Ça va ?

En la redressant, je vis son front ensanglanté. Elle haussa les sourcils, battit des paupières.

— Je crois. Ne leur dis rien, Alex. D'autres gens vont mourir. Ne leur dis rien de ce que je t'ai révélé. Tu me le jures, Alex ?

108

Des flics en bleu déferlèrent des deux côtés de la voiture pour nous mettre le grappin dessus. Ils sortirent Adanne sans difficulté. Avec moi, ce fut un tout petit peu plus compliqué.

Dès qu'ils eurent réussi à m'arracher à mon siège, je sortis les poings. Mon direct du droit fracassa un menton. Douce sensation.

Après quoi, deux flics me plaquèrent brutalement au sol et là, ce fut beaucoup moins agréable. Quelque chose, dans mon épaule, se déplaça. Oh, non.

Mon bras jaillit, machinalement, et une vague de douleur me submergea quand l'articulation se remit en place. Je ne savais même plus si je pouvais encore bouger le bras. Comment me défendre dans de telles conditions ?

Les flics – ils étaient au moins quatre – hurlaient de tous côtés, dans un incompréhensible salmigondis de langues. Puis l'un d'eux dégaina son revolver de service et tira un coup de feu en l'air pour souligner son point de vue.

Adanne criait, elle aussi.

— Je suis du *Guardian* ! Je suis journaliste ! Je suis de la presse !

Je l'apercevais, couchée à plat ventre, de l'autre côté de la voiture. Deux paires de chaussures noires tournaient autour d'elle. Puis on pointa un pistolet sur sa tête.

Ce qui ne l'empêcha pas de continuer à hurler.

— Adanne Tansi ! Je suis du *Guardian* !

Ses cris ne s'adressaient pas qu'aux flics, ils visaient à attirer l'attention des passants. Nous avions déjà réussi à bloquer la circulation dans les deux sens.

Avec un peu de chance, Adanne allait passer du statut de suspect anonyme à celui de suspect ayant pignon sur rue. Bien joué, surtout compte tenu de son état psychologique après la tragédie qu'elle venait de vivre.

Je vis les deux flics debout près de moi échanger un regard. L'un d'eux se pencha pour me ramener les bras en arrière et me menotter, et j'eus alors l'impression qu'on m'arrachait l'épaule.

Puis ce furent les coups de poing et de pied dans les reins. Tout devint flou, très vite, et je sentis la réalité m'échapper. Il ne fallait pas que je perde connaissance.

— Alex ! cria encore Adanne. Alex ! Je suis ici, Alex !

Je tournai la tête. Un talon m'écrasa la joue et la tempe, mais je parvins à la voir. Les flics étaient en train de l'entraîner de force. Non pas vers une voiture de police, mais vers une berline noire banalisée.

— Elle est du *Guardian* ! hurlai-je à pleins poumons. Elle est du *Guardian* ! C'est une journaliste !

Adanne se débattait furieusement tandis que j'essayais de me libérer de l'emprise des deux flics, mais nous n'étions pas de taille et il était trop tard. Elle criait toujours lorsqu'ils la poussèrent à l'intérieur de la voiture noire, claquèrent la portière et démarrèrent en trombe.

109

Une voix fébrile, dans ma tête, me criait d'aider Adanne, mais je savais qu'il fallait que je réfléchisse avant de tenter quoi que ce soit.

Je ne savais pas, et n'avais aucun moyen de savoir, si le véhicule dans lequel on m'avait jeté suivait celui qui emportait Adanne. C'était pourtant bien une voiture de police. Petite et exiguë si on la comparait à ce que nous avions à Washington, elle puait le tabac froid, la sueur et l'urine. Ces types étaient-ils vraiment des flics ?

J'étais assis de biais sur une banquette en vinyle éventrée. Mes mains étaient menottées et j'avais une grille de protection rouillée à quelques centimètres du visage. Mon épaule me faisait si mal que je commençais à me demander si elle n'était pas fracturée, mais pour l'instant, c'était le cadet de mes soucis. Je m'inquiétais surtout pour le sort d'Adanne.

— Où l'a-t-on emmenée ?

Les deux flics en tenue, à l'avant, ne daignèrent même pas se retourner. Il ne fallait pas que je les provoque.

— Répondez-moi ! Dites-moi où nous allons !

La réponse, en fait, était sous mes yeux. Et je n'aurais pu imaginer pire.

Je reconnus d'abord le panneau indiquant la direction de Kirikiri. Puis l'immense enceinte de béton hérissée de barbelés.

Non, pas ça.

J'avais l'impression d'être tombé en enfer, un enfer sur terre. Mon premier séjour ici avait été suffisamment éprouvant. À quoi devais-je m'attendre désormais ?

Les deux flics durent appeler deux gardiens à la rescousse pour m'extraire de la voiture et m'emmener à l'intérieur du bâtiment.

Je m'attendais à être traîné jusqu'aux cellules, mais on me fit descendre. Descendre, c'était mauvais signe.

Où se trouvait Adanne ? Était-elle détenue ici, elle aussi ?

Mes pieds rebondirent sur des marches de pierre, puis sur le sol en terre battue d'un couloir à peine éclairé. Cela ressemblait au quartier de détention du rez-de-chaussée, avec la même odeur, mais, en franchissant l'une des portes blindées, je vis que toutes les cellules donnaient sur une immense salle.

Un liquide visqueux dégoulinait du plafond très bas, soutenu par une rangée d'étais qui projetaient de longues ombres de chaque côté.

Un espace nu. Réservé aux séances de torture ? Aux interrogatoires ? Aux exécutions ?

On pouvait tout imaginer, et j'aurais parié que c'était fait exprès.

Les policiers et les gardiens m'abandonnèrent là, les mains dans le dos, menottées autour d'une des tiges d'acier rouillé, large d'une douzaine de centimètres.

Dès qu'ils s'éloignèrent, je cessai de me débattre, histoire d'économiser mes forces.

À qui devais-je ma présence ici ? Au Tigre ? À la police ? Au gouvernement nigérian ?

À quelqu'un d'autre ?

Une multinationale ? Pourquoi pas ? Après tout, ici, tout était possible...

Si j'avais de la chance, une chance extraordinaire, Flaherty se lancerait une nouvelle fois à ma recherche et, avec un peu plus de chance encore, il me retrouverait dans les sous-sols. Mais cela pouvait prendre des jours et des jours, pendant lesquels Adanne resterait livrée à elle-même.

Si elle était toujours en vie.

Si on ne lui avait pas déjà extorqué ses secrets.

110

Une ampoule s'alluma.

Puis, presque aussitôt, une autre.

J'ignorais combien de temps s'était écoulé, je n'avais aucune notion de l'heure, mais je savais que je ne m'étais pas assoupi.

L'homme que j'avais renversé – capitaine de police ou membre du SSS, je ne savais plus trop – se tenait près de la porte.

Il avait la main sur l'interrupteur. Les deux ampoules nues qui pendaient au plafond diffusaient une lumière crue qui n'avait pas vocation à réconforter l'œil, l'esprit ou l'âme.

Il s'était changé, et un pansement rectangulaire ornait son front. Il s'avança vers moi.

— Dites-moi ce que vous savez du Tigre.

— Où est Adanne Tansi ?

— Arrêtez de me gonfler, Cross.

Il s'exprimait avec l'accent yoruba, d'un ton très calme, beaucoup trop calme. Il faisait preuve d'un sang-froid inquiétant, alors que j'avais tenté de l'écraser et de laisser des traces de pneus sur sa sale gueule.

— Dites-moi juste si elle est en vie. C'est tout ce que je vous demande.

— Elle est en vie. Plus ou moins. (Il ouvrit les bras.) Bon, le tueur que vous êtes venu traquer jusqu'ici. Que savez-vous ? Vous êtes de la CIA ? Ou est-ce que vous travaillez avec elle ? La fameuse journaliste ?

Il voulait des infos, ce qui, d'une certaine manière, me rassurait. J'avais au moins quelque chose à monnayer.

— Il y a beaucoup de Tigres, répondis-je, de tueurs à gages. Vous le savez. Celui que je cherche est très corpulent. Il opère dans plusieurs pays, il a des équipes à Lagos, à Washington et peut-être ailleurs. Je crois qu'il s'appelle Sowande.

» Il y a deux jours, il était dans le sud du Darfour. Je n'ai aucune idée de l'endroit où il est aujourd'hui. (Je m'interrompis, regardai le type dans les yeux.) Et je ne suis pas de la CIA, absolument pas. Dites-moi où elle est.

C'est tout juste s'il haussa les épaules.

— Elle est ici. À Kirikiri. Ne vous en faites pas pour elle. Elle est juste à côté. Tenez, regardez ! La voilà. La grande journaliste est là.

111

Un policier, dont la tête ne me disait rien, entra dans la salle en poussant Adanne devant lui. Elle traînait les pieds, un morceau de ruban adhésif sur la bouche, les joues ensanglantées.

On lui avait coupé les tresses, réduites à l'état d'épis. Elle avait un œil fermé, la paupière gonflée, bleuâtre.

En me voyant, elle m'indiqua d'un signe du menton que tout allait bien. Difficile à croire.

— Maintenant, vous allez peut-être pouvoir m'en dire plus, reprit le flic. Autre chose que ce que je sais déjà sur le Tigre. Pourquoi êtes-vous venu ici ? Pas pour résoudre une affaire de meurtres. Pourquoi devrais-je croire ça ? D'où connaissez-vous Adanne Tansi ?

Là, je me mis à hurler.

— Vous, vous avez un problème ! Je suis flic, comme vous ! J'enquête sur une série de meurtres ! C'est aussi simple que ça !

Les menottes me déchiraient les poignets. La douleur qui me vrillait l'épaule vira à la nausée. Je crus que j'allais vomir.

Le flic fit un signe à son collègue, celui qui avait amené Adanne. Lorsqu'il lui décocha un violent crochet au ventre, j'eus l'impression que c'était moi qu'on frappait.

Adanne, toujours bâillonnée, gémit et tomba à genoux. Les larmes avaient strié son visage sale, mais elle n'était pas en train de pleurer. Elle me regardait. Le sang rougissait le ruban adhésif qui recouvrait sa bouche, mais son regard m'implorait. Que voulait-elle ?

Je serrais les dents, j'imaginais mes mains sur la gorge de ce type.

— Pourquoi faites-vous ça ? Mon amie a été assassinée à Washington. C'est la raison pour laquelle je suis ici, l'unique raison. Je ne participe pas à un complot.

— Enlève-lui son bâillon, ordonna le flic.

Le morceau d'adhésif fut arraché sans ménagement, et aussitôt Adanne me lança :

— Ne t'inquiète pas pour moi, Alex.

Le flic se tourna vers son subordonné.

— Recommence. Frappe-la encore.

Puis il s'adressa à moi :

— Inquiétez-vous pour elle, Alex.

— D'accord, intervins-je. Le Tigre s'appelle Abidemi Sowande. Il s'est volatilisé en 1981, quand il avait neuf ans. Il a réapparu dans une université anglaise pendant deux ans, et ne s'est pas manifesté sous cette identité depuis.

» Il a assassiné de nombreuses personnes, ici comme aux États-Unis. Il fait appel à des gamins livrés à eux-mêmes. D'autres Tigres opèrent peut-être sous son autorité. C'est tout ce que je sais, je ne peux rien vous dire d'autre. Les diamants, le pétrole, le trafic, tout ça, vous le savez déjà.

Le capitaine garda la main en l'air pour suspendre le geste du flic qui s'apprêtait à frapper Adanne.

— Vous êtes sûr que c'est tout ?

— Évidemment, que j'en suis sûr ! Je ne suis qu'un flic, un flic de Washington. Adanne n'a rien à voir avec ça.

Il plissa les yeux, réfléchit et, apparemment satisfait, baissa la main.

— Je devrais vous tuer quand même, dit-il, mais ce n'est pas à moi de décider.

Une autre voix résonna alors dans la salle.

— Non, c'est à moi qu'appartient cette décision, inspecteur Cross.

112

Un homme émergea de l'ombre, un type énorme. Le mercenaire surnommé le Tigre. Celui que je pourchassais.

— Personne n'en sait long sur moi, apparemment. C'est plutôt une bonne chose, vous ne trouvez pas ? Je veux que cela continue. Elle écrit des articles dans les journaux, le *Times* anglais, le *New York Times*, peut-être. Elle me complique beaucoup trop la vie.

Il s'avança vers moi.

— Incroyable. Il y a des gens qui ont peur de vous, il paraît. Moi, pas. Je vous trouve amusant. Vous êtes un petit rigolo, inspecteur Cross.

Je me détendis très légèrement. Il n'avait pas l'air hors de lui et je ne l'intéressais pas, mais il était gigantesque, tout en muscles, et il y avait dans son regard une férocité inouïe.

Sans me quitter des yeux, il ordonna :

— Abattez-la. Attendez. Non, non. Passez-moi un flingue.

J'eus juste le temps de hurler : NON !

Adanne ouvrit brusquement un œil, le seul encore valide, et me rejoignit dans l'incroyable cauchemar.

Le Tigre s'approcha aussitôt d'elle.

— Jolie fille. Pauvre conne. T'es morte ! Ce sera de votre faute, Cross. De votre faute, pas de la mienne !

Bang.

Bang.

113

Il venait de tirer deux coups de feu à quelques centimètres de la tête d'Adanne avec un revolver, l'arme de service des policiers nigérians. Il avait volontairement manqué sa cible, et sa petite blague le faisait beaucoup rire.

— Les gens ont du mal à croire qu'un Noir puisse être intelligent et astucieux. Avez-vous eu l'occasion de vous en rendre compte, docteur Cross ? Et vous, Adanne ?

En guise de réponse, elle lui cracha au visage.

— Assassin !

— L'un des meilleurs. Qui plus est, je suis fier de ce que je fais.

Et il tira une troisième fois. Entre les deux yeux. Adanne s'effondra, face contre terre, les bras déployés comme des ailes. Elle ne bougeait plus.

Cette fraction de seconde me fit l'effet d'une hallucination. Adanne venait de mourir dans cette épouvantable prison, abattue de sang-froid par le Tigre, sous les yeux de policiers qui n'avaient pas bougé d'un centimètre.

Je bouillonnais de rage. Rien ne pouvait décrire ce que je ressentais.

Une cordelette se serra autour de ma gorge, une autre autour de mon front.

Ne t'inquiète pas pour moi, m'avait dit Adanne. Elle savait qu'on allait la tuer, elle le savait depuis le début.

Le tueur contempla le corps, puis il me lança un

regard, arbora un petit sourire, baissa son pantalon et s'agenouilla pour infliger à Adanne les derniers outrages.

— Jolie fille. C'est de votre faute. Ne l'oubliez jamais, inspecteur. Jamais.

114

Alex, ne t'inquiète pas pour moi.
Ne t'inquiète pas pour moi.
Ne t'inquiète pas.

La nuit avait fini par laisser place au matin, et j'étais toujours en vie. Je devinais le jour à travers le tissu de la cagoule noire qu'on m'avait fichue sur la tête. Et on avait décidé de me déplacer.

Étranglé par la cordelette, je manquais d'air et je me sentais sans forces. On me traîna jusqu'à l'extérieur pour me jeter comme un ballot de marchandises à l'arrière d'une fourgonnette, un véhicule diesel pourvu d'un plancher haut.

Le trajet fut long, très long. Je gardais les yeux ouverts sous ma cagoule, et je ne voyais pourtant que les derniers instants d'Adanne, et la scène qui avait suivi.

Le Tigre ne s'était pas contenté de la tuer, il avait fait bien pire. Il me prenait pour un charlot. Pour lui, je n'avais rien d'une menace. Je n'étais qu'un flic comme les autres.

Eh bien, on allait voir ça…

Si, toutefois, je parvenais à survivre aux prochaines heures.

Je priais pour Adanne et sa famille. Je voulais leur dire, à ma manière, que ce n'était pas fini. Pour eux, cela n'avait plus d'importance, mais pour moi, si. Et je me demandais pourquoi j'étais encore en vie. Cela n'avait pas de sens. Encore un mystère.

Quand nous finîmes par nous arrêter, les portières s'ouvrirent des deux côtés.

Quelqu'un me força à baisser la tête, m'enleva brutalement les menottes. Des mains puissantes me poussèrent violemment dans le bas du dos.

— Maintenant, tu rentres chez toi. Allez !

Je fis un vol plané. Quelques petites secondes de doute et de terreur.

Et j'atterris sur de la pierre ou du ciment. Le temps de me relever et de retirer ma cagoule, mes ravisseurs avaient déjà disparu.

Ils m'avaient largué dans une petite rue, à côté d'une sorte de bâtiment administratif, un parallélépipède blanc comme on en voit beaucoup à Washington.

À travers la grille, au-delà de la pelouse immaculée, j'aperçus une guérite.

Au-dessus de laquelle claquait, dans un petit vent, un drapeau américain.

Ce ne pouvait être que le consulat des États-Unis, à Abuja, où se trouvait l'ambassade.

Pourquoi m'avoir déposé ici ?

115

Il se passait quelque chose d'important, quelque chose de grave. Des centaines de personnes se massaient dans les rues devant le portail principal. Deux foules distinctes, en fait, se côtoyaient. Il y avait ceux qui faisaient la queue pour pénétrer dans l'enceinte et ceux, tout aussi nombreux, qui manifestaient contre les États-Unis, derrière une barrière en béton.

Sur les pancartes peintes à la main, on pouvait lire les USA DOIVENT PAYER et NOTRE DELTA, NOS LOIS ainsi que FINI LES AMÉRICAINS.

Même à bonne distance, je devinais que la situation pouvait dégénérer d'un moment à l'autre. Je n'attendis pas que cela se produise.

Longeant la grille jusqu'à l'angle, j'entrepris de me frayer un chemin dans la foule en me servant de mon épaule valide comme bélier. Tout le monde voulait s'en prendre à moi, les uns parce que je ne respectais pas la file d'attente, les autres, peut-être, parce que j'avais une tête d'Américain, mais les clameurs de la rue étaient telles que je n'entendais rien.

Un homme m'attrapa par la chemise, dont il déchira le dos de haut en bas avant que je lui fasse lâcher prise.

La chemise, je m'en fichais. Plus rien n'avait d'importance, désormais. Je me demandais toujours pourquoi j'étais encore en vie. Parce qu'on me prenait pour un agent de la CIA ? Parce que j'avais des amis à Washington ? Ou parce qu'on avait fini par admettre que j'étais un flic ?

Je parvins jusqu'au portail principal et là, sale, pieds nus, sans passeport à exhiber, j'annonçai au marine à double menton qui s'apprêtait à me faire dégager que je m'appelais Alex Cross, que j'étais un policier américain et que je devais voir l'ambassadeur immédiatement.

Le marine ne voulut rien savoir.

— J'ai été enlevé. Je suis de la police, je suis américain, je viens d'assister à un meurtre.

Du coin de la bouche, il marmonna :

— Prenez un ticket.

116

J'étais à deux doigts d'exploser, mais il fallait absolument que je bride mes émotions. J'avais des choses à raconter, des renseignements à fournir. Il fallait que je fasse part des révélations d'Adanne à une personne capable d'intervenir.

Après m'être heurté, plusieurs minutes durant, à un scepticisme de bon aloi, je parvins à convaincre un garde de me faire annoncer. La réponse fut immédiate : faites venir l'inspecteur Cross. Comme si j'étais attendu. Était-ce bon signe ? Au vu des récents événements, pas vraiment...

Le hall d'accueil du consulat, avec ses détecteurs de métal et ses vitres pare-balles, avait des airs de commissariat. Une grande nervosité régnait dans les files d'attente qui s'allongeaient devant les guichets.

Tous ces accents américains, et le portrait de Condoleeza Rice trônant au mur, me perturbaient. Je commençais à me demander où j'étais, et comment j'étais arrivé là.

Un civil en costume blanc cassé vint m'accueillir. C'était un Nigerian, un certain « M. Collins » dont le rôle n'était pas précisé.

Contrairement au marine qui m'avait escorté jusqu'ici, M. Collins se montra affable. Tout en m'accompagnant, il répondit à mes questions sans cesser de gesticuler.

— Il y a eu au moins une attaque de rebelles, aujourd'hui, dans l'État de Rivers. Beaucoup plus importante que les précédentes. Le gouvernement refuse de l'admettre, mais pour la presse indépendante, c'est le début de la guerre civile.

Le brouhaha plébéien du rez-de-chaussée laissa place, à l'étage, à des va-et-vient guindés et des conversations feutrées.

On me conduisit directement à la suite consulaire de l'ambassadeur. Je patientais dans l'antichambre depuis quelques minutes quand une douzaine de personnes sortirent toutes en même temps. Des Noirs, des Blancs et quatre Asiatiques – sans doute chinois. L'air grave, inquiet, ils passèrent devant moi sans me regarder. J'étais assis là, pieds nus, en haillons, et ils s'en fichaient bien.

M. Collins me tint poliment la porte, puis la referma derrière moi.

117

L'ambassadeur, Robert Oweleen, devait avoir la soixantaine. Grand et maigre, pour ne pas dire décharné, les cheveux argentés, il m'attendait derrière un immense bureau ancien encadré des drapeaux américain et nigérian. Ses deux assistants, assis sur un divan, dans une alcôve latérale, ne bougèrent pas.

— Monsieur Cross, dit-il en me serrant la main, sans l'ombre d'un sourire. Mon Dieu, que vous est-il arrivé ?

— Beaucoup de choses, mais je ne veux pas vous faire perdre votre temps. Je suis ici pour vous parler d'un homme, un tueur, surnommé le Tigre. Cela concerne la sécurité du Nigeria et celle des États-Unis.

D'un geste, il balaya mes paroles.

— Je sais pourquoi vous êtes ici, monsieur Cross. Aso Rock m'a beaucoup sollicité à votre sujet.

— Excusez-moi... Aso Rock ?

— Le siège de la présidence. Il semble que vous soyez le seul à souhaiter votre présence au Nigeria. La CIA vous a sauvé la vie, si je ne m'abuse ?

Ces mots me laissèrent sans voix. Déjà sonné par tout ce que je venais de vivre, j'apprenais maintenant que l'ambassadeur des États-Unis savait que je me trouvais au Nigeria. À croire qu'on avait lancé une campagne d'affichage en mon honneur.

— On vous renvoie chez vous aujourd'hui, poursuivit-il d'un ton très déterminé.

Mon regard glissa vers le plancher, puis je me repris, m'efforçant de conserver mon calme.

— Monsieur l'ambassadeur, l'homme que je traque est ce qu'on appelle un tueur de masse. Il bénéficie peut-être de complicités au plus haut niveau de l'État nigérian. Ce qui est sûr, c'est qu'il a des liens mystérieux avec la police. Si on pouvait simplement me permettre de joindre mon contact de la CIA à Lagos...

Il ne me laissa pas aller plus loin.

— Quelle autorité croyez-vous avoir, monsieur Cross ? Vous êtes un visiteur dans ce pays, ni plus ni moins. Vous pouvez voir la question avec le département d'État, si vous voulez. *À Washington*.

— Il faut qu'on l'arrête, monsieur l'ambassadeur. Hier, il a abattu une journaliste du *Guardian* du nom d'Adanne Tansi. J'ai assisté au meurtre. Il a massacré toute sa famille. Il est responsable de la mort d'au moins huit personnes à Washington.

— Pour qui vous prenez-vous ? explosa Oweleen. J'apprends votre existence il y a trois jours à peine, et aujourd'hui il faudrait que je vous consacre une partie de mon temps ? Avez-vous une idée de ce qui se passe en ce moment ?

Il indiqua l'écran plasma, au mur.

— Allumez.

L'un de ses assistants pressa une touche sur une télécommande et les images qui surgirent me laissèrent muet. J'étais épouvanté, sous le choc.

118

C'était CNN. On entendait la voix d'un journaliste anglais et on voyait, filmé depuis un hélicoptère, un complexe résidentiel constitué de plusieurs rangées de belles maisons blanches à un étage.

En surtitre, on pouvait lire « Dernière minute : compound de Summit Oil, Bonny Island, Nigeria. »

« C'est la première fois qu'on assiste à l'enlèvement de familles entières, commentait le journaliste, et à une prise d'otages d'une telle ampleur. Une action revendiquée par le Peuple pour la libération du Delta du Niger dans un mail adressé à la presse internationale, et accompagné de ces images terribles. »

Une vidéo de mauvaise qualité, visiblement filmée à l'infrarouge, apparut à l'écran.

Des dizaines de personnes étaient assises par terre, dans un couloir sombre, la tête recouverte, les mains liées. On voyait aisément qu'il y avait là des hommes, des femmes, des enfants. Certains otages pleuraient, d'autres gémissaient.

— Ce sont des ressortissants anglais et américains, m'informa l'ambassadeur. Tous, sans exception. Considérez-vous heureux de pouvoir repartir avec un vol.

— Quel vol ? Quand ?

Il leva la main, regarda l'écran.

— Regardez ça, si vous voulez bien. Voyez-vous ce qui se passe en ce moment ?

Des soldats en armes débarquaient d'un camion, en file indienne.

Le journaliste anglais était toujours à l'antenne.

« Les forces gouvernementales ont établi un périmètre de sécurité autour du complexe et, sur les marchés, dans le monde économique, la pression monte.

« Face à la menace d'autres attaques, les installations pétrolières de toute la région ferment les unes après les autres. La production a déjà été réduite de soixante-dix pour cent, un chiffre considéré comme catastrophique.

« Les intérêts chinois, français, hollandais et, bien sûr, américains, sont en jeu. En temps normal, le Nigeria assure environ vingt pour cent de l'approvisionnement en pétrole des États-Unis. »

Sur le bureau, un téléphone vibra. L'ambassadeur décrocha.

— Oui ? Faites-les entrer.

— Monsieur l'ambassadeur, tentai-je une nouvelle fois. Je ne demande pas grand-chose. Je dois juste passer un coup de fil et...

— Vous allez pouvoir prendre une douche et nous vous donnerons des vêtements propres. Nous nous chargerons ensuite des formalités d'immigration. Nous pouvons vous procurer immédiatement un nouveau passeport. Et vous partez. Oubliez votre chasse à l'homme. À compter de maintenant, c'est fini.

C'en était trop.

— Je n'ai pas besoin d'une douche ! Ni de vêtements propres ! Ce que je veux, c'est que vous m'écoutiez ! Je viens d'être le témoin du meurtre d'une journaliste nommée Adanne Tansi, à la prison de Kirikiri. Elle menait une enquête en rapport avec les actes de violence commis à proximité des champs pétrolifères.

Les portes du bureau s'ouvrirent, et le regard d'Oweleen dévia. On aurait dit qu'il avait cessé de m'écouter quand j'avais osé hausser le ton. Il ne réagit même pas à mes derniers mots.

Il préféra s'adresser directement aux deux marines qui m'attendaient.

— Nous en avons terminé. Conduisez l'inspecteur Cross au sous-sol, qu'il puisse se laver et passer une tenue décente pour rentrer aux États-Unis.

119

Les deux marines m'escortèrent jusqu'à un vestiaire situé au sous-sol. Ils se montrèrent polis et respectueux, mais prirent soin d'appliquer à la lettre les consignes qu'on leur avait données.

Il y avait de hautes armoires en bois, une moquette décolorée, un espace carrelé avec hammam, jacuzzi et douches. J'eus droit à une serviette.

L'un des marines me demanda mes tailles de pantalon, chemise et chaussures et s'éclipsa. L'autre m'annonça que je disposais d'une dizaine de minutes pour prendre ma douche et m'habiller, et que j'avais donc intérêt à ne pas tarder. Les deux militaires étaient noirs, ce qui n'avait sans doute rien d'une coïncidence.

Des quatre compartiments de douche, équipés de rideaux, avec un petit recoin pour se changer, je choisis le dernier. La course contre la montre avait commencé.

Que faire ? Il n'y avait pas de fenêtres, et une seule sortie.

Je fis couler l'eau, histoire de donner le change.

Puis je baissai la tête pour me mouiller les cheveux.

Mon corps tout entier se mit à trembler. Je pensais à Adanne, et ce n'était pas le moment...

Une minute plus tard, j'entendis quelqu'un arriver, tirer un rideau, faire couler l'eau.

Puis prendre sa douche en fredonnant une ballade de James Blunt qui passait en boucle sur les radios américaines.

Après avoir retiré ce qu'il restait de ma chemise, je remis la tête sous la douche puis, tout dégoulinant, écartai le rideau pour appeler le planton.

— Hé, pourriez-vous me donner une autre serviette, s'il vous plaît ?

J'avais remarqué qu'il y en avait des piles entières près de l'entrée.

Il pointa le nez dans la douche.

— Pourquoi vous en faut-il deux ?

— Vous rigolez ? Vous avez vu dans quel état j'étais ? Je puais littéralement.

À demi convaincu, il partit néanmoins chercher une deuxième serviette.

— Merci !

Aussitôt, je fis une brève incursion dans le compartiment voisin en tenant les anneaux du rideau pour ne pas faire de bruit.

Le type qui se douchait avait accroché ses vêtements à la patère.

En fouillant son pantalon, je mis la main sur ce que j'espérais trouver – un téléphone portable.

Deux secondes plus tard, j'avais réintégré ma salle de douche, juste avant que le marine ne balance une serviette-éponge blanche sur la tringle.

— Vous feriez bien d'accélérer, me lança-t-il.

J'ouvris le robinet de la douche au maximum afin, cette fois, de faire le plus de bruit possible.

Puis j'appelai Flaherty.

Qui décrocha aussitôt.

120

— Flaherty, c'est Alex Cross.

— Cross ? Où êtes-vous ?

— Je suis au consulat. Je suis toujours au Nigeria, mais ils veulent me faire quitter le pays. C'est une question d'heures. Il faut absolument que vous fassiez interrompre la procédure. Je suis à deux doigts de le coincer, ce salaud de Tigre.

La réponse fut immédiate.

— Impossible. Je ne peux plus vous couvrir.

— Je ne vous demande pas de me couvrir. Adanne Tansi est morte, il l'a abattue. Je vous demande juste de passer un ou deux coups de fil. Maintenant, je suis en mesure de résoudre l'affaire.

— Vous ne comprenez pas, rétorqua Flaherty. Ici, pour vous, c'est fini. *Game over*. Rentrez chez vous et restez-y. Oubliez Abi Sowande. Ou quel que soit son nouveau pseudo.

Dans la douche voisine, l'eau s'arrêta de couler et le type se mit à siffloter. Et là, l'évidence m'apparut. À m'en taper le front.

Flaherty ne m'avait jamais couvert. Je m'étais entièrement trompé, et ce depuis le début.

— C'est moi qui vous ai servi de couverture, n'est-ce pas ?

Mon voisin s'interrompit une seconde, puis se remit à siffloter.

— C'est pour cela que vous vouliez qu'on me prenne pour un agent de la CIA. J'agissais au grand jour. Pendant que vous opériez à couvert, moi, je faisais utilement diversion.

— Écoutez, fit Flaherty d'un ton signifiant qu'il en avait fini, il faut que je file. On vous a sauvé les fesses deux fois, soyez reconnaissant. Ici, en ce moment, c'est la guerre. Foutez le camp pendant que vous pouvez et appelez-moi des États-Unis.

— Flaherty !

Il raccrocha au moment même où le rideau de douche s'ouvrait brutalement.

L'air furax, le marine qui m'avait apporté la serviette me poussa contre le mur et me plaqua le poignet contre le carrelage. Je n'avais pas l'intention de résister, d'autant que mon épaule me faisait atrocement souffrir. J'ouvris la main pour qu'il prenne le téléphone.

Game over, effectivement.
Je rentrais chez moi.
Que je le veuille ou non.
À vrai dire, j'étais partagé...

121

Je ressortis du consulat un peu comme j'étais ressorti de Kirikiri – en captif. Du gouvernement américain, cette fois. Allais-je réussir à m'enfuir, une fois de plus ? En avais-je vraiment envie ?

L'un des deux marines était au volant, l'autre s'était installé à l'arrière, à côté de moi. Et, pour ne rien arranger, il s'était menotté à moi. Ils avaient dû se dire qu'il valait mieux me sortir le grand jeu.

Le portail du consulat était fermé. Plus personne ne faisait la queue pour essayer d'entrer.

Les manifestants, eux, étaient beaucoup plus nombreux qu'à mon arrivée. Il y en avait tout le long des grilles, accrochés aux barreaux comme s'ils étaient en prison, maudissant tout ce qui était américain, et la vie que le sort leur avait réservée.

Une fois que nous eûmes franchi l'enceinte, la foule se referma sur nous.

Les corps se pressaient contre les portières, les mains giflaient les vitres, les poings martelaient le toit.

Dans les regards, je lisais la colère et la peur, l'exaspération d'hommes et de femmes qui, depuis le jour de leur naissance, n'avaient connu que l'injustice et la misère.

— Que veulent-ils ? parut s'étonner le jeune marine assis à mes côtés, qui s'appelait Owens, à en croire son badge. Les otages du Delta sont américains et anglais. Ils vont sûrement mourir.

— Ce qu'ils veulent ? répondit celui qui tenait le volant. Ils ne veulent pas de nous ici.

Et personne ne veut de moi ici, me dis-je. Pas même les Américains. Pas plus que personne ne veut entendre la vérité.

122

Les routes en direction de Murtala étaient encore plus encombrées, plus bruyantes que la dernière fois, si tant est que ce fût possible. Après nous être garés sur le parking du petit aéroport – celui-là même où Adanne et moi avions pris l'avion pour le Soudan –, nous montâmes à bord d'une navette.

Le bus était plein à craquer. Des dizaines de familles américaines retournaient aux États-Unis ou, du moins, quittaient le Nigeria. Dans les conversations, il n'était question que de la terrible prise d'otages dans le Delta. Personne n'avait été libéré jusqu'à présent, et tout le monde craignait un carnage imminent.

Je m'étonnais de voir qu'on ne nous prêtait guère attention, alors que mon garde et moi étions toujours menottés. Les passagers avaient manifestement l'esprit ailleurs.

Le terminal était bondé lui aussi, et il y régnait un vacarme, un remue-ménage tels qu'on aurait pu croire qu'un attentat venait de se produire. Nous nous frayâmes un chemin jusqu'au poste de sécurité pour organiser mon transit jusqu'à l'avion. On ne retirerait mes menottes, semblait-il, qu'une fois que je serais sanglé sur mon siège, juste avant le décollage.

Dans la salle d'attente, également noire de monde, tous les regards étaient tournés vers l'unique téléviseur.

La journaliste qui commentait les images d'une chaîne africaine avait un accent yoruba semblable à celui d'Adanne, et c'est le détail qui me fit m'effondrer. En larmes, je me mis à trembler comme sous l'effet d'une violente fièvre.

— Ça va aller ? me demanda mon co-menotté.

Je le trouvais plutôt sympa. Il ne faisait que son boulot, et le faisait plutôt bien.

— Ouais, ouais, ça va.

Je n'étais pas le seul à pleurer dans cette salle, et pour cause : les troupes nigérianes déployées autour du complexe de Bonny Island avaient fini par donner l'assaut, dans le cadre d'une « opération de sauvetage » qui s'était soldée par la mort des trente-quatre otages. Des fusillades avaient éclaté dans toute la région du Delta et on signalait des émeutes dans plusieurs autres États du sud.

Même une rédaction américaine aurait trouvé les images du massacre choquantes. Les otages gisaient dans le couloir, adultes comme enfants. Des corps affalés et enchevêtrés, des vêtements tachés de sang, des têtes encore cagoulées.

Près de moi, une femme poussa un hurlement. Sa famille était restée dans le Delta. Les autres voyageurs suivaient le reportage en silence, l'œil rivé à l'écran.

« Les gouverneurs des États de Rivers, du Delta et de Bayelsa ont émis des bulletins d'alerte, poursuivit la journaliste. Il est demandé aux habitants d'éviter, durant une période d'au moins vingt-quatre heures, tout voyage qui ne serait pas absolument indispensable. Un couvre-feu total est en vigueur. Tout contrevenant risque d'être arrêté ou abattu par les forces de l'ordre. »

— L'embarquement de votre avion a commencé, me dit le marine Owens. Allons-y, inspecteur Cross. Ah, j'aimerais bien vous accompagner. Moi aussi, je suis de Washington. J'aimerais rentrer chez moi. Vous ne pouvez pas savoir comme le pays me manque.

Il me donna un numéro de téléphone, et je lui promis d'appeler sa mère dès mon retour aux États-Unis.

Quelques minutes plus tard, tout le monde se dirigea vers l'avion. J'étais en train de traverser le tarmac quand j'entendis quelqu'un crier mon nom.

Je me retournai et ce que je vis près du terminal me glaça le sang.

Voilà qui changeait tout.

Le père Bombata me regardait. Il leva sa petite main pour me faire signe.

277

L'homme qui, à côté du prêtre – si c'en était bien un – faisait figure de géant, n'était autre que le Tigre. Abi Sowande. Du pouce, il dessina un arc-de-cercle sur sa gorge.

Était-ce une manière de me faire comprendre que ce n'était pas fini ?

Ça, je le savais déjà.

C'était loin, très loin d'être fini. À ce jour, je n'avais encore jamais abandonné une enquête.

Mais peut-être le Tigre le savait-il déjà...

QUATRIÈME PARTIE

LE RETOUR

123

J'avais échoué, je le savais.

Tout comme je savais, depuis longtemps déjà, que si je comptais tous les meurtres et carnages auxquels j'avais assisté ou sur lesquels j'avais enquêté, j'en avais assez pour plusieurs vies. Rien ne m'avait préparé aux invraisemblables scènes d'horreur des dernières semaines : ces actes de torture, ces opérations de génocide, la souffrance de toutes ces femmes, de tous ces enfants et, pour finir, l'ignoble assassinat d'Adanne Tansi et de sa famille.

Je n'avais qu'une envie : me réfugier quelques heures dans le sommeil à bord de cet avion pour Londres, avant de prendre un vol à destination de Washington.

Mais les images cauchemardesques de mon séjour africain ne cessaient de me hanter. Je revoyais le monstrueux Tigre abattre Adanne, puis la violer.

Elle et les siens avaient été massacrés, et je n'avais même pas réussi à arrêter le tueur que j'étais venu traquer jusqu'en Afrique. Et que dire de toutes ces autres victimes qui ne seraient jamais vengées, ni même décemment commémorées ? Des secrets qu'Adanne m'avait confiés ?

Je m'éveillai en frissonnant au moment où nous allions entamer notre descente vers l'aéroport de Gatwick. J'avais réussi à dormir un peu, mais je me sentais groggy, vaseux, et j'avais un terrible mal de tête.

Peut-être n'était-ce qu'un effet de ma parano, mais j'avais l'impression que le personnel navigant de Virgin Nigeria m'avait évité pendant presque tout le vol.

Maintenant, il me fallait de l'eau et une aspirine. Je fis signe aux hôtesses qui récupéraient gobelets et canettes vides avant l'atterrissage.

— Excusez-moi ?

Elles m'avaient vu, j'en étais sûr, mais elles persistaient à m'ignorer.

De guerre lasse, je fis ce que je ne me souvenais pas avoir jamais fait à bord d'un avion : j'enfonçai le bouton d'appel PNC, à plusieurs reprises. L'hôtesse la plus proche me lança un regard sévère, sans pour autant venir me demander de quoi j'avais besoin.

Je me levai pour aller la voir.

— Je ne sais pas ce que vous me reprochez, mais...

Elle m'interrompit.

— Je vais vous le dire. Vous êtes vraiment un sale Américain. La plupart des Américains sont comme ça, mais vous, c'est encore pire. Vous avez fait souffrir les gens que vous avez rencontrés. Et maintenant, vous voudriez que je vous aide ? Je ne vous donnerai même pas une boisson fraîche. Le signal lumineux est allumé, retournez vous asseoir.

Je lui pris le bras, fermement, mais sans lui faire mal, avant de me retourner pour regarder la cabine.

J'espérais voir quelqu'un nous regarder, quelqu'un qui aurait parlé de moi au personnel navigant.

Personne, hélas, ne semblait s'intéresser à nous. Et je ne reconnaissais aucun visage.

— Qui vous a parlé de moi ? Un passager de cet avion ? Qui était-ce ? Montrez-le-moi.

Elle se dégagea.

— À vous de trouver. C'est vous, l'inspecteur.

Et elle s'éloigna sans se retourner une seule fois. Son regard noir et sa mystérieuse animosité me poursuivirent jusqu'à mon retour à Washington.

124

Les douze heures suivantes furent longues, très longues, mais je finis par arriver à Washington. Ne pouvant joindre Nana pour lui annoncer mon retour, je me contentai de sauter dans un taxi à l'aéroport Reagan, direction la Cinquième Rue.

Il était un peu plus de 21 heures, et tous les axes semblaient encombrés, mais j'étais ravi de retrouver ma ville, comme souvent lorsque je revenais d'un voyage long et pénible. J'avais hâte d'être chez moi, dans mon lit.

Dans le taxi, sous le coup du décalage horaire, je laissai mes pensées vagabonder.

On ne pouvait avoir la moindre idée des carnages et des souffrances dont étaient victimes les populations du Nigeria, du Soudan et de la Sierra Leone, sans s'y être rendu. Et il était difficile de trouver des réponses, des solutions. Selon moi, la violence dont j'avais été le témoin ne signifiait pas que le mal était généralisé, mais il avait assurément contaminé une partie des dirigeants.

Et il y avait tous ces psychopathes lâchés dans la nature. Le Tigre et autres tueurs à gages, les petits sauvages. Peut-être leurs terribles conditions de vie avaient-elles fait d'eux des assassins, mais, pour beaucoup, ce n'était qu'un détail sans importance.

Je ne cessais de me dire que j'avais passé les douze dernières années aux États-Unis à traquer des tueurs en série et que, paradoxalement, ce n'était rien en comparaison de ce que je venais de vivre en quelques semaines.

Le taxi se rangea sur le bas-côté, m'arrachant à mes sinistres contemplations. Que se passait-il ? La poisse avait-elle décidé de me suivre jusque chez moi ? Un pneu crevé ?

Le chauffeur se retourna et m'annonça, nerveux :

— Problème de moteur. Je suis désolé. Vraiment désolé.

Puis il sortit un pistolet et cria :

— Meurs, espèce de traître !

125

À la porte de la maison des Cross, quelqu'un était en train de s'acharner sur la sonnette.

Nana se trouvait dans la chambre d'Ali. Elle avait soigneusement couché son petit chéri comme il aimait, puis s'était allongée à côté de lui pour lui raconter à mi-voix son histoire préférée jusqu'à ce qu'il s'endorme doucement.

Le livre de ce soir s'appelait *La Souris Ralph*, et Ali n'arrêtait pas de glousser à chaque page et même, parfois, plusieurs fois par page, en criant : Encore, Nana ! Recommence !

Nana attendit patiemment que Jannie aille ouvrir, mais les coups de sonnette se répétaient, insistants, agressifs, énervants. Jannie était censée être en train de faire un gâteau, à la cuisine. Où était-elle passée ? Pourquoi n'allait-elle pas voir qui était à la porte ?

— Qui peut bien sonner comme ça ? marmonna Nana en se relevant. Je reviens tout de suite, Ali.

Janelle, tu joues avec mes nerfs et ce n'est pas une bonne idée...

En arrivant dans le séjour, Nana Mama vit que Janelle était bien à la porte. Mais que celle-ci était déjà grande ouverte.

Un adolescent qu'elle ne connaissait pas, avec un maillot rouge des Houston Rockets, était toujours en train de sonner.

— Ça va pas, la tête ? lui lança Nana en traversant le vestibule à petits pas rapides. Arrête de sonner comme ça, et tout de suite. Qu'est-ce que tu veux, à une heure pareille ? Je te connais, petit ?

Le jeune garçon retira enfin sa main de la sonnette pour exhiber un fusil à pompe à crosse sciée, mais cela n'empêcha pas Nana d'avancer pour prendre Jannie dans ses bras et la protéger.

— Je vais la tuer, cette petite idiote, dit-il. Et je te tuerai aussi, la vieille. Je vais pas hésiter parce que vous êtes la famille de l'inspecteur.

126

Dans le taxi, tout se passa très vite. J'avais été pris par surprise, je n'étais pas préparé, mais si j'avais l'occasion de faire quelque chose, je n'allais pas la laisser passer.

Le chauffeur ne me faisait pas l'effet d'un tueur chevronné. Il avait hésité au lieu de presser la détente pour m'abattre.

Je parvins à me jeter sur lui en attrapant à la fois l'arme et sa main.

Puis je lui écrasai le poignet contre le volet de séparation en acier. Une fois, puis une deuxième, de toutes mes forces.

Il poussa un grand cri de douleur et lâcha son arme. Je réussis à m'en emparer, prêt à m'en servir comme d'une matraque, mais il esquiva mon geste et sortit de la voiture.

Je fis de même, mais il était déjà en train de dévaler un talus. Quelques secondes plus tard, il disparaissait dans les taillis qui longeaient l'autoroute.

J'aurais pu tirer, mais je ne le fis pas. Il m'avait qualifié de traître, tout comme l'hôtesse de l'air.

Était-ce une conviction personnelle, ou n'avait-il fait que répéter ce qu'on lui avait dicté ?

Je revoyais son visage émacié, sa barbichette. Il devait avoir dans les vingt-cinq ans. Un militaire ? Un homme de main ? Il avait un fort accent, sans doute nigérian. Qui l'avait chargé de m'éliminer ? Le Tigre ? Ou quelqu'un d'autre ?

Il fallait que j'évite les théories du complot. Ce n'était ni le lieu, ni le moment.

Les clés étaient toujours sur le contact. Je n'eus pas à réfléchir longtemps : je rentrerais chez moi au volant du taxi, et ensuite je préviendrais mes collègues.

Mais qu'allais-je leur dire ? Que devais-je leur révéler, de cet étrange et inquiétant incident ?

Et que devais-je dire à Nana ? Me voir débarquer comme ça, avec un taxi confisqué à un chauffeur ayant essayé de me tuer, ça n'allait pas lui plaire...

127

Il ne me fallut que quelques minutes pour arriver devant chez moi.

Je garai le taxi dans la rue, puis courus vers la maison. Pendant le trajet, j'avais commencé à me faire du mauvais sang pour Nana et les enfants.

Est-ce que tout le monde allait bien ? J'étais peut-être parano, encore une fois, mais pas forcément. Le Tigre, après tout, s'attaquait parfois à des familles entières, et quelqu'un venait de tenter de me tuer. Cela, je ne l'avais pas inventé.

Rosie, notre chatte, me fit sursauter en se faufilant derrière moi, sur la pelouse.

Qui avait laissé sortir Rosie ? Rosie était résolument une chatte d'intérieur. Je la trouvais très nerveuse. Pour quelle raison ? Que s'était-il passé ? Qu'avait vu Rosie ?

— Nana ! Nana !

Arrivé sur le perron, j'eus un choc en mettant la main sur la poignée de la porte. Celle-ci n'était pas fermée à clé.

Ça aussi, c'était anormal. À Southeast, tout le monde verrouillait les portes, surtout Nana.

— Nana !... Les enfants !

Une fois à l'intérieur, je fis d'abord rapidement le tour du rez-de-chaussée. Je ne voulais pas faire peur aux petits sous prétexte que j'étais en proie à la panique.

Tout de même...

Dans la cuisine, c'était la désolation. Je n'avais jamais vu la pièce dans un tel état. Apparemment, quelqu'un était en train de confectionner un gâteau et avait tout laissé en plan.

Mais ce n'était pas tout. Les chaises avaient été retournées. Il y avait des assiettes et des verres brisés par terre.

Ainsi qu'un bol à mixeur dans lequel, semblait-il, on avait préparé un glaçage à la vanille. Nana avait fait un gâteau. Je tombais bien.

Je sortis l'arme que j'avais arrachée au chauffeur de taxi.

Avant de monter, le souffle court, en essayant de ne pas trébucher sur Rosie.

Sans faire de bruit.

Sans perdre de temps.

128

Je fis le tour des toutes les chambres, jetai un coup d'œil dans les combles où j'avais installé mon bureau, puis descendis à la cave.

Rien. La maison était déserte.

Il ne me restait plus qu'à appeler la police pour signaler que ma famille venait peut-être d'être enlevée.

Quelques minutes plus tard, les rampes gyrophares de trois voitures de patrouille balayaient la maison de leurs feux glaçants. Je sortis au moment même où Sampson arrivait.

Je lui dis ce que je savais. Nous étions sur la terrasse et j'avais pris Rosie dans mes bras. C'était moi qui m'accrochais à elle pour qu'elle me soutienne. Dans un état second, j'avais l'impression que la réalité m'échappait.

— C'est le Tigre, ça ne peut être que lui. Il doit y avoir un rapport avec ce qui s'est passé en Afrique. J'ai failli me faire descendre en quittant l'aéroport. (Je désignai le taxi garé dans la rue.) Le chauffeur m'a braqué.

Sampson me prit par l'épaule.

— Ils sont en vie, Alex. Forcément.

— J'espère que tu as raison. Sinon, ils les auraient tués sur place, comme Ellie et sa famille.

— Ils doivent se dire que tu sais quelque chose. Est-ce le cas, Alex ?

— Je ne sais pas grand-chose, répondis-je, ce qui était un petit mensonge.

J'entendis des cris.

— Alex ! Alex !

Bree arrivait en courant. Elle avait dû se garer plus loin, car la police avait entièrement interdit les accès au secteur. La Cinquième Rue commençait à ressembler aux sinistres scènes de crime sur lesquelles j'avais horreur de me rendre, mais, cette fois, il s'agissait de mon domicile et de ma famille.

— Qu'y a-t-il, Alex ? Je viens de recevoir l'appel, j'ai vu l'adresse. Que s'est-il passé ?

— On a enlevé Nana, Ali et Jannie, répondit Sampson. Apparemment.

Bree vint se serrer contre moi.

— Oh, Alex, non…

Pas de promesses en l'air. Son étreinte et quelques mots chuchotés, le seul réconfort qu'elle pouvait m'apporter.

— Pas de note, pas de message ? me demanda-t-elle enfin.

— Je n'ai rien trouvé. Il faudrait qu'on regarde une deuxième fois. Je n'avais pas les idées très claires, tout à l'heure.

— Es-tu certain de vouloir y retourner tout de suite ?

— Il faut que je le fasse. Accompagne-moi. Accompagnez-moi, tous les deux.

129

Bree et Sampson commencèrent à inspecter la maison tandis que j'appelais l'école de Damon. Après m'être entretenu avec le directeur, je pus parler à mon fils. Je lui dis de préparer ses affaires, car il allait bientôt bouger. Sampson avait déjà organisé le transfert.

— Pourquoi veux-tu que je rentre à la maison maintenant ? s'étonna-t-il.

— Tu ne rentres pas maintenant. Pas encore. Ici, c'est trop risqué. Pour nous tous.

Je rejoignis Bree et Sampson. Nous passâmes plusieurs heures à fouiller la maison sans rien trouver. Pas le moindre message. Les traces de lutte se limitaient à cette cuisine sens dessus dessous et au petit tapis retourné dans l'entrée.

Je n'avais pas encore ouvert mon ordinateur pour vérifier mes mails. Rien de ce côté-là non plus. Aucun message, aucune menace, aucune explication quelconque. Le message était-il justement là ?

Je décidai de passer un coup de fil à Lagos, où il était 8 heures.

Ian Flaherty ne décrocha pas lui-même, cette fois.

— M. Flaherty est actuellement absent, m'annonça son assistante d'une voix trahissant une certaine inquiétude.

— Savez-vous où il se trouve ou quand il doit rentrer ? Il faut que je lui parle, c'est important.

— Non, je suis désolée. Il se passe beaucoup de choses ici, en ce moment, monsieur. La situation est très difficile.

— Oui, je sais. Puis-je lui laisser un message ?

— Bien sûr.

— Dites-lui qu'Alex Cross est rentré à Washington. On a enlevé ma famille. Selon moi, c'est le Tigre ou sa bande qui ont fait le coup. Il faut que je lui parle. Surtout n'oubliez pas de lui transmettre le message. Ce pourrait être une question de vie ou de mort.

— Oui, monsieur. Comme chaque fois.

130

Pendant une heure encore, nous passâmes chaque pièce au peigne fin, à la recherche du moindre indice.

J'avais compris que Bree et Sampson voulaient surtout s'assurer que j'allais bien. Ils avaient vu que ma cuirasse commençait à se lézarder.

Je finis par dire à John de rentrer chez lui pour dormir un peu.

Personne ne m'avait appelé ni laissé le moindre message.

— Il y a deux voitures de patrouille, dehors, me dit Sampson. Elles vont rester ici toute la nuit. Ne discute pas.

— Je sais, j'aurais du mal à ne pas les voir.

— C'est le but, ma poule. Il faut qu'elles soient visibles.

— Assure-toi que les collègues ne roupillent pas, fit Bree. Moi, je reste sur place. Dis-leur que je viendrai jeter un œil.

Sampson nous serra l'un après l'autre dans ses bras. Pas d'humour de flic, cette fois. L'heure n'était pas à la légèreté.

— Il y a quoi que ce soit, tu m'appelles, d'accord ?

À la porte de la cuisine, il s'arrêta et se retourna.

— Je vais dire un mot aux collègues, dehors. Peut-être demander une voiture de plus.

Je ne pris pas la peine de lui dire si j'étais d'accord ou pas. Je n'étais pas en état de prendre des décisions.

— Merci.

— Ça va aller, ajouta Bree.

— Je n'en doute pas. Appelez-moi s'il se passe quoi que ce soit.

Et il referma enfin la porte derrière lui.

Mon premier réflexe fut de la fermer à clé. Cela nous laisserait quelques secondes de répit si quelqu'un cherchait à entrer. Nous en avions besoin.

— Ça ne te dérange pas ?

— Que tu restes ici cette nuit ? Bien sûr que non !

Elle vint se blottir contre moi, puis me prit par la main.

— Alors, viens, on monte. Viens, Alex.

Elle m'entraîna à l'étage sans que j'oppose la moindre résistance. J'étais ailleurs, de toute façon. Loin, très, très loin.

— Il y a un téléphone, ici, dit-elle en entrant dans la chambre.

Elle me prit dans ses bras, entreprit de déboucler ma ceinture. Je me fis la réflexion – à tort – que ce n'était pas ce dont j'avais besoin.

Jusqu'à ce que le téléphone sonne.

131

Cela commença peu après 4 heures. Appel sur appel. Dès que je prenais la communication, l'interlocuteur raccrochait.

Chaque appel était un supplice, mais je répondais quand même. Je n'osais pas débrancher le téléphone. Comment aurais-je pu ? C'était mon unique lien avec Nana et les enfants. Celui qui m'appelait les détenait, forcément. J'essayais de m'en persuader.

Bree et moi restions blottis l'un contre l'autre, et ce fut sans doute la pire nuit de ma vie.

Elle écouta mon récit. Ce que j'avais fait et vu en Afrique. Les horreurs dont j'avais été le témoin, les meurtres atroces et injustifiés d'Adanne et de sa famille, mais aussi la bonté et la simplicité des populations, leur impuissance face à un cauchemar qu'elles n'avaient ni engendré ni souhaité.

— Et ce salaud de Tigre, qu'as-tu appris d'autre sur lui ?

— Tantôt terroriste, tantôt assassin, il joue apparemment sur les deux tableaux. Du moment qu'on le paie. C'est le tueur le plus violent que j'aie jamais vu, Bree. Il aime faire souffrir les gens. Et il y en a d'autres comme lui. Tigre, c'est le surnom qu'on donne, là-bas, aux tueurs à gages.

— Et c'est lui qui aurait enlevé Nana et les enfants ? Tu en es sûr ?

— Oui, répondis-je alors que le téléphone sonnait une fois de plus. Et ça, c'est lui.

Le téléphone sonnait sans relâche. Au bout d'un moment, je me mis à arpenter la maison, de pièce en pièce, en ne pensant qu'à ma famille. Rosie me suivait partout.

Dans la cuisine, le livre de recettes préféré de Nana, *The Gift of Southern Cooking*, était encore sur le buffet. Elle l'avait ouvert à la page d'une recette de gâteau au chocolat et aux noix de pécan.

Son imperméable en gabardine était drapé sur le dossier d'une chaise. Combien de fois m'avait-elle répété : « Je ne veux pas d'un nouvel imperméable, il m'a fallu un demi-siècle pour roder celui-là » ?

Je fis le tour de la chambre d'Ali.

Ses cartes de Pokémon étaient soigneusement étalées par terre. Il y avait sa chère peluche Moo. Un t-shirt peint à la main pour la fête de ses cinq ans. Un exemplaire de *La Souris Ralph* ouvert sur la table de chevet.

Arrivé dans la chambre de Jannie, je m'assis lourdement sur le lit. Mon regard parcourut la bibliothèque à laquelle elle tenait tant, s'arrêta sur les paniers métalliques débordant d'accessoires pour cheveux, de tubes de gloss pour les lèvres, de lotions aux parfums fruités. Et quand j'aperçus sur le bureau ses lunettes de lecture prescrites depuis à peine un mois, ses petites lunettes qui avaient quelque chose de si fragile, qui en disaient si long, je sentis monter les larmes.

J'étais toujours assis là, prostré, Rosie dans les bras, quand le téléphone sonna une nouvelle fois. Bree décrocha.

Je l'entendis dire très calmement :

— Allez vous faire foutre.

Le retour

Et elle raccrocha au nez du correspondant anonyme.

132

J'allais récupérer ma famille. Je voulais m'en persuader, mais était-ce vrai ? Mes chances de réussir, en réalité, s'amenuisaient.

À 6 h 30, je sortis m'asseoir sur la terrasse. Je luttais pour ne pas devenir fou. Peut-être qu'un petit tour en voiture m'aiderait à me détendre un peu, mais je n'osais pas m'éloigner de la maison.

Peu après 7 heures, les coups de téléphone cessèrent et je réussis à dormir pendant près d'une heure.

Je pris ensuite ma douche, m'habillai et fis venir l'un des patrouilleurs postés dans la rue en lui demandant de prendre les appels et en lui donnant un numéro de portable où il pourrait me joindre.

À 9 heures, Bree et moi étions au Daly Building, où se tenait une réunion d'urgence.

J'eus la surprise de retrouver une douzaine d'officiers de police dans la salle de conférences, et pas n'importe lesquels. Les meilleurs de Washington. C'était clairement un geste de soutien et de sympathie à mon égard, car j'avais travaillé avec la plupart d'entre eux sur d'autres affaires. Le surintendant

Davies, Bree et Sampson avaient contacté tous les enquêteurs disposant d'un bon réseau d'indics susceptibles de nous aider à localiser ma famille.

Si la chose était possible.

133

Au fil de la journée, tout devint de plus en plus bizarre.

À 11 heures, dans une salle de réunion aveugle du siège de la CIA, à Langley, je me retrouvai face à un plus petit groupe, dans une atmosphère bien différente. Tout le monde, sauf moi, était en costume cravate et la raideur des gestes trahissait un certain malaise. J'étais visiblement le seul à ne pas être venu à contrecœur. Moi, j'avais besoin d'eux.

Un officier traitant du National Clandestine Service, du nom de Merrill Snyder, m'accueillit avec une ferme poignée de main et un « Merci d'être venu nous voir, docteur Cross », de mauvais augure.

— Pouvons-nous commencer ? lui dis-je.

— Nous n'attendons plus qu'une personne. Il y a du café, des boissons.

— Où est Eric Dana ?

C'était lui qui dirigeait la dernière réunion à laquelle j'avais pris part à Langley.

— Il est en vacances. Nous attendons son supérieur. Pas de café, vous êtes sûr ?

— Non, merci, ça va. J'ai eu mon compte de caféine ce matin, croyez-moi.

— Je comprends. Vous n'avez toujours pas eu la moindre nouvelle de ceux qui ont enlevé votre famille ? Aucun contact ?

Je m'apprêtais à répondre quand la porte s'ouvrit largement. Un homme d'une quarantaine d'années, grand, cheveux châtain foncé, complet gris et cravate rayée argent et rouge, fit son entrée. À son attitude, on devinait quelqu'un d'important.

Et juste derrière lui apparut... Ian Flaherty.

134

L'homme que tout le monde attendait se présenta. Steven Millard, du National Clandestine Service. Il ne précisa pas son grade. Je me souvenais avoir entendu Al Tunney le citer avant mon départ pour l'Afrique. Millard était le chef de groupe, et il suivait le dossier depuis le début.

— Docteur Cross, fit laconiquement Flaherty.

— A-t-on des nouvelles de votre famille ? demanda Millard de but en blanc.

Ce fut Snyder qui répondit le premier.

— Rien pour l'instant. On ne l'a pas contacté.

— Il y a des hommes de la police de Washington chez moi, en ce moment, dis-je. Je leur ai demandé de prendre les appels et de me tenir informé.

— Très bien, répondit Millard. Je ne vois pas ce que vous pourriez faire d'autre.

J'avais du mal à le jauger. Pour moi, il ne faisait pas de doute qu'il savait que j'avais rencontré Eric Dana avant de partir pour l'Afrique, mais que savait-il d'autre ?

— Toute l'aide que vous pourrez m'apporter sera la bienvenue, lui dis-je. J'en ai vraiment besoin.

— Comptez sur nous, mais je voudrais d'abord que vous nous aidiez à éclaircir quelques points. Inspecteur Cross, pour quelle raison, précisément, êtes-vous allé en Afrique ?

— Une amie et toute sa famille venaient d'être massacrées. J'avais des informations selon lesquelles l'auteur des meurtres avait pris la fuite pour Lagos, et j'étais chargé de cette enquête criminelle.

Millard hochait la tête, il paraissait comprendre.

— Dites-moi, alors, ce que vous avez appris en Afrique. Vous avez fait des découvertes importantes, j'imagine. Sinon, pourquoi ce tueur professionnel aurait-il choisi de s'en prendre à vous et à votre famille à Washington ?

— J'espérais que vous pourriez peut-être m'aider de ce côté-là. Que se passe-t-il au Nigeria et à Washington ? Pouvez-vous me le dire ?

Les mains de Millard se nouèrent, se dénouèrent.

— Avez-vous remarqué quoi que ce soit d'anormal, de troublant, lors de votre séjour au Nigeria ? Nous devons absolument découvrir pourquoi ce tueur vous pourchasse jusqu'ici. Vous êtes un officier de police très réputé. Si ce fameux Tigre prend le risque de s'attaquer à vous, c'est qu'il a de bonnes raisons. À moins que vous ne l'ayez énervé au point qu'il en fasse une affaire personnelle...

— Vous savez donc qu'il s'agit bien de lui ?

— Non, non, je n'ai aucune certitude, mais ce serait logique. Ian partage mon avis. Alors, docteur Cross, que savez-vous, au juste ?

Je regardai Flaherty, puis Millard.

— Vous ne comptez pas m'aider à retrouver ma famille, n'est-ce pas ? Vous voulez simplement me soutirer des infos, comme l'autre fois ?

Millard soupira et répondit, après un bref silence :

— Docteur Cross, je suis navré, mais selon nous, votre grand-mère et vos enfants sont morts.

Je me levai d'un bond, manquant de renverser mon fauteuil.

— Comment pouvez-vous dire une chose pareille ? Qu'en savez-vous ? Que me cachez-vous ? Pourquoi mon téléphone aurait-il sonné toute la nuit si les membres de ma famille étaient morts ?

Millard me regarda dans les yeux avant de se lever à son tour.

— On vous avait conseillé de ne pas vous mêler de cela. Je vous présente mes condoléances. Nous vous aiderons si nous le pouvons.

Et il ne put s'empêcher d'ajouter :

— Nous sommes du bon côté, inspecteur. Vous n'êtes pas au cœur d'un vaste complot.

Si c'était vrai, pourquoi tout le monde s'ingéniait-il à le répéter ?

135

Quels enfoirés, ces types de la CIA ! Même si, cette fois, ils s'étaient montrés un poil plus humains, je savais bien qu'ils me cachaient quelque chose.

Peut-être était-ce la raison pour laquelle je ne leur avais pas révélé ce qu'Adanne m'avait confié après le massacre de sa famille. Bref, je venais de participer à une réunion typiquement CIA.

Et Flaherty ? Il s'était très vite éclipsé, soi-disant parce qu'il avait « toute une série de rendez-vous ». J'avais du mal à le croire.

Ce soir-là, à mon retour, la maison était déserte. J'avais dit à Bree qu'il valait mieux que je reste seul. J'étais dans un tel état de délabrement psychologique que j'étais prêt à tout tenter.

Les paroles de Millard m'obsédaient. *Docteur Cross, je suis navré, mais selon nous, votre grand-mère et vos enfants sont morts.*

Après m'être préparé un sandwich dont je ne fis que grignoter les extrémités, je voulus regarder les infos à la télé – CNN, CNBC, FOX – mais il ne fut quasiment pas question de la guerre civile dans le delta du Niger. Incroyable. Le suicide d'une actrice à Hollywood faisait la une de tous les journaux, et c'était à se demander s'ils n'avaient pas tous la même source et les mêmes journalistes.

Je finis par éteindre la télé, mais le silence ne me fut d'aucun réconfort. Le désarroi, la crainte d'avoir perdu Nana, Ali et Jannie me submergeaient.

Je dus rester longtemps dans la cuisine, la tête dans les mains. Des images, des sentiments, des sensations refluaient. Ali, tout petit, si gentil ; Jannie, la spécialiste des devinettes, souvenir vivant de sa mère ; Nana, qui m'avait si souvent sauvé la vie depuis mon arrivée à Washington, à l'âge de dix ans, après le décès de mes parents.

Comment continuer à vivre sans eux ?

Quand le téléphone se remit à sonner, je n'attendis pas une fraction de seconde pour décrocher. J'espérais entendre le Tigre, l'entendre me dire qu'il voulait quelque chose, qu'il me voulait, moi.

Mais ce n'était pas lui.

— Bonsoir, c'est Ian Flaherty. Je voulais juste savoir si vous vous en sortiez, si ça allait. Si des détails vous étaient revenus à l'esprit, pour qu'on puisse avancer.

— Pour que vous puissiez avancer ? m'étranglai-je. On vient de me prendre ma famille. *Ma* famille. Avez-vous la moindre idée de ce que je peux vivre ?

— Oui, je crois. Nous voulons vous aider, docteur Cross. Dites-nous juste ce que vous savez.

— Sinon quoi, Flaherty ? Que peuvent-ils me faire de plus ?

— La vraie question, c'est... que peuvent-ils faire à votre famille ?

Il me laissa un numéro où je pouvais le joindre à toute heure du jour et de la nuit.

Au moins, ce salopard allait se coucher tard, lui aussi.

136

Je dormais d'un sommeil approximatif sur le canapé du séjour quand le téléphone sonna. Je décrochai, à moitié endormi, des fourmis dans les doigts et les pieds.

— Cross.

— Allez à votre voiture. On surveille votre baraque, Cross. Il y a de la lumière à l'étage et dans la cuisine. Vous étiez en train de dormir dans le séjour.

L'homme s'exprimait en anglais avec un fort accent africain. J'en avais beaucoup entendu ces dernières semaines mais là, je n'en perdais pas une syllabe.

— Est-ce que ma grand-mère et mes enfants vont bien ? Où sont-ils ? Dites-moi au moins ça.

— Prenez votre téléphone portable. On a le numéro et on veut que vous suiviez nos instructions. Et n'appelez personne ou ils mourront tous. Allez-y, Cross. Ouvrez bien vos oreilles.

Je m'étais assis et je scrutais la rue tout en enfilant mes chaussures.

Je ne voyais personne. Ni voitures, ni feux allumés.

— Pourquoi devrais-je vous écouter ?

— *Parce que je vous dis de le faire !* hurla une autre voix.

Et on me raccrocha au nez. Cette deuxième voix, plus bourrue, plus mûre que la première, je l'avais immédiatement reconnue.

Le Tigre. Il était ici, à Washington, et il détenait ma famille.

137

D'autres questions surgirent.

Ils avaient le numéro du portable que j'avais emprunté. Par quel miracle ?

Récupérer un numéro n'était, certes, pas impossible, mais comment une bande de voyous venus du Nigeria avait-elle pu réussir un coup pareil ?

J'avais beau ne pas être un adepte des théories du complot, il était de plus en plus difficile de nier l'évidence : quelqu'un voulait savoir ce que j'avais découvert en Afrique, puis me faire taire définitivement.

Une minute environ après l'appel, je sortis sur la terrasse sans allumer la lumière, mais je ne vis personne me guetter depuis la rue.

Où étaient-ils ? Étaient-ils déjà partis ? Séquestraient-ils Nana et les enfants dans un fourgon ou un camion, tout près d'ici ?

Ne souhaitant pas jouer les cibles humaines plus longtemps que nécessaire, je courus jusqu'à la Mercedes.

Je mis le contact et commençai à faire marche arrière. La puissance du moteur avait quelque chose de réconfortant, comme si une force extérieure venait à ma rescousse.

Mon portable émit des trilles. Je m'arrêtai.

— Vous continuez à vous comporter comme un imbécile.

C'était la voix du Tigre. J'avais envie de le maudire, de le couvrir d'injures, mais je ne dis rien. Peut-être détenait-il ma famille. Il fallait que je me raccroche à cet espoir, aussi ténu fût-il.

Je l'entendis glousser.

— Qu'est-ce qui vous fait rire ?

— C'est vous, qui me faites rire. Vous ne voulez pas savoir de quel côté tourner en sortant de votre allée ?

— De quel côté ?

— À gauche. Puis vous suivrez mes instructions jusqu'en enfer.

138

Il resta en ligne tandis que je descendais la Cinquième Rue, sans dire grand-chose, sans dévoiler d'éléments susceptibles de m'aider. J'essayais désespérément de concocter quelque chose, de trouver une idée ; j'étais prêt à tout tenter, même sur une simple intuition.

— Laissez-moi parler à ma famille.

— Et pourquoi ?

J'avais envie de piler net, de m'arrêter là, mais c'était lui qui avait toutes les cartes en main.

— Je vais où ?

— Prenez la prochaine à droite.

Je m'exécutai.

— Le combat en Afrique n'est pas votre combat, le Blanc ! cracha le Tigre tandis que je suivais l'avenue Malcolm-X, dans Southeast. Vous devriez rouler plus vite.

On aurait dit qu'il était assis à côté de moi.

Il me fit prendre l'autoroute en direction du sud, vers le Maryland. J'étais passé ici d'innombrables fois, mais, cette nuit, je ne reconnaissais plus rien, tout me paraissait irréel.

Je rejoignis ensuite la 95, puis la route 210.

Au bout d'environ vingt-cinq kilomètres qui n'en finissaient plus, je pris la 425.

— Laissez-moi vous dire ce qui va se passer, chuchota le Tigre. À la vérité, vous allez simplement récupérer les corps. Vous les voulez, les corps, non ?

— C'est ma famille que je veux récupérer.

Il se contenta de ricaner. Après cela, je ne fis que répondre aux questions directes, mais il semblait s'en ficher éperdument. Peut-être voulait-il juste s'écouter parler.

Il fallait que je préserve ma raison, que je compartimente mon esprit. J'écoutais le Tigre proférer ses menaces, ses insultes cruelles, sans broncher, les laissant glisser sur moi comme des gouttes de pluie. Ce n'était pas difficile, car j'étais dans un état second. J'étais là tout en étant ailleurs.

139

— Arrivé à la patte-d'oie, quittez la route principale !

Ce que je fis.

Il n'y avait aucun véhicule dans les environs. Je ne me souvenais pas avoir croisé quiconque depuis que j'avais pris Layloes Nick Road, quelque part dans le Maryland, près de Nanjemoy.

Ou peut-être que si. Je ne savais plus.

J'étais trop inquiet, trop angoissé, trop pétrifié pour avoir les idées claires.

— Vous allez tourner à droite au prochain embranchement. Ne loupez pas le virage. Vous feriez bien d'aller plus vite ! On se dépêche !

Après avoir tourné, je suivis une grande ligne droite, comme on me le demandait. Les arbres et les fourrés, tout autour, ne formaient qu'une masse noire et dense.

Au-dessus de moi, l'immensité du ciel piqueté d'étoiles me fit penser à Jannie, qui se passionnait pour les astres. Je dus me forcer à penser à autre chose.

L'heure n'était pas aux évocations sentimentales.

Et ne le serait peut-être plus jamais.

— Coupez le moteur et descendez ! Faites exactement ce que je vous dis !

— C'est ce que je fais.

140

— Vous voyez la ferme, là-bas ? Venez chercher votre famille. Vous pouvez récupérer les corps, maintenant ! Je sais que vous n'arrivez pas à me croire, mais c'est vrai. Ils sont tous morts, docteur Cross. Venez le constater par vous-même.

Le cœur chaviré, j'avançais déjà à travers hautes herbes et broussailles en direction de la petite ferme que j'apercevais à quelques centaines de mètres. Je ne sentais plus mes bras ni mes jambes, comme si mes membres ne m'appartenaient plus.

Pour me calmer, je respirais lentement, à grandes goulées, j'essayais de ne plus réfléchir et, surtout, je m'efforçais de concentrer ma haine pour le Tigre, d'en faire une petite boule compacte prête à exploser le moment venu.

— Vous vous souvenez de l'état dans lequel vous avez retrouvé les Cox, à Georgetown ? Cette fois, c'est encore mieux. C'est de votre faute, inspecteur.

J'avais envie de rétorquer à cette ignoble pourriture que ma famille n'avait jamais fait de mal à personne, mais je m'abstins pour éviter de lui tendre la perche. Il fallait que je me concentre sur le danger et les horreurs qui me guettaient.

C'était forcément un piège. Quelqu'un m'avait attiré là pour découvrir ce que je savais sur la guerre au Nigeria. Peu importait. D'une manière ou d'une autre, il fallait que je vienne.

— Êtes-vous prêt, inspecteur ?

Cette fois, la voix ne provenait pas du téléphone que je tenais à la main.

Le Tigre surgit des taillis.

— Prêt à me voir ? Vous voulez la clé du mystère ?

141

— Ça y est, vous m'écoutez enfin. Dommage qu'il soit un peu tard, pauvre imbécile.

Il s'avança vers moi, flanqué de deux jeunes – Houston Rockets, et un gamin au visage aplati qui braqua sur moi une lampe torche.

— Où est ma famille ? répétai-je.

— Quelle différence ça fait, une famille, une malheureuse famille ? Vous me faites marrer. Pitoyables Américains, tous autant que vous êtes. Vous avez toujours été la risée du monde entier.

Il dégaina un couteau de chasse, en exhiba la longue et épaisse lame, sans dire un mot, sachant très bien que j'avais déjà vu, chez Ellie, les dégâts qu'elle pouvait faire.

— Où sont-ils ?

— Vous croyez que c'est à vous de poser les questions ? Je peux vous faire hurler, si je veux. Faire en sorte que vous suppliiez qu'on vous achève. Votre vie ne représente rien, pour nous. Chez nous, on dit *ye ye* – inutile, sans valeur. Votre famille, c'est que dalle. *Ye ye*. Elle ne sert à rien.

Le Tigre s'approcha. Il puait la transpiration, et son haleine sentait le tabac. Le couteau n'était qu'à quelques centimètres de ma gorge.

— Dites-le : « Je ne suis rien. » Dites-le. Vous voulez savoir ce qu'est devenue votre famille ?

Il se mit à hurler.

— Dites « je ne suis rien » !

— Je ne suis rien.

Il m'entailla le biceps. Sans regarder mon bras, je compris que je saignais, mais pas question de montrer le moindre signe de faiblesse. Je me moquais bien de ce qui pouvait m'arriver maintenant.

— Une petite blessure superficielle ! s'exclama-t-il en riant.

Ses petits tueurs trouvaient ça drôle, eux aussi. Je les aurais bien descendus, tous.

Le Tigre agita son couteau.

— Puisque vous avez tellement envie de voir votre famille, venez. Vous allez voir ce qu'il en reste. *Ye ye !*

142

J'avançais en trébuchant. La ferme, dont je ne distinguais pas les détails dans la nuit, donnait l'impression d'être déserte.

Plus je m'en rapprochais, plus mes espoirs d'y retrouver Nana, Ali et Jannie s'amenuisaient. Je commençais à me demander si je ne vivais pas dans le déni depuis des jours.

J'eus soudain du mal à marcher, à me tenir debout même, mais il fallait que je continue, pas après pas. Il fallait que j'atteigne cette bâtisse sombre, même si elle renfermait des secrets que j'aurais préféré ignorer.

Un sentier serpentait jusqu'à la maison. Je marchais quelques mètres devant le Tigre et ses tueurs. Étaient-ce les mêmes démons sanguinaires qui avaient massacré Ellie et les siens ?

Le porteur du maillot des Houston Rockets était-il l'âme damnée du Tigre ? Avaient-ils fait l'aller-retour en Afrique ensemble ? Quelle était leur implication dans les tueries de Lagos et du Delta ? La guerre civile nigériane allait-elle déboucher sur une guerre mondiale ? Le conflit allait-il, cette fois, prendre naissance en Afrique ?

Soudain, un coup violent au creux des reins me projeta en avant et je faillis tomber.

Je fis volte-face. Houston Rockets s'apprêtait à me frapper de nouveau avec la crosse de son fusil.

— Arrête, petit connard ! Espèce de lâche !

J'aurais voulu lui briser la nuque.

Le Tigre riait, mais je ne savais pas lequel de nous deux l'amusait.

— Non, non, Akeem ! Je veux qu'il reste conscient. Ouvrez la porte, Cross. C'est vous, l'inspecteur. Puisque vous avez réussi à venir jusqu'ici, maintenant, vous allez voir. Ouvrez la porte ! Trouvez la clé du grand mystère.

143

La poignée était rouillée, et j'eus du mal à décoller la porte du chambranle de bois. Il y eut un énorme grincement.

Je ne distinguais pas grand-chose, même avec le halo de la lampe torche braquée dans mon dos.

— Où sont-ils ?

— Entrez, vous verrez, répondit le Tigre. C'est vous qui avez voulu avoir la preuve de leur mort.

Une fois à l'intérieur, je ne vis pourtant personne. Mon cœur s'affolait. Tout, dans cette première pièce, sentait le moisi, la saleté, le vieux. La mort, peut-être.

— Je ne vois rien. Il fait trop sombre.

Une lampe s'alluma, illuminant une salle de séjour. Deux petits canapés, des fauteuils, des lampadaires, mais toujours personne.

— Où sont-ils ? Il n'y a personne, ici !

— Dites-moi ce que vous savez, répondit le Tigre d'un ton devenu sérieux. Que vous a raconté cette salope d'Adanne ? Que savez-vous sur le Delta ? Dites-moi tout !

— Ah, parce que vous travaillez pour la CIA, vous aussi ? La CIA voulait savoir ce qu'Adanne m'a révélé.

Il éclata de rire.

— Moi, je travaille pour n'importe qui, du moment qu'on me paye. Dites-moi ce que vous savez !

— Je ne sais strictement rien, je n'ai rien découvert en Afrique. Sinon, vous pensez bien que je vous le dirais. Je vous ai vu tuer Adanne Tansi. C'est la seule chose que je sais, puisque ça, je l'ai vu de mes propres yeux.

Quelqu'un déboucha d'un couloir. Ian Flaherty.

— Je ne pense pas qu'il sache quoi que ce soit, dit-il au Tigre. Tu peux le tuer. Comme ça, il pourra rejoindre sa famille. Vas-y, qu'on en finisse.

— Si j'ai bien compris, la CIA était dans le coup depuis le début ?

Flaherty haussa les épaules.

— Pas l'agence, juste moi.

Puis, s'adressant au Tigre :

— Tue-le, tout de suite. Ça a assez duré.

Une autre voix résonna dans la pièce.

— Tu seras le premier à crever, connard.

Et je vis apparaître Sampson. Ma voiture était équipée d'un mouchard, et John avait suivi le signal jusque dans le Maryland. Il n'était pas venu seul.

Bree se joignit à Sampson.

— En fait, vous serez deux, déclara-t-elle. Vous et le Tigre allez mourir en même temps. À moins que vous n'ayez des choses à nous dire. Où sont la dame et les deux enfants ?

Houston Rockets arma son fusil à pompe. Bree fit feu immédiatement. Touché d'une balle dans la joue gauche, en dessous de l'œil, le jeune voyou eut juste le temps de pousser un cri avant de s'écrouler.

Le Tigre plongea vers la porte.

— Je ne suis pas armé ! cria Ian Flaherty en levant les mains. Ne tirez pas. Je ne sais pas ce qui est arrivé aux trois personnes. Je ne suis absolument pour rien dans cet enlèvement. Ne tirez pas.

D'un coup d'épaule, je faillis renverser Flaherty. Je ne voulais pas laisser filer le Tigre. Sampson me lança un pistolet au passage.

— Et n'hésite surtout pas à t'en servir !

144

Il faisait nuit, affreusement nuit, et si froid qu'on se serait cru en plein hiver. Seul un mince fragment de lune trahissait les nuages bas qui filaient dans le ciel.

Je pensais avoir perdu la trace du Tigre quand je perçus un mouvement à la droite du sentier que nous avions emprunté pour venir.

— Alex !

C'était Bree, loin derrière moi. Je ne pris pas le temps de répondre. Je courais, en espérant qu'elle ne me suivrait pas, qu'elle ne me verrait pas dans l'obscurité. Je voulais d'abord rattraper le Tigre et me retrouver seul face à lui.

— Alex ! Pas comme ça, Alex ! Alex !

J'avais en ligne de mire une vague silhouette dont je suivais les mouvements, mais j'étais également attentif au moindre bruissement de branches. J'essayais de me concentrer, quand une ombre jaillit des fourrés pour se jeter sur moi.

Je réussis à esquiver mon assaillant et à l'abattre d'une balle en plein thorax. Il émit une sorte de grognement et s'affala. T-shirt blanc, casquette blanche, c'était un des *boys*. Je repris ma course.

Le Tigre était rapide, mais moi aussi. Nous dévalions une pente, à l'aveuglette. Je gagnais un tout petit peu de terrain, mais pas suffisamment. Je ne criais pas, je me contentais de courir en faisant appel à toutes mes forces. Je n'avais plus qu'une idée en tête : rattraper ma proie. Plus question de prudence, plus question de craindre pour ma vie.

J'entendais maintenant ses lourdes foulées, ses halètements. Le Tigre s'essoufflait. Je brandis mon arme et fis feu, deux fois, en visant les jambes pour ne pas risquer de le tuer. Il fallait que je le prenne vivant pour lui faire avouer où se trouvaient Nana et les enfants.

Je l'avais sans doute manqué, mais il se retourna légèrement, ce qui le fit trébucher. Je mis les bouchées doubles. Je gagnais du terrain sur le Tigre. Je le distinguais nettement, à présent.

J'étais assez près pour plonger sur lui.

Je faillis manquer ma cible, mais réussis à lui attraper les chevilles. Il tomba en avant et sa tête heurta une pierre.

Accroupi sur lui, je frappai de toutes mes forces.

Quand mon poing lui percuta la mâchoire, le sang et la sueur giclèrent.

— Enculé ! Traître !

Il grondait comme un félin sur la défensive.

— Où est ma famille ? Que lui est-il arrivé ?

Un deuxième coup de poing, dans lequel j'avais mis toute ma colère et toute ma rage, fit voler une de ses dents, mais il était fort et, malgré la douleur, il parvint à me repousser.

Et à prendre le dessus. J'avais levé les bras pour protéger ma tête, mais le coup fut si violent que j'eus l'impression de sentir mon poignet se briser. Aucun son ne sortit, pourtant, de ma bouche. Je réussis à me redresser de quelques centimètres, juste assez pour mettre mes mains autour du cou du Tigre, sans savoir où je puisais cette force, ni combien de temps je tiendrais.

Quand je voulus lui donner un coup de tête, mon crâne toucha en fait sa pomme d'Adam. Il hoqueta, cracha des glaires et du sang.

— Ma famille !

— Qu'elle aille se faire foutre, votre famille ! Vous et vos gosses, allez tous vous faire foutre !

Il s'empara de son couteau de chasse. J'étais toujours en train de me dire qu'il fallait qu'il reste en vie. Moi, c'était moins grave, mais lui devait survivre. Je lui tenais le poignet, mais j'étais en train de lâcher prise. La lutte tournait à son avantage. C'était la fin, j'allais finir comme ça. Je ne saurais jamais ce qu'étaient devenus Nana, Ali et Jannie et ça, c'était le pire.

Une détonation fracassa la nuit.

Le Tigre se redressa, puis se jeta de nouveau sur moi avec son coutelas.

— Vous allez crever, comme les autres !

Un deuxième coup de feu éclata. La balle, cette fois, lui emporta l'œil droit.

— Où sont-ils ! Où est ma famille ?

Le Tigre resta muet. Son œil valide suintait la haine. Le reste de son visage n'était plus qu'une bouillie sanglante. Le Tigre ne pouvait plus répondre. Il s'affala sur moi, mort.

— Où sont-ils ? murmurai-je encore une fois.

145

Bree accourut alors que je me dégageais péniblement de l'énorme cadavre. Même morte, cette ordure me donnait envie de vomir, vomir de haine. Bree s'agenouilla et me serra dans ses bras.

— Je suis désolée, Alex. Je suis vraiment désolée. Tout ce que j'ai vu, c'est le couteau. Il fallait que je tire.

— Ce n'est pas de ta faute, ce n'est pas de ta faute, répétai-je en me berçant doucement avec elle.

Puis je me mis à frissonner, à trembler littéralement.

Je venais de perdre ma dernière chance de retrouver les miens.

Nous abandonnâmes le corps là pour retourner à la ferme. Des voitures de police affluaient déjà des localités avoisinantes, et leurs rampes mitraillaient les arbres d'éclats rouges et bleus.

Sampson sortit de la maison juste au moment où nous arrivions.

— J'ai fait toutes les pièces. Il n'y a personne. Je n'ai pas trouvé de traces non plus, Alex. Pas de sang, rien qui saute aux yeux, en tout cas. Moi, je pense qu'on ne les a jamais emmenés ici.

J'essayais de me représenter toute la scène de crime et de l'interpréter.

— Je vais quand même aller jeter un coup d'œil. Il faut que je voie les lieux. Et Flaherty, au fait ?

— La police d'État l'a embarqué. Il a montré qu'il était de la CIA. Je ne sais pas ce qui va se passer ensuite, mais je ne pense pas qu'ils puissent le garder longtemps.

146

Nous commençâmes par fouiller toute la maison, ainsi qu'un atelier adjacent et une grange, jusqu'aux premières lueurs du jour.

Puis tous les environs furent passés au peigne fin. Nous étions une trentaine, officiers de police et agents du FBI, mais cela me semblait encore bien peu.

Je me sentais de plus en plus déphasé. J'étais à la fois ici et ailleurs, je n'avais plus aucune notion du temps, j'aurais pu être là depuis deux jours ou depuis quelques minutes, c'était pareil.

Je cherchais un indice prouvant que les miens étaient encore en vie. Et, à défaut, prouvant qu'ils étaient morts.

Nous avions trouvé un monospace Nissan, le véhicule dont s'étaient vraisemblablement servis le Tigre et ses petits tueurs. Il y avait des cartons, à l'intérieur. Ils renfermaient des armes légères, des vêtements, des jeux vidéo.

Aucune trace de sang, en revanche, aucun lien, rien qui pût laisser penser que Nana et les enfants avaient été séquestrés dans le véhicule.

Il y avait d'autres empreintes de pneus à proximité de la maison, mais elles n'avaient rien de particulier. À en juger par son état, cette ferme devait être à l'abandon depuis deux ou trois ans, au moins. Selon le cadastre, elle appartenait à un certain Leopoldo Gout, mais personne ne réussissait à le joindre. Qui était ce type, était-il au courant de ce qui se passait ici ?

Vers 16 heures, Bree me raccompagna à ma voiture et prit le volant pour me reconduire chez moi. Je n'étais plus en état de poursuivre mes recherches, selon elle, et elle avait raison.

Une petite voix, au fond de moi, me chuchotait que tout allait peut-être bien se terminer, malgré tout. Mais à mon arrivée, la maison était déserte. La cuisine était toujours sens dessus dessous, telle que je l'avais laissée.

Je fis en sorte de ne toucher à rien.

En souvenir.

C'était la cuisine de Nana. L'endroit où elle se sentait le mieux.

147

Tout cela était tellement déroutant, tellement incompréhensible, tellement injuste.

La petite séance de brainstorming avec Bree se révéla infructueuse. Incapable de me concentrer, je pensais à mille choses à la fois, j'étais trop ravagé, trop perturbé, complètement perdu. Je n'avais pas envie de parler, je n'avais pas faim et je n'arrivais pas à trouver le sommeil. Après m'être allongé sur le canapé du séjour, je ne parvins même pas à fermer l'œil. Je me dis qu'un tour en voiture me ferait du bien, avant de me raviser. Non, pas maintenant.

— Je vais courir un peu, histoire de me vider la tête. Il y a forcément un détail que j'ai négligé.

— D'accord, Alex. Je ne bouge pas. Bon jogging.

Elle ne proposa pas de m'accompagner car elle avait compris que je préférais être seul. Il le fallait, si je voulais réfléchir et analyser les derniers événements.

Après avoir suivi un parcours que je connaissais bien, autour de la maison, je décidai de m'éloigner du quartier et d'emprunter des rues dans lesquelles je n'étais jamais venu à pied.

Je commençais à avoir les idées un peu plus claires. Je pensais aux révélations qu'Adanne m'avait faites à Lagos. Étaient-elles à l'origine de tout ?

« Alex, m'avait-elle dit, je suis au courant de choses horribles. Ce sera le sujet de mon prochain papier. Il faut que quelqu'un sache ce que j'ai découvert. »

Et elle craignait, à juste titre, qu'il lui arrive quelque chose.

Foulée après foulée, j'avais l'impression de reprendre des forces, d'aller de plus en plus vite.

Ce que ce monde pouvait être cruel, parfois. J'étais plus optimiste, d'ordinaire, mais sans doute avais-je atteint mes limites.

Je n'avais rien remarqué d'anormal jusqu'au moment où une fourgonnette anthracite s'arrêta brusquement à mon niveau. La porte latérale coulissa, et trois hommes jaillirent. Ils se jetèrent sur moi, m'enfoncèrent le visage dans la pelouse.

Quelque chose me piqua la cuisse.

Une seringue ?

Trois hommes, pas des gamins. Ils ne faisaient pas partie de l'équipe du Tigre.

Entre quelles mains étais-je tombé cette fois ?

Que me voulait-on ?

148

J'avais un linge humide sur le visage, une sorte de cagoule qui empestait l'alcool à 90 degrés. On me força à me relever. J'ignorais combien de temps j'étais resté inconscient.

Je n'avais pas la moindre idée de l'endroit où je me trouvais. Pas dans un cinq-étoiles, en tout cas. Ça puait le fauve, les excréments, l'urine, au point que j'en avais presque le goût sur la langue. Sous mes pieds, j'avais un sol brut, en pierre ou en béton.

— Mettez les mains à plat sur le mur et écartez les jambes. Restez comme ça. Ne bougez pas, ou on vous abat.

— Où est ma famille ? Où sont-ils ? Qui êtes-vous ?

En guise de réponse, j'entendis un énorme bourdonnement, amplifié.

— Restez comme ça, ou vous mourrez immédiatement. Et vous ne saurez jamais ce qui est arrivé à votre famille. Jamais, c'est très, très long, docteur Cross. Pensez-y.

D'autres questions me venaient à l'esprit. Qui avait pu m'enlever en pleine rue, à Southeast ?

Un autre Tigre ? Un autre chef de bande nigérian ?

La voix que j'entendais était pourtant typiquement américaine, sans accent. La CIA ?

— Où est ma famille ?

Pas de réponse. J'étais là, les mains au-dessus de la tête, plaquées contre le mur, et je n'avais pas le droit de bouger. Une forme de torture appelée le *wall-standing*, ou posture de tension. J'étais cagoulé, soumis à un bruit intense, privé de sommeil. Toutes sortes de techniques d'interrogatoire dont j'avais déjà entendu parler et dont j'étais aujourd'hui la victime.

Personne ne répondait à mes questions. Étais-je seul ? En train de délirer ?

L'engourdissement se manifesta d'abord dans les mains.

Puis j'eus l'impression que des aiguilles me piquaient les chevilles et les pieds. Ensuite, ce furent des élancement violents dans les jambes.

En proie à des vertiges, je crus que j'allais m'évanouir.

— Il faut que j'aille pisser, dis-je. Tout de suite.

Pas de réponse.

Je tins aussi longtemps que je le pus avant de me soulager le long de mes jambes, sur mes pieds nus. Personne ne réagit. Y avait-il encore quelqu'un ou m'avait-on abandonné ici ?

Le *wall-standing*. Certains hauts responsables du gouvernement américain approuvaient le recours à ce type de technique pour l'interrogatoire d'individus suspectés de terrorisme.

Qu'avais-je fait pour être soupçonné de terrorisme ?
Qui étaient mes tortionnaires ?

Je ne sentais plus mes mains et j'avais affreusement
besoin de dormir. Je n'arrivais quasiment plus à penser à autre chose et j'aurais tout donné pour pouvoir
simplement m'allonger par terre. Mais pas question
d'abandonner.

Je devais être capable de tenir.

Que se passerait-il si je m'écartais du mur ? Je sou-
pesai le pour et le contre. Ils n'allaient tout de même
pas me tuer ? Qu'y gagneraient-ils ?

Finalement, je choisis de me tourner légèrement, en
ne laissant qu'une main contre le mur. Est-ce que cela
comptait ? Ou étais-je en train d'enfreindre la règle ?

Aussitôt, un coup violent derrière les genoux me fit
tomber. Le sol était froid. Un lit, enfin !

Hélas, on me releva immédiatement pour me plaquer brutalement contre le mur. Sans un mot. Je
repris ma position initiale. Maintenant, mon corps
tout entier tremblait.

Qui était là, derrière moi, dans cette pièce ?
Que me voulait-on ?

149

J'étais en train de parler à Jannie, je la serrais dans mes bras, j'étais si heureux de la revoir saine et sauve. « Où est Ali ? Où est Nana ? chuchotais-je fébrilement. Tu vas bien, ma chérie ? »

Puis je revins à moi, pour me rendre compte que je m'étais endormi debout et que Jannie n'était pas là.

J'étais seul.

J'avais la vague impression d'avoir entamé mon deuxième jour de captivité. Peut-être même le troisième. Brusquement, quelqu'un me fit sursauter en remontant légèrement ma cagoule au-dessus de mon nez. Je ne voyais toujours rien.

— Quoi ? Qui êtes-vous ?

En prononçant ces mots, je compris à quel point ma bouche et mes lèvres étaient desséchées.

De l'eau jaillit de quelque part, une bouteille, sans doute, et m'inonda la gorge, le visage.

— Pas trop vite ! ricana sadiquement mon geôlier. Mange ça ! Doucement. Ne t'étouffe pas.

On me donna trois crackers, l'un après l'autre. Je ne risquais pas de m'étouffer, mais je craignais de vomir sitôt après les avoir avalés.

— De l'eau ? Encore de l'eau, s'il vous plaît.

Ma gorge était déjà en train de se serrer.

Il y eut un long silence, puis la bouteille d'eau retrouva le chemin de mes lèvres et je pus boire, à grandes goulées.

— Trop vite. Tu vas avoir des crampes. On ne voudrait pas que tu te sentes mal.

Puis on me plaqua de nouveau contre le mur.

150

Au bout d'un moment, en proie à des hallucinations, j'en vins à me demander s'il y avait quelque chose dans l'eau qu'on m'avait donnée, ou dans les crackers.

J'étais persuadé d'être revenu en Afrique. Perdu dans un immense désert, je savais que j'allais bientôt mourir et cette perspective me semblait plutôt réjouissante. Allais-je retrouver Nana, Jannie et Ali de l'autre côté ? Maria serait-elle là, elle aussi ? Ainsi que les autres êtres chers que j'avais perdus ?

Un coup dans le dos, assené avec force, me fit tomber à genoux une nouvelle fois.

— Tu étais en train de rêver debout. C'est interdit, mon grand.

— Désolé.

— Ben voyons. Bon, tu aimerais que ça s'arrête ? Tu aimerais dormir ? Je suis sûr que oui.

Jamais je n'avais autant rêvé de dormir...

— Où est... ?

— Ouais, où est ta famille, c'est ça ? Tu ne perds pas le nord, toi. C'est de l'entêtement, ou de la bêtise ?

Bon, écoute-moi bien. Je vais te laisser dormir. Je vais te dire ce qu'il en est, au sujet de ta famille… Tu me suis ?… Tu comprends ce que je suis en train de te dire ?

— Oui.

— Oui quoi ? Répète-moi les termes du marché.

— Vous me dites ce qu'est devenue ma famille. Vous me laissez dormir.

— Et en échange…

En échange, je ne te tue pas, enfoiré. Quand on veut…

— En échange, je réponds à vos questions.

— Très bien. Encore un peu d'eau, mon grand ?

— Oui.

On souleva de nouveau ma cagoule pour me donner à boire. Je bus autant que je le voulais, mais après, il n'y eut plus que le silence. Et la peur. La seule personne qui savait ce qui était arrivé aux miens avait-elle disparu ?

— J'ai vu des choses terribles en Afrique, commençai-je, notamment au Soudan. Je ne pense pas que cela vous intéresse. Une famille a été assassinée à Lagos. Les Tansi. Parce qu'on m'avait parlé, peut-être, ou à cause des articles qu'Adanne Tansi publiait dans son journal… Vous pouvez les retrouver.

» Vous êtes là ? Vous vouliez que je parle, n'est-ce pas ? Est-ce que vous m'écoutez ?

» Quoi qu'il en soit, Adanne et moi avons été incarcérés, et elle a été assassinée dans cette prison. J'ai assisté au meurtre. C'est le Tigre qui l'a tuée. Je ne sais pas qui étaient les autres. Et je ne sais pas qui vous êtes.

» Avant qu'on nous arrête, Adanne m'a parlé d'une longue enquête qu'elle était en train d'achever et qui devait paraître dans le *Guardian*, le quotidien anglais. Peut-être dans d'autres journaux, également, je ne sais pas exactement.

» Elle avait appris que les États-Unis étaient soupçonnés de manipuler des factions dans la région du Delta... pour s'assurer que les champs pétrolifères restent entre les bonnes mains. Adanne avait interrogé un certain nombre de personnes, mais on lui a confisqué les enregistrements.

» Ils doivent être entre les mains de ceux qui nous ont capturés. C'est vous qui les détenez, hein ?

Je m'interrompis, attendant une réponse, n'importe laquelle.

En vain, bien entendu. Cela faisait partie de la technique d'interrogatoire et, le pire, c'est que ça marchait. J'étais lancé, et je ne m'arrêtais plus.

— Adanne m'a dit que l'homme qu'on surnomme le Tigre était également payé par notre gouvernement. J'ignore si c'est vrai. Vous, vous devez le savoir, j'imagine ?

» Par la CIA, peut-être ? Par les compagnies pétrolières ? Par quelqu'un d'ici, en tout cas. Adanne l'a écrit, et elle en a parlé à une universitaire du nom d'Ellie Cox. Elle a été tuée à cause de ce qu'elle savait.

» Voilà ce que je sais. Voilà ce qu'Adanne avait découvert. Et c'est tout.

Je m'interrompis. Aucune réponse, aucune réaction de la part de ceux qui m'interrogeaient.

J'attendis.

Encore et encore.

151

On croit toujours savoir ce qu'il va nous arriver dans la vie, mais on se trompe. Et généralement, on a de mauvaises surprises.

Personne ne m'avait adressé la parole depuis un bon moment. J'attendais que quelqu'un me colle le canon d'une arme contre la tempe et tire.

Des heures après la fin de mon interrogatoire, j'entendis des pas dans la pièce. Il y avait au moins deux personnes.

Je voulus m'écarter du mur pour faire quelques pas, mais mes jambes me soutenaient à peine et je tombai à genoux. Je tentais de me relever quand quelqu'un me prit par le bras.

— Ce con n'est même pas capable de marcher.

Une porte s'ouvrit, de l'air frais me gifla le visage. On me tira, on me poussa à l'intérieur d'une sorte de fourgon.

— En route ! cria quelqu'un, à l'avant. On n'a pas beaucoup de temps.

De temps pour quoi ?

Qu'allait-il encore m'arriver ?

Je n'avais aucune idée du lieu où on m'emmenait, mais je pensais que j'allais probablement mourir. Dans le passé, à plusieurs reprises, je m'étais étonné d'avoir tenu aussi longtemps, mais là, j'avais pourtant du mal à croire que j'allais sans doute disparaître dans les prochaines minutes. Je dis une prière pour ma famille, puis une pour moi.

En bon chrétien presque pratiquant que j'étais, j'ajoutai même un acte de contrition.

Le véhicule s'arrêta. C'était la fin.

— Terminus ! fit l'un de mes ravisseurs.

On me poussa sur la chaussée. Le fourgon redémarra en trombe en faisant voler une pluie de gravillons.

Je réussis à ramper à l'aveuglette, sur quelques mètres, avant de me retrouver à moitié sur du gazon, à moitié sur un trottoir ou une allée.

Ils ne m'avaient pas tué.

J'étais toujours vivant.

Et je pouvais enfin dormir.

152

J'étais réveillé. J'avais du moins l'impression de l'être.

— Je suis l'agent Maise, de la police de Washington, me dit un homme en tenue en soulevant ma cagoule. Ça va aller, monsieur ? Pourquoi vous a-t-on attaché les mains ? Que vous est-il arrivé ?

— Je m'appelle Alex Cross, je suis inspecteur à la section criminelle... J'ai été enlevé.

Même sans la cagoule, je ne voyais pas grand-chose, pas même son visage. Mes yeux peinaient à s'adapter à la lumière des réverbères. Il faisait nuit.

— Inspecteur Cross. On vous cherche. Je vais prévenir les collègues.

— Depuis quand me cherche-t-on ?

— Trois jours.

Je finis par distinguer son visage. J'y lisais à la fois de la sollicitude et de la surprise. Ce flic m'avait retrouvé, et en vie. J'étais porté disparu depuis trois jours.

— Pourriez-vous me libérer les mains ?

— J'appelle d'abord, et après je vous détache.

— Pas de journalistes.

— Bien sûr que non. Pourquoi préviendrais-je la presse ?

— Je n'en sais rien. Je crois que je n'ai pas encore les idées très claires.

153

L'agent Maise me ramena chez moi. La maison, plongée dans l'obscurité, était manifestement déserte. Bree, qui restait de temps en temps là, avait conservé son appartement. Elle devait être chez elle en ce moment. Pourquoi serait-elle venue dormir dans une maison vide ?

Je l'appellerais d'ici peu, mais je voulais d'abord rentrer chez moi. Je fis le tour de la maison pour passer par la terrasse, côté jardin.

Le retour

Le piano était là. Je me revoyais jouant pour les enfants. Parfois pour moi.

La cuisine avait été nettoyée. L'œuvre de Bree, sans doute.

Elle était si propre qu'on aurait pu croire que personne ne vivait ici.

J'allais de pièce en pièce, dans un silence terrible, en proie à une infinie tristesse. J'allumais la lumière au fur et à mesure, et je me faisais l'impression d'être un visiteur dans ma propre maison. Rien, dans ma vie, ne semblait tourner rond. Tout me paraissait irréel. Comment le monde avait-il pu devenir aussi cruel, aussi dangereux ?

Quelle était la responsabilité des États-Unis dans cette histoire ? Et s'ils reconnaissaient leurs torts, à quoi cela servirait-il ? N'était-il pas temps de cesser de critiquer pour soumettre des solutions ? La critique était facile, elle ne faisait pas appel à l'imagination. Résoudre les problèmes, c'était une autre paire de manches.

Je montai à mon bureau, sous les combles, et scrutai la rue depuis mon fauteuil, en me demandant si on me surveillait.

Avais-je convaincu mes interrogateurs ? Quelle importance, d'ailleurs ? J'ignorais encore beaucoup de choses, et je n'étais pas le seul.

Comment, aujourd'hui, avoir une vision globale dans un monde devenu aussi complexe ? Cela relevait de l'impossible et, face à ce constat effrayant, décourageant, désespérant, nous avions le sentiment de n'avoir plus prise sur rien. Quelqu'un, pourtant, tirait les ficelles. Quelqu'un avait les réponses. Quelqu'un m'avait séquestré et torturé.

Je poursuivis mon errance dans la maison. Il fallait que je passe des coups de fil, que j'appelle Damon dans son refuge, en espérant que tout s'était bien passé, puis Bree et Sampson, mais je ne pouvais pas le faire tout de suite. Je ne savais pas encore ce que j'allais leur dire, je n'étais pas encore prêt à leur parler.

Non, ce n'était pas tout à fait ça. En vérité, je ne voulais pas les mettre en danger. Certains individus, quelque part, s'obstinaient peut-être à croire que je détenais des renseignements dangereux, importants, voire simplement gênants.

Et le plus affolant de l'histoire, c'était qu'ils avaient raison.

154

Lors de mon interrogatoire, j'avais évoqué des liens possibles entre la CIA et le Tigre, mais ce n'était manifestement pas grave aux yeux de mes geôliers, puisqu'ils m'avaient libéré. Ils pouvaient tout nier, et ce d'autant plus facilement que le Tigre était mort. J'avais fait le ménage à leur place.

Je ne leur avais pas dévoilé, en revanche, le véritable objet de l'enquête d'Adanne : les Américains, les Français, les Hollandais, les Anglais et plusieurs multinationales travaillaient avec les Chinois dans la région du Delta. Et les Chinois, dont les besoins en pétrole étaient encore plus importants que les nôtres, ne s'embarrassaient pas de principes. Prêts à payer leur brut au prix fort, ils ne reculaient devant rien pour passer des accords. Des opérations qui avaient entraîné la mort de milliers d'Africains, hommes, femmes et enfants. C'était mon unique certitude.

Il était là, le scandale sur lequel Adanne avait enquêté. Adanne avait contacté Ellie Cox pour lui parler de ses recherches, ce qui avait entraîné le massacre de Georgetown.

Adanne m'avait rapporté bien des horreurs, surtout en ce qui concernait la vie et la mort au Soudan. Le viol y était utilisé comme arme de guerre, et les victimes avaient parfois à peine cinq ans. On comptait même des « soldats de la paix » parmi leurs agresseurs. Des centaines et des centaines de charniers avaient été mis au jour, sans que les autorités daignent ouvrir une enquête. Dans la police, la corruption et la brutalité – dont j'avais moi-même fait les frais – se généralisaient. Les enlèvements étaient monnaie courante dans le Delta, et plus particulièrement autour de Port Harcourt.

Je finis par m'endormir sur le canapé du salon de Nana, qui était là depuis mon enfance. Ce ne fut pas un sommeil apaisé, bonheur que je ne connaîtrais plus. Pour tout dire, j'avais accepté la vérité : ma famille avait disparu comme bien d'autres avant elle, assassinée. Et rien ne serait jamais plus comme avant.

155

Il était encore très tôt quand le bruit me réveilla. Quelqu'un venait d'entrer dans la maison.

Ils étaient plusieurs.

J'eus à peine le temps de me lever d'un bond, en essayant de reprendre mes esprits et de calculer le meilleur moyen de récupérer mon arme, que j'avais laissée dans mon bureau, quand deux hommes surgirent dans le séjour.

Plus qu'une surprise, ce fut un choc. Steven Millard et Merrill Snyder. La CIA.

— Inspecteur Cross, commença Millard, nous ignorions que vous étiez là. Nous...

Derrière les deux agents, je vis apparaître Ali.

Il avait l'air indemne.

Je n'en croyais pas mes yeux. Sain et sauf, vivant, à la maison.

— Ali ! Ali !

— Papa ! Papa !

Il se précipita dans mes bras, s'accrocha à moi de toutes ses forces et moi, tremblant, je pleurais. Il répétait « Papa, papa, papa ! » et j'aurais voulu que cela ne s'arrête jamais.

Que se passait-il ? Je scrutais le visage des types de la CIA, en quête de réponses, quand je vis qu'Eric Dana et mon ami Al Tunney avaient fait le déplacement, eux aussi.

— Alex ? C'est toi, Alex ? C'est toi ?

C'était la voix de Nana,

Mais je vis arriver Jannie.

Elle se précipita sur moi, les bras ouverts, en sanglotant.

— Oh, ma chérie. Ma petite chérie. Mon lapin.

— Je vais bien, papa. Tout le monde va bien. On nous a enfermés dans une chambre et on nous a posé plein de questions. On savait pas pourquoi, papa, on n'était au courant de rien.

— Je sais bien, ma chérie.

Puis Nana entra à son tour, le dos voûté, pas très fraîche mais radieuse. Embrassades générales, sous l'œil bienveillant des agents de la CIA, qui ne disaient rien.

— Ils ne nous ont pas fait de mal, m'expliqua Nana. Dieu soit loué, nous voilà tous réunis, sains et saufs.

Ce furent des instants incroyables, les plus émouvants de ma vie. Nous étions de nouveau tous ensemble, et indemnes.

156

La fête fut de courte durée.

— Inspecteur Cross, fit Steven Millard, peut-on se voir un moment ? Dès que vous serez prêt.

Je suivis le chef de groupe à l'extérieur. Il y avait quatre véhicules de la CIA. Trois agents étaient là, dont deux femmes, peut-être choisies pour humaniser le transfert des enfants et de Nana.

J'avais tant de questions à lui poser.

— Où étaient-ils ? Où les avez-vous retrouvés ? Qui les a enlevés ?

La raideur de sa démarche m'incitait à penser qu'il avait dû être militaire avant d'entrer à la CIA. Il paraissait très confiant, sûr de lui et du rôle qu'il avait à jouer. Qui donc, au juste, était Steven Millard ? Et quel était son rôle dans tout ça ?

— Comme je vous l'ai déjà dit, inspecteur, nous sommes les gentils – nous sommes toujours les gentils. La plupart d'entre nous se défoncent pour faire correctement leur boulot et assurer la sécurité de ce pays, mais ce n'était pas le cas de Ian Flaherty. Il nous a trahis, moyennant finances, à une ou deux reprises. La dernière fois, il a dealé avec les Chinois. Il a dû trouver une autre brebis galeuse dans leur camp.

— Ma famille…, réitérai-je.

— Nous avions mis Flaherty sous surveillance dès son arrivée à Washington. Vous pouvez me croire. C'est lui qui nous a conduits aux otages. Je ne sais pas s'ils les auraient relâchés. Deux mercenaires les gardaient, ils travaillaient avec Flaherty qui, lui, travaillait pour le compte des Chinois. Les membres de votre famille ont été interrogés, mais ils devaient surtout servir de monnaie d'échange, au cas où. Flaherty craignait que vous ne l'ayez démasqué, à Lagos.

— Tout marche au pot-de-vin, là-bas. Adanne Tansi savait que les Chinois négociaient du pétrole dans le Delta. Comme vous le savez, des milliers de Nigerians y ont été massacrés.

— Oui, on sait.

— Et vous saviez qu'une guerre civile allait éclater, mais vous n'avez rien fait.

— Nous ne pouvions rien faire. Je ne pense pas que nous ayons besoin d'un nouvel Irak.

— Où se trouve Flaherty aujourd'hui ?

— Entre nos mains, répondit Millard sans sourciller. Nous sommes en train de l'interroger. Il finira bien par parler. Nous savons que M. Sowande, votre fameux Tigre, travaillait pour lui.

— C'est tout ce que vous pouvez me dire ?

— Non, je peux aussi vous dire ceci : rentrez retrouver votre famille, inspecteur Cross. Ce sont des gens formidables et vous avez été trop longtemps séparé d'eux.

Je me contentai d'acquiescer. Il n'y avait rien à ajouter puisque, de toute évidence, il avait décidé de ne pas tout me dire. Je fis demi-tour.

Sur un point, il avait raison : ma famille était formidable.

Tout le monde m'attendait sur la terrasse. Au moment où j'allais les rejoindre, une grosse berline noire s'arrêta devant la maison et je vis descendre Damon. Il regarda dans ma direction, esquissa un salut militaire.

Et nous nous précipitâmes l'un vers l'autre.

La famille Cross était de nouveau au complet et, d'une certaine manière, c'était la seule chose qui comptait.

ÉPILOGUE

BEAUCOUP DE MÉCHANTS, ET QUELQUES GENTILS

157

Je ne pouvais pas tirer aussi facilement un trait sur cette affaire. Ça n'était pas dans ma nature. Il était un peu plus de 3 heures du matin. Je venais d'arriver devant une maison de brique rouge, de style colonial, à Great Falls, Virginie.

Je pensais encore au coup de fil intéressant et pour le moins déstabilisant que j'avais reçu en début de semaine. Avec son sang-froid habituel, le psychopathe Kyle Craig s'était déclaré ravi que j'aie retrouvé ma famille, et avait raccroché avant que je puisse répondre.

Il fallait que je me concentre. La maison semblait entretenue avec un soin maniaque. Je sonnai deux fois et attendis. Ma montre indiquait 3:11. Au bout de quelques minutes, la lampe du perron s'alluma. La porte s'ouvrit lentement.

En peignoir bleu marine, jambes et pieds nus, Steven Millard avait beaucoup moins d'allure que dans son costume griffé CIA. J'entendis une voix de femme, à l'étage : « Tout va bien, Steve ? »

— Rendors-toi, Emma. C'est pour le boulot.

Puis Millard me regarda.

— Qu'est-ce qui vous amène chez moi, à 3 heures du matin, inspecteur Cross ? J'espère que c'est important.

— Pourquoi ne pas m'inviter à entrer ? Je vais tout vous expliquer. Je prendrais bien un peu de café. Faites-en pour vous aussi.

158

Nous nous installâmes dans la cuisine, qui semblait avoir été entièrement refaite récemment. Millard ne me proposant ni café ni autre boisson, j'entrepris de lui exposer immédiatement les raisons de ma venue en Virginie au beau milieu de la nuit.

— J'ai passé un certain temps chez Ellie Cox avant de me rendre en Afrique. Vos hommes ont bien bossé, là-bas. J'ai trouvé le manuscrit inachevé, bien entendu, ainsi que des notes prises pendant son séjour au Nigeria. Tout m'a paru normal. Rien de compromettant.

Millard dodelinait de la tête, patiemment, attendant de voir où je voulais en venir.

Je le regardais, et une question m'effleura. Des « gentils », en restait-il encore ? Oui, sans doute. Du moins l'espérais-je.

— Et c'est pour ça que vous êtes venu ? Pour me dire que tout est normal ?

— Que tout *avait* l'*air* normal. Et que c'était voulu. Mais il se trouve que, la semaine dernière, je suis retourné chez les Cox et là, j'avais le temps d'enquêter sérieusement. J'ai parlé au chargé d'édition de Georgetown University Press. Il s'étonnait de ne pas avoir reçu la dernière partie du manuscrit d'Ellie. Celle qui relatait dans le détail son voyage au Nigeria.

— Elle n'a peut-être pas eu le loisir de l'écrire, suggéra Millard. Ce serait logique, non, inspecteur ? C'est peut-être pour cela qu'on l'a assassinée.

— C'est possible, mais si c'était le cas, pourquoi serais-je ici, à 3 heures du matin, au lieu de dormir dans mon lit ?

Millard plissa le front, visiblement irrité. Il y avait de quoi.

— Peut-être parce que vous n'avez pas pris le temps de me remercier après que j'ai retrouvé et ramené votre famille ? Alors, je vous réponds : de rien. Et maintenant, allez-vous-en. Partez !

Mon poing jaillit. Un solide crochet du droit qui souleva Millard de sa chaise et l'expédia au sol. Il avait le nez en sang ; il était encore conscient mais, le voyant tâtonner le parquet en pin, je compris qu'il ne savait plus trop où il était.

— Ça, c'est déjà pour avoir enlevé mes enfants et ma grand-mère. Ellie faisait taper ses manuscrits par quelqu'un. Une femme, à Washington, Barbara Groszewski. Je l'ai découvert parce qu'Ellie lui envoyait un chèque tous les mois.

» La bonne nouvelle, la raison de ma présence ici, c'est que cette Barbara Groszewski détient la dernière partie du manuscrit. Ellie y raconte notamment son voyage à Lagos et sa rencontre avec Adanne Tansi. Elle cite Ian Flaherty à plusieurs reprises. Elle vous cite également, Millard. Car Adanne savait ce que vous et Flaherty tramiez.

» En fait, c'est vous qui aviez monté un deal pétrolier avec les Chinois, c'est vous qui acceptiez leurs pots-de-vin. Et c'est vous qui avez engagé Sowande, le Tigre.

» Vous êtes en état d'arrestation, Millard, et la CIA ne vous couvrira pas. Elle vous a déjà confié à nos services. Comme quoi, il y a beaucoup de méchants, mais il reste encore quelque gentils.

Millard se hasarda à sourire.

— Un manuscrit ? Un bout de manuscrit ? Des notes ? Vous n'avez pas de quoi m'inculper.

— Moi, je pense que si. J'en suis même certain.

J'ouvris la porte donnant sur le jardin afin de laisser entrer plusieurs agents du FBI, dont mon ami Ned Mahoney.

— Ah, j'oubliais le meilleur, le plus important. On a retrouvé Ian Flaherty. Vous avez menti quand vous m'avez déclaré que vous le déteniez. En fait, c'est nous qui le détenons, maintenant. Et il s'est mis à table. Voilà pourquoi je vous arrête. Vous allez plonger, Millard. Vous avez commis une énorme erreur de jugement.

— Laquelle ?

À mon tour de sourire.

— Vous auriez dû me tuer quand vous en aviez l'occasion. Je suis du genre tenace. Je n'abandonne jamais.

Ainsi parlait le Tueur de Dragons.

Vers 5 heures, alors que je rentrais chez moi, mon téléphone portable, que j'avais posé sur le siège passager, se mit à sonner.

Dès que j'eus décroché, j'entendis une voix que j'aurais aimé ne plus jamais entendre. Surtout en un moment pareil.

— Tu m'impressionnes beaucoup, Alex, me dit Kyle Craig. Je suis vraiment fier de toi. Aussi incroyable que cela puisse te paraître, j'étais chez Millard en même temps que toi. Il faut croire que moi aussi, je suis quelqu'un de formidable. Et je n'abandonne jamais, moi non plus.

Sur quoi, il raccrocha.

De tous les monstres que je pourchassais depuis si longtemps, Kyle Craig restait bien le plus terrifiant.

Composition réalisée par PCA

Impression réalisée par
CPI BRODARD ET TAUPIN
La Flèche
en mai 2012

JC Lattès s'engage pour
l'environnement en réduisant
l'empreinte carbone de ses livres.
Celle de cet exemplaire est de :
900 g éq. CO$_2$
Rendez-vous sur
www.jclattes-durable.fr

PAPIER À BASE DE
FIBRES CERTIFIÉES

Imprimé en France
Dépôt légal : mai 2012
N° d'édition : 01 – N° d'impression : 69247